邓景萍 著

我们曾经桃李芬芳

生于70年代人的大学故事

江西教育出版社
JIANGXI EDUCATION PUBLISHING HOUSE

图书在版编目（C I P）数据

我们曾经桃李芬芳 / 邓景萍著.-- 南昌:江西教育出版社,2011.4

ISBN 978-7-5392-6006-8

Ⅰ.①我… Ⅱ.①邓… Ⅲ.①长篇小说－中国－当代

Ⅳ.①Ⅰ247.5

中国版本图书馆 CIP 数据核字(2011)第 058840 号

出 品 人:傅伟中

责任编辑:周建森

装帧设计:赵 宸「东·艺术工作室」

我们曾经桃李芬芳

women cengjing taolifenfang

邓景萍 / 著

江西教育出版社

URL:http://www.jxeph.com

E-mail:jxeph@public.nc.jx.cn

(南昌市抚河北路 291 号 邮编:330008)

各地新华书店经销

江西华奥印务有限责任公司印刷

787 毫米×1092 毫米 16 开本 18 印张

字数:15 千

2011 年 4 月第 1 版 2011 年 4 月第 1 次印刷

ISBN 978-7-5392-6006-8 定价:32.00 元

赣版权登字 -02-2011-35

赣教版图书如有印装质量问题,可向我社产品制作部调换

电话:0791-6710427(江西教育出版社产品制作部)

卷首语

终于有一天

我将她捉住

将青春的所有和所有的青春消融在她的臂弯里

为什么我常常幼稚冲动

为什么我常常冲动迷茫

为什么我有时踌躇满志

为什么我有时泪流满面

因为我从未从青春的沼泽地里起身

我们曾经桃李芬芳
生于70年代人的大学故事

目录

楔 子

二十年前，我走进了这所南方的综合性大学，认识了一些人，经历了一些事，蹉跎了几年时光，将“幼稚、感性、血性、好出风头”等青春期的特点发挥到了极致。毕业典礼的时候我们风度翩翩、白发苍苍的老校长递交给我毕业证书时，意味深长地望我一眼，语重心长地轻嘱一句：“小子，你总算毕业了。”现在此语还常常萦绕在我耳边，并时时地在我书桌的两只抽屉里打转。书桌的大抽屉里有我近三十万字的手稿，它们是我自中学时起止于大四年级的胡思乱想，题材有诗歌、杂文、散文、小说等，现在我再去读它，除了偶尔有两句模仿名人的话语让人有点回味外，大多数篇幅是无病呻吟的自扰，岁月无情让纸页发黄，白纸黑字那是记载年轻时的梦想和发生过的及不可能实现的一切。

虽然记忆犹如飞散泛黄、最后飘零的寸签只能一叶一叶摇曳在风中，但是倘若我竟然只站在这里，而不举步踏碎一匝匝新颖的错误，那我只能为了自身而深深痛苦。

另一只小抽屉里有我从校、系、班各种竞赛和评比中获得的各种奖证及当时老师、校友、同窗与我往来的书信，这让我感叹当时的人们助人是多么的真诚和无私。抽屉的角落里还有我应多次违反校规班纪而写的检查，结尾都是我保证再不犯“什么什么性质的错误了”。

那是一段与青春有关的日子，那也是一段与错误有关的日子。

年轻人犯错误，上帝都会原谅的。人不可能绝对的纯，我们不能简单地去评判一个人好与坏，战争时代有《亮剑》里的“李云龙”，大学时代有《我们曾经桃李芬芳》里的“王新雨”。

王新雨就是年轻时的我，王新雨的事就是我过去的事。

好了，按照写作的四个要素的要求：“时间——并不遥远的八十年代末期也即二十年前；人物——王新雨及其他的男女同学们，事件——那四年走过的风风雨雨、同学恩仇，从一个青涩走向一个苦涩、从一种快乐走向一种幸福的大学故事。这些我都还算顺利地交待完了，下面我再说说地点吧。

现如今的大学占地颇大，校门巍峨，引得人常说“大学之大不在于人多地大，而在于大师之大。”我们那时就读的这所大学占地不过千余亩，泰斗级的教授却有十余人，在校生总共七千余人。校门朴素而威严，使得路过者都不敢高声喧哗，进入校门后是一条宽敞的大道，道两旁是脉脉含情的法国梧桐，树下踱过的是豆蔻年华的红男绿女，映入眼帘的是挺拔而又活泼的文科楼；另一隅是幽深而又理性的理科楼；校门的左侧，理科楼的门前是芳香的生物园；文科楼的另一侧是化学楼，对面是热火朝天的足球场；这三幢大楼的后面是一幢幢错落有致的小楼，每座小楼都被花木簇拥着，它们是各系的系办，又有两池荷花点缀的春水湖、秋水湖镶嵌其中，期间常有疑似失恋的人在湖边打转；跃过弯弯的小桥是图书馆、研究所、计算机中心……

教学区介绍完毕，就有两排长长的画廊、报廊（这也是各系才子们的用武之地）将教学区与生活区有序地隔离开来，每幢能容纳一千多人的宿舍一幢一幢排列开来，1 栋是研究生楼兼青年教师的宿舍，2、3、4、5 栋是学生宿舍，其中 3 栋是我们最向往的地方，毫无疑问那是女生宿舍。

整个大学四四方方，布局合理，她的名字叫 JX 大学。

在这所大学里，我挥霍了我所有的青春，我时常操着一种“塑料普通话”（以我们这座城市的方言为基础，夹杂着普通话的腔调。）接下来我后背（后面）的小说将不时出现一些这样的语言）在课余、饭后、操场边、宿舍旁，以那时最流行的“广东青年（梳港式小分头、着 T 恤衫、穿萝卜裤、踏老板皮鞋）”形象来打扮自己并感染周围的一群人或是被周围的人感染；“校花”去向、“系花”恋否、“班花”状态我们靠大量的想象或一小部分事实常公布于众；所有的坏人坏事都知其然还知其所以然；小恶作剧常常是主谋，大的坏事一定知道前因后果、种种细节；点评过古今中外所有的名著，不太瞧得起当代文坛，认为写小说的胡扯、写散文的胡编、写诗的“天上一句、地下一脚”整个在扯淡；自己常常是学期过得很愉快、假期过得很痛苦（因为要补考）；早知道把那么多的社会活动时间都用在学习上该有多好啊！

希望本书能勾起我们那一代人如火如水的回忆。

我的青春小鸟一样不回来。

一、混合寝室

大二的时候，王新雨那一伙人在J大有一定的威望了。威望来源于大一、大二时候他们参与的“三大战役”。

J大坐落在市郊。

菁菁校园被周围的几个村落包裹着，偶尔会有一队队猪整齐地穿校而过。校门口有一条笔直的小路，路两旁分设着一些小酒店、发廊，其中最出名的是“胖瓜酒店”和“琳琳发屋”，它们那常是那个时代大学里的“前卫男女”用来“把酒论人生”和“休头子(理发)”的地方，好学生常去图书馆，坏学生当然就聚集在这儿了。

当一只掉队的猪漫步经心地走在莘莘学子经常走过的林荫小道的时候，王新雨把那只颠在脚上的足球从左脚倒到了右脚，入校已经一个多月了，王新雨已在这群新生中有点脱颖而出了，虽然他读的是计算机系，但新生演讲赛他力压文科系的所有新生，拿了个第一，并当上了班团支部书记。接下来整个南部地区的高校辩论赛要马上在自己就读的这所大学举办了，通过前几轮的选拔，学校已经准备让他作为辩论手参赛了，马上又有“校长杯”的足球赛，自己又可以露一脚了。

王新雨是个多优秀的学生啊，可这只猪却改变了王新雨做一个单纯的好学生的路。

王新雨没有秀到自己的脚法，射向猪的球飞过猪的上空狠狠地砸到了正在低头系鞋带的一位同学的面部。

足球场附近球袭人是常事，被袭的人是法律系的新生，身材不高，外号“短脚”，是这所大学的子弟，（他父亲是我们大学的食堂管理员，严格意义上说不属于教师子弟。）他们几个子弟在头天晚上学生俱乐部跳舞的时候经过民间协商，松散地成立了一个“罗汉”协会和大学“宪兵队”的“机构”，“短脚”自任为会长和队长，正准备找茬打几架来巩固自己的地位的时候，王新雨这位新生“宠儿”就送上门来。

这边王新雨赶紧上来道歉，那边“短脚”根本不接受，飞起一脚直奔王新雨的前胸，王新雨本能用胳膊一挡，作用力等同于反作用力，“短脚”摔了个四脚朝天。

“短脚”看看可能不是人高马大的王新雨的对手，他就恶狠狠地指着王新雨说：“小子，你给我等着，老子要足扁（狠揍）你。”

年轻人血都是热的，王新雨笑答：“我随时奉陪。”

接下来的一个进球，王新雨把刚才的不快忘得一干二净了。

商品经济的风已经吹进了象牙塔内，活络一点的个别老生已经把自己买进的衣服、脸盆、饭盒、书籍通过种种销售方式卖给刚刚入校的新生。

书生做生意毕竟有点不好意思，特别是在本乡本土本校的话，这不王新雨迎来了隔壁工大的毕业班的吴大哥。

“师大的舞棍子、医学院的书呆子、财院的情种子、农大的土包子、J大的伪君子、工大的二流子”这是当时的人们对这几所南方大学的学子们的一些片面的肤浅认识，这位吴大哥倒不像工大的“二流子”，而是文质彬彬，他在这个月J大迎新生的过程中，买卖东西的时候认识了王新雨，并且通过王新雨的利嘴成功地推销了几样东西。这不今晚上他又新进了一批书和几件衣服，同时他还倒腾了一些印有“小虎队”模样的明信片，准备在元旦来临的时候卖出去，正来寝室里碰王新雨想叫他想办法再帮他推销点东西呢。

王新雨的寝室只有他一个人在，一个寝室八个人，余下的七位同学都各有去处（随后再让他们逐一出场），王新雨早忘了下午的不快，正和吴大哥就如何推销商品而谈得热火朝天。

“短脚”推门而入，还带着五六位“罗汉协会”的会员，其中一位留着长长的头发的人士引人注目，“长毛”算是J大的一个人物了，他是J大大二的学生，那年头，别说标新立异的长发，就是穿件奇装异服在校园也能让人惊叹不已。

“你，出来一下。”“短脚”气势汹汹地对王新雨说。

“长毛”叼着一根外烟，以一种“校园恶首”的形象出现在王新雨的眼前，跟着的几位也尽量表现出要多坏有多坏的样子，但手脚都微微有点发抖。

王新雨不由自主地跟着这伙人走出寝室，走出4栋，不知不觉来到了月影婆娑的秋水湖畔。

几个比王新雨都低一头的人呈半圆形围着他，这种身高用我们家乡话形容它是“尺把高”，身高高到不足用米来计算，而是用尺来度量，当然这是文学中的修辞方式，这几个人的身高也就一米六的样子吧。

“你嚷港宠呢（你为啥这么横）？”“短脚”在使用着市面上流行的术语发问。

这句话还真不好回答。

“哪来那么多废话，修理他，敢动我们J大第一条罗汉。”“长毛”发话了。

奇怪，大二的学生为什么跟着大一的新生屁股后面（后来，王新雨了解到“长毛”老跟着“短脚”后面在食堂混碗饭吃）。

夜色中，王新雨被这些星光点点(他们每人手里都夹了一根烟)的小“罗汉”们包围着，再看看头顶的苍穹也是点点星光，湖水微微荡起几层涟漪，此情此景此幅诗情画意应是和女生谈文学、谈人生、谈理想，而不是和几个吃饱了饭没事做的小伙子在那“喊声大、拳头小”地推来推去。

王新雨在中学就没怎么打过架，但属于“调皮”一类的学生，几次班与外班、校内学生与外校的小流氓的群架他都属于跟在后面起哄，最严重的一次是帮本校的“打架第一高手”背过书包，掩护其安全撤退，这也属于见过点世面的人，好不容易到了这高等学府，中学的这些“坏男孩”都过早地踏入了社会，像王新雨这样的“准坏男孩”莫非也要开始戎马生涯了。

“短脚”和“长毛”已经轮番推了王新雨几掌，而且劲一次比一次大，态度也一次比一次恶劣，最后“短脚”跳起来一拳直扑王新雨的面门。

王新雨占据的地形相当有利，面对着几位矮同学，他牢牢地护着自己的下盘，但没想到“短脚”会取长补短地跳起来向自己的上端进攻，王新雨的面部登时有点火辣辣的感受了。

几位矮同学一看“短脚”得手，便从四面围上，在“长毛”的调度下分袭王新雨身上的各个部位。

王新雨一面四下招架，一面想着如何脱身。

010 混合寝室

战斗正在月色下激烈地进行着，王新雨有点寡不敌众了，这时，吴大哥突率王新雨寝室的几位援兵赶到了，只两三个回合，“短脚”的手下就四处逃散，只留下了“短脚”和“长毛”两位被王新雨、吴大哥他们团团围住。

（王新雨被“短脚”他们叫去几分钟后，吴大哥觉得不太对劲，正好他们寝室的几个人回来了，吴大哥和他们几位一分析，就赶紧去校园黑暗的角落里寻找王新雨的下落，找着找着，总算找到了。）

“几位兄弟，不关我的事，我是被‘短脚’他们硬拖来的。”“长毛”首先哆哆嗦嗦地发言了。

“短脚”轻看了“长毛”一眼，可能想起了他们出征前的豪言壮语。

“你敢动我们的王新雨，你胆子不小啊。”吴大哥首先说话了。

“跟他废啥话，揍出他的巴巴屎来。”王新雨寝室里一位外号叫“蛮子”的人又朝着“短脚”踹了一脚。

这恰到好处的一脚，让开始不可一世，刚才还装模作样有点气节的“短脚”一下就软下来了。

“几位兄弟，有话好好说。”“短脚”开始低三下四了，这也算反应快，好汉不吃眼前亏，大丈夫能屈能伸吧。

“好好说话，你他妈的开始为啥不好好说话，你纠集小流氓，殴打班干部，这是啥性质的问题，你知道吗？”吴大哥已经在大学里走过了四年，显得经验丰富。

“是互殴。”“短脚”还在狡辩。

“你还嘴硬，你明明是殴打班干部，王新雨是正当防卫，好吧，我们去保卫处处理这件事吧。”

“啊，保卫处，我昨天才从那出来，我都在那保证再也不打架了。”

“检查还在那搁着呢。”“长毛”可怜兮兮地补充了一句。

“几位大哥，抽根烟，消消火，”一位刚才和“短脚”在一起的矮同学不知啥时候消失，啥时候又出现了。

“我倾我所有，去校门口买了盒好烟‘阿诗玛’，一起抽，一起抽。”矮同学一边说着，一边点头哈腰地给吴大哥、王新雨及王新雨的几位同学上着烟，王新雨他们趾高气扬地接受着。

“最好的烟不是‘红塔山’吗，”“蛮子”在说。

“是啊，钱不够了。”

“不打不相识，王哥，见谅了。”“短脚”及时地道歉了。

“是啊，我们下次再也不敢了，这事最好别让学校知道了，”“长毛”和矮同学都用哀求的口气说。

“这事随你们的便，校外的‘八大金刚’都是我的哥们，如果你们觉得学校里面碍手碍脚使不开手脚，我们可以在校外‘摆场子’，时间、地点由你定。”吴大哥又发出声音了。

“不敢，不敢，以后王哥就是我们的头了。”“短脚”、“长毛”等说着要离开。

“慢着，”吴大哥手指着“长毛”

“大哥，有事吗？”“长毛”一哆嗦。

“你小子还留这样的头发，长这种‘习气(指让别人喝彩)’远看像齐秦，近看像拖把,成何体统?"

"对,对,大哥,我明天就把它剪了。""短脚"、"长毛"一行落荒而去。

第二天,"长毛"就顶着个"板寸头"招摇过市了,在此之前,"长毛"的班主任、系书记就对"长毛"的一头长发苦口婆心地做工作,"长毛"都以这是"扼杀学生的个性"为由予以拒绝,这一下好了,王新雨"休理"短脚的同时,还替学校把"长毛"这个"老大难"问题给解决了。

"长毛"因为他的长头发也算是J大的一位知名人士了,因为啥成了"板寸"?那一晚的故事经过多人的演绎和许多大学闲人的加工,王新雨作为大学里的新一代"坏孩子的首领"的形象出现在风平浪静的学府里了。

这只是"三大战役"中的一次小小的序幕。

大学是君子云集的地方,也偶尔会出现一两个"浪子",就像是穷凶极恶的土匪帮里,也会有个"斯斯文文"的"狗头"军师。(这是一个不太恰当的比喻),总之,当一个人(或几个人)与生活的周围的空间的格调一相反,就很容易脱颖而出。

王新雨的寝室从此热闹起来,有各种各样解决不了的校园纠纷都上了王新雨他们房间的书桌,无论是寝室之间的摩擦,还是系与系之间的"战斗";也无论是与校外的地痞们打群架,还是图书馆里抢座位,看世界杯争着坐第一排,更绝的是在光溜溜的公共澡堂里抢水龙头。有一回,一位不知是有"洁癖"还是犯了倔的男生在一个水龙头下对着自己的上、下半身反反复复地冲洗了一个多小时,同时对七八位半裸或全裸的男士对于他早点让位的请求而置之不理,王新雨和他的室友们光着身子来临了,他们轻轻地说了一句:"如果你再不洗完的话,我们就这样直接把你打出去。"那小子没擦身子就直接跑了。反正只要有王新雨这几个大学"浪子"的存在，或者说这些事只要上了王新雨他们的议事日程，这些矛盾和"战斗"就会很快结束或化解。他们的所作所为有时也维护了一下校园治安。

当然学习和丰富多彩的校园生活是王新雨他们大学生活的主旋律，这些事充其量只能算插曲吧。

不是一家人而又较长时期居住在一起，只有一文一武两个地方：兵营和大学寝室。

有必要介绍一下王新雨他们这个寝室的寝室成员。

一个寝室八张床位（上、下铺配制），睡上铺的可谓是高瞻远瞩，躺下铺的应当是脚踏实地，上、下铺就这样"年年岁岁花相似、岁岁年年人不同"地无情而有情地培育、见证着一代又一代莘莘学子。八张桌子，八张凳子，一扇窗，床上一年四季挂着蚊帐，中文系的"诗人"李志坚用了一首小诗这样形容千篇一律的男女宿舍的这种布局。

寝室是海

床是船

蚊帐是帆

主人是水手

这是李志坚大一刚入校巡视了几间男女寝室后写的诗，诗写得朴素、自然，又充满着朝气和遐想，可越往后，他的诗越让人看不懂了，大四的时候，他写的诗连自己也看不懂了。

014 混合寝室

李志坚那时常常说，现在写诗的人太多了，多得和上厕所的一样多，可是，像我这样写好诗的人太少了，少得像便秘的一样少。

这话“话糙理不糙”，一是便秘的人确实少；二是便秘出来的东西也少。至于到了这个世纪末，写诗的人已经绝迹或是搬到月球上去了。

这个寝室的成员来自这所大学的八个系，全部是同一年级，全部出生于上世纪70年代初期，全部是这所大学所在地省会城市的人士，当然他们全部都是男士，用他们的话来说是在“家门口”读大学，但没有过过宿舍生活的大学不算是真正读过了大学，于是，他们的“混合寝室”就应运而生了，许许多多“男大学生宿舍”的故事也就接踵而至了。

宿舍成员之一，“高佬”黄。“高佬”黄长着南方人罕见的一米八几的身高，他中学时就因为长得高而经常碰到教室的门框而不时搞得鼻青脸肿，他常常自我解嘲地说：“等我读到大学的时候就好了。”到了大学又老被后院的自行车棚的棚沿碰得后脑勺青痛。有一回，“高佬”黄可能是被碰狠了，他一只手捂着后脑勺在那龇牙咧嘴，一只手因为头上的疼痛而放松了对车把的控制，结果一松手他的自行车缓缓倒下，引得自行车棚的几十辆车暴发了“多米勒”骨牌效应，“高佬”黄竟忘了逃走在那大发感慨：“难道世界到处都是为矮人设计的吗？”

“是什么，能让你牵着陌生女孩的手，搂着陌生女孩的腰？”

“是交谊舞。”“高佬”黄在那自问自答。

“高佬”黄酷爱跳交谊舞，每周末他都会出席在文科食堂举行的舞会，书上说：

“搂着一位高大的女性跳舞，舞池里时常出现一幅母爱的画面。”在现实中，我们的“高佬”黄常常吃力地带着一位位娇小的女同学度过了不少好时光，有没有父爱的形象我们就不得而知了。

在一个月朗星稀的夜晚，王新雨他们几个人读书兼玩耍了一会儿晚归，突然他们瞅见了“高佬”黄裹着一件军大衣在寒夜中款款独行，遂尾随了一会儿，每人上去猛击一掌，齐声问：

“你小子，大晚上一个人瞎逛啥呢？”

“高佬”黄用很少有的尴尬和沉默来应对，他缓缓打开大衣，大衣里面裹着一位异性小不点……

“高佬”黄是王新雨的中学同班同学，他就读于J大的数学系，他们班就一个女生，他们全系从一年级到四年级十几个班一共就八位女生，而且每一位不管长得美丑如何，身材无论高矮胖瘦，见了他们系的男生一律鼻孔朝天，这也难怪，按比例他们系的每一位女生有近四十位男生服务着呢，不是有句话吗：“物以稀为贵。”他寝室里的“闲人”赵大宝见到了图情系的女生说要转到图情系去；参加了中文系的舞会又大叫着要转系学中文去；去了一趟外语系的女生宿舍，他说要调动一切关系转到外语系读书，唯独到了数学系这儿，赵大宝说：“打死我也不去数学系。”“高佬”黄时常说：“我决不会在我们系犯生活作风问题，我要过一个书声琅琅的大学四年。”说是这样说，做起来“高佬”黄又是另外一番样子了，逢五逢十的大学聚会，大家都记得他大学里的招牌式的动作，一只脚踏在自行车的脚踏板上，一只脚长长的、长时间的伫立在女生宿舍3栋门口的花坛上。

这句话的前半部引出了哲学系陈晓春的总结语:“是啊，只有丑姑娘才去读理科。”只有文学爱好者王新雨知道这话好像是王朔说的,但从来就没点穿过他,陈晓春话不太多,但言必称哲学家,陈晓春的朋友就三位,还是国际友人:萨特、卡夫卡、黑格尔，本来时常挂在他嘴边的还有苏格拉底，伪球星范伟老说那是巴西队的球星,比济科要差一点,离贝利就太远了,陈晓春就干脆不太提他了。

陈晓春不太和人说话，老是拿起没看多久的书又放下，说暂时离开一会柏拉图,经常仰望星空,沉思苦想,他说他要用一脑瓜儿的哲理和蓝天去对话。

也不知从什么时候起,流行起“沉默是金”这句话,于是平淡从容、深沉寡语成了一部分青年人的主格调,一个个蜷缩在自我的栅栏里,做些孤独者的梦,又于是一缕缕的忧愁莫名其妙、毫无理由地挂在了陈晓春那张长满青春痘的脸上。

“大学是什么?”这是陈晓春从大学一年级时起到大学四年级时止常扪心自问又常与人探讨的一句话,得出的种种结论归纳如下:

“大学是一段流淌的河流;大学是一面古老的铜镜;大学是躲雨的屋棚,雨一停,我们就各奔东西了。”

“第一年,革命的浪漫主义;第二年,批判浪漫主义;第三年,革命的现实主义;第四年,批判的现实主义。”

“大学是属于处在黑色漩涡、黄色诱惑、灰色格调中的白色世界。”

“入大学四年了,我们有一种‘入宝山而空手还’的懊悔。”

我们就读于这个世纪即将结束的时候，也即将投身于下个世纪即将开始的时候，这是陈晓春当时的心理活动和说出来的豪言壮语。

“Hello Everyone”托福李 Sir 每一回都要胳肢窝里夹着《赴美必读》这本书回到寝室和每一位室友打声招呼，如果胳肢窝里同时夹了几本书，而那本《赴美必读》一定是在几本书的最外面，而且在他的胳肢窝里夹了四年的这些书，没有一次，这本书的顺序出现过颠倒的位置，他的习惯性动作是耸耸肩、摆摆手，用“哼哼”的鼻音对一件又一件的大学事情和现象发出不置可否的评论，他常说的一句话是：“这事要搁在美国的话……”说着说着，最后毕业的时候把“美国”说成了“我们老美”。

托福李 Sir 在哇啦哇啦说外语的同时，还会一点写写画画，每一期他们外语系的墙报都是他出的，大学四年他最得意的创意是他在海报栏里集写、画于一体的英语角的一张海报：“每周四的下午 6:00—9:30，你有一次与老外搭讪的机会。”当然旁边还有“蓝鸽”咖啡屋的广告：“四角钱能干什么呢？能与女友共饮一杯醉人的咖啡。”一则招领启事也很有特色：“我的一把花伞，不小心丢弃了，也许有拾到者联想到此伞的主人是一位娟秀的姑娘，你想对了，这把伞是我从这位姑娘手里借来的，若有拾到者请来我处联系，我保证带你结识这位姑娘，篇幅有限，就不介绍姑娘的容貌了。”凡此种种，不胜枚举。有一回，他对一位心仪已久的学妹说，他在墙报上用英语写了一首赞美她的小诗，她的英文名字“Ailing liu”的每一个字母“a—i—l—i—n—g—l—i—u”镶嵌在每一句英文诗的开头，是一首中西合璧的藏头诗，“爱玲刘”没啥表情地接受着托福李的这一紧紧张张的叙述。第二天一早，她虚荣地带着两位小姐妹装着无意、实则有心地在外语系的墙报栏里反反复复地找了个遍，却发现整个墙报栏里空空如也,这是怎么回事呢?

昨夜下了一场雨,洗刷掉了托福李 Sir 的一片苦心。

"按法律的层面说,从法律的意义上来说,证据呢?"读法律的范伟并未起身,他脚下踩着一只不知道从哪里滚进来的足球。

足球,可是我们那个时代的男生最最钟爱的物品了。我也有带着洗的还算干净的足球一块睡觉的历史。

范伟的球踢得还行,人称前锋线上一把"菜刀",他最大的特点是只要是己方进了球,也不管是谁进的,也不管进球的一瞬间他是在前场还是后场,他必定第一个举双臂欢呼,绕场一周,并在女同学云集的地方停留片刻,并常常招来质疑:

"刚才那球是他进的吗?"

"好像不是吧?"

那也是一个雨天,隔壁寝室的一位男生在走廊里对着宿舍墙练"撞墙式"的"二过一",因脚法粗糙,还没练上几脚,足球就窜入了一共有五间开了门的寝室中的一间。

"其他几间房我都找过了,没发现足球,应该就在你们这间房。"来找球的男生冲进范伟的寝室没头没脑地甩了一句话。

"你这话有问题,哪个男生宿舍会没有足球呢?"大概知道了来人的目的,范伟严谨地说。

"那你能不能让我搜一搜你们寝室。"找球的男生"愣头青"地问。

“你说啥？搜，从法律的层面上来说，从法律的意义上来说，你未经我的同意来到我们的寝室这同私闯民宅有啥区别，你还要强行到我们的宿舍来搜查，你懂法吗？”

“那我们就到宿舍管理科去，”找球的男生觉得说不过范伟就搬出组织上了。

“好啊，你违反学校的规定，在宿舍里踢足球，破坏公物，还影响寝室其他同学的学习和休息，我们一块去。”范伟说完，佯装站起。

那位同学赶紧有理变成无理似的背转身了。

“等等。”范伟双脚一夹，那只球腾地而起，又落在了范伟的桌上，范伟把球又变戏法似的给亮在了桌上。

“哦，原来球在这里。”那位同学眼前一亮，

“谢谢啊。”同学上来就要拿球。

“你凭啥说这只球是你的。”

“这……”

“你叫它，它会应吗？”

“这，”

“好吧，拿去吧，以后对自己的东西还是要保管好。”范伟显得语重心长。

“生活中处处有法律啊！”如果说“按法律的层面说，从法律的意义上来说”这两句话是范伟经常的开场白，那么这句话就是范伟时时的结束语了。

JX 大学是美好的，巍峨、庄严的，被评为“校园十大风景”的像文科楼、图书馆

这些建筑物静静地见证着象牙塔内发生的一切，天上的白云轻轻飘过J大的上空，校园小路上走来了“流动的风景”，这是被唤做“大学闲人”的赵大宝同学。

人家济公先生是“哪有不平哪有我”，闲人赵大宝是“哪有热闹哪有他”。

赵大宝祖宗三代都是这座城市里的人，他的“塑料普通话”是说的最地道的，比如说开班会人家的开场白是：“刚才，某某某同学的发言很不错，让我们知道了人不光要学习好，还要爱护集体……”到了他这里，就成了：“将将，某某某动学讲的环可以，量我呢晓得了人不单单是学的要平整，环要有相当强的集体主义思想……”

“大学闲人”赵大宝是学生物的，整所大学里除了考试那几天，平日里到处都有他矫健的身影，上知道某教授评职称没评上正在闹情绪、下知道校门口补皮鞋的那个人为什么几天没来，因为带着老婆去躲避计划生育的检查了，像这样的事他都略知一二，更别说我们这些男女同学的事了。

闲人赵大宝总有很多办法让自己在校园里过得很愉快，比如学校有一段时间抓早锻炼，班主任、辅导员、学生会干部组成联合检查组来查铺，闲人的系是一、三、五早上查铺，友人的系是二、四、六早上查，闲人就充分利用这个“时间差”，让自己每一个清晨都进入甜美的梦乡。

“校园一片拖板声 只缘闲人又逛来”，闲人赵大宝叼着永远抽不完的烟卷，立在校园的一隅，与无数来来往往的男男女女打着招呼，闲人又往往是与忙人同义的。

赵大宝的另外几个称呼是两褒两贬：“外交家”、“消息灵通人士”；“地保”、“皮条王”。

赵大宝到处属于吃得开，他带守电影院的校学生纠察队的人去跳舞，又带乐队的哥儿们去看电影，赵大宝则在其中坐收渔翁之利。

文艺演出、演讲、辩论大赛、学生会干部竞选等等这些学校里的风光活动，赵大宝一定会出现在前三排，用赵大宝的话来说，“在J大，我不是头面人物，也应该是个二面人物。”

大学里的足球场总是挤得人挤人、球挤球的，常常为“占场子”踢球的事拼得你死我活，就有闲人发语，终究是闲人赵大宝所在的一边踢上了球，然后，赵大宝就潇洒地踢球，却不料一个大脚把鞋给飞了出去，袜子上还有一个大的洞。

赵大宝也专管把那根断了的爱情生命线给打个活结，赵大宝也终究有本事混进女生宿舍里大侃特吹，赵大宝还老有不知从那里弄到的加餐券，在那个还相对清贫的年代里，吃得嘴角冒油，他还坚决不擦。

寝室的最后一位成员就是本书开始出过场的“蛮子”，“蛮子”的气质不像是一位学生，他长的出奇的老，又出奇的凶，说话瓮声瓮气的，不了解的人都会有点惧他三分，再加上他是学生队伍里罕见的半“秃顶”，有的人以为他是学生家长，有的人以为他是学校食堂的师傅，这可都错了。

“蛮子”叫刘康，是物理系的高才生，宿舍及友邻宿舍的凡是带“电”的活，都有他出面解决，最终老是换来一句：“谢谢，师傅。”

刘康的吉他弹得很好，《狼》刚刚风行，他就把《狼》演绎的如泣如诉，常有在澡堂和厕所里的忙碌的歌手与他配合着琴声，把一匹匹“狼”从四面八方送出来。倘若蹲厕所的歌手先唱出了一句:"我是一匹来自北方的狼",洗冷水澡的哥儿们就跟着唱"我亦是一匹来自北方的狼",碰的巧,上走廊的哥儿们还会接一句:"我仍然是一匹来自北方的狼。"

"莫名我就喜欢你,深深的爱上你,你知道我在等你吗(妈)?"

这首歌经过刘康的深情弹奏和校园点播台的反复推荐,大家都会唱了,只是最后一句,大家篡改了歌词,一般是一位同学唱到了:

"你知道我在等你吗(妈)?",大家一起合唱:

"不要告诉你爸爸。"

哎,这群人把艺术糟蹋成啥样了。

"你们是中学里的佼佼者,可到了大学,就是寝室里普普通通的八分之一。"这是政教系的一位眼镜姑娘在迎新大会上做的报告中的一句话,把它引用到这里吧。

拾取了一些片花,所有的男主人公全部在我的书中第一个章节中一一作了介绍,这也算是我小说的一大特点吧,接下来,请读者诸君跟我走进这所大学里独特的"混合寝室",偶拾一些青春的记忆吧。

二、校园的早晨

清晨，一抹阳光透过破了洞的窗户懒洋洋地晒在李志坚惺忪的睡脸上，一个哈欠把昨晚所有的虚梦吐去，李志坚便用两手交叉于脑后作支撑，半仰着床头晨想。自打结束了“一年三百六十日都是创桨书海游”的中学时光，这种让60、70年代人最最厌恶、最最紧张的青春期的早晨对于大学文科系的老生来说渐渐显得不是那么忙碌，却不时有点闲散了。不知不觉大三了，中文系的必修课越来越少，选修课越来越多，可“空虚”这门必修课是越来越占据了自己的心灵深处，自己的诗越来越让人看不懂了，也越来越缺乏想象力了，也越来越没人看了，有几回，他的手稿，被室友当成了能量输出的最后一道工序——手纸了，他也没有太心痛的感受，想当初，谁动了他的手稿，他会在那大叫：“谁动了巴尔扎克的手稿，谁动了巴尔扎克的手稿？”

读中学的时候，他的一本诗集比女孩子抄的流行歌曲的本子还要流行地风传在他们几个文科班的同学手上，那首毕业前夕写的《十八岁进行曲》引得女同学惊羡，男同学不屑。李志坚还记得一处段落是这样的：

向往十八岁 渴望十八岁

别光颤着嗓子喊“理解万岁” 别在捏着喉咙唱“我多想唱”

理解 歌唱

都属于十八岁以前

人生的旅站

刚刚走完了引桥

正桥从十八岁开始

十八岁的进行曲是怎样的旋律

踏青 春天 俗套 游泳 夏日 没味

写作 秋景 但愿 锻炼 冬晨 一定

十八岁即将属于我

十八岁 再也不会干十七岁以前的事

最后一句话，一定是真理，六十岁也不会干五十九岁以前的事。他的那位曾经托着腮帮问过他好几次同一问题的女同桌小丽又在毕业前最后问了一次："李志坚，到底什么是诗?"李志坚记得前几次的回答依次是："诗是语言的精华；诗是多思的年华里无边的遐想；诗是病人痛苦时必须发出的呻吟……"这一次，李志坚看着小丽递过来的写毕业留言的笔记本便欣欣然提笔："如果诗歌是有色彩的语言 绚烂的花蕾把春天装点 将永远不会在你面前凋萎 更盛开在少男少女的心头"

绿色的小学、灰色的中学、红色的大学。

小丽是他灰色中学中的一点红吧。

这首扉页上的题词可能影响了小丽，一直学习成绩比他好的小丽只考上了离省城八百里远的一座地级城市的中专，并且在李志坚思索的这个大三的早晨正打着哈欠跟病人换药呢。

不是说无尽的黑夜给人带来无边的思索吗？这没有下雨的早晨不也是让人回味和遐想交替无穷呢？

李志坚干坐着又想起了一位作家的话："中学时代的友谊，是人世间最美的友谊，它既没有小学时的幼稚，也没有大学时代的心机，更没有中年时代的勾心斗角，老年时代的世态炎凉，如果一定要有点什么，有的只是一种朦朦胧胧的向往。"

上铺的一本《赴美必读》落在李志坚的床边，这位浑身"美国气味"的托福李 Sir 的亲生父母就是省城旁边的小县城上的乡镇干部（小县城也隶属于省会城市管理），可他却给人以无穷无尽的亲戚都在大洋彼岸的感受，李 Sir 个性十足，比诗人李志坚还要爱出风头，这真是："一山不容二虎 除非一公和一母；一室不容二李 除非一中和一西。"他不知从哪里弄了几本研究生的练习本交作业，让一位年轻的先生重重批上一语："请注意作业本的统一规范。" 托福李大叫 "真是十足的扼杀个性"，这些日子托福李真正考了回托福，眉宇间就露出"大家同为举人，但只有他参加了殿试"的感觉。怎么，今儿个，把天天必带的《赴美必读》给静静地遗落了。

对铺的"高佬"黄轻打着呼噜，他昨晚上又施展他"博爱"的情怀和一位女孩"累腿又累心"——散步去了，"高佬" 黄的理论是在没有确定女孩对他有好感之前，坚决不请女孩看电影、喝咖啡、吃冷饮，并说崇尚物资生活的女孩一定不是好女孩，散步是最省钱也是最好的沟通方式，但漫长的散步的过程是累腿又累心的。

走路久了，当然累腿，一路得说着不同凡响的话，心当然是累的。

斜铺的范伟应该是借到了一件"10"号的球衣，破天荒地一大早嘟哝着"主力更应该严格要求自己”这句话，喊着号子出门锻炼去了。

大家都不是一个系的，所以，各自系里、班里发生的好人好事当中的主角到了告别“羞涩的大一”，离开了“淳朴的大二”，“狡猾的大三”的时候每个人都会往自己身上靠，不知到了“迷茫的大四”的时候，大家又会怎么样。

一寝室的伪君子，但彼此的友谊是真诚的。

李志坚扫视了这一切，又看了看床头的课表只有三四两节公共课，便又缩入被窝，想来个“回笼觉”，猛地，他听到或轻或重、似有似无的叩门声，好像很有礼貌，“莫非是系书记、班主任、辅导员之类的人物查铺来了。”李志坚心想，可再要翻身起床已来不及了，便灵机一动，捡起《赴美必读》，披了件衣服，又迅速地在脸上抹了点雪花膏，酝酿了一下情绪，恭而又敬地高叫一句“请进”，脑子里闪出一个幻想：不管是哪个系的系书记一定会用厚实的手掌抚摸着他的头，并赞许地微笑着、夸奖着……

门终于缓缓地、缓缓地推开一条缝，挤进了一个干瘪老太三分之一的麻脸，用本地的方言发问：“有被子、蚊帐、衣服、鞋子洗吗？”又继续说：“被子一元、蚊帐八角，衣服要看是毛料还是布料，是干洗还是湿洗……”如此良好表情，居然让这九斤老太撞翻，李志坚实为恼火，不耐烦地说：“去去去……”

“袜子洗不洗？”“高佬”黄朦胧地睁开眼。

“洗，”

“几多钱一只？”

“二角钱，”

“三分钱，”

“一角伍，”

最后拍板成交，八分钱一双，“高佬”黄从床底下翻出七只袜子，以二角四分钱的价格让九斤老太高兴而去。

表演完美，确选错了观众，李志坚记得若干天前的一个下午他和没课的“蛮子”刘康、逃课的陈晓春以及自己也搞不清自己是有课还是没课的闲人赵大宝反锁在寝室里“甩老K”，也是被这样一种有礼貌的敲门声而搞得“芳心大乱”，待赵大宝显得神清气定实则心慌意乱地打开门，一位中年男人推门而入：

“你做西里（你干什么）？”赵大宝摸不清这个人的来路，直接用本土方言发问。

“你们要不要牙膏、牙刷？”

赵大宝抹掉了一头的冷汗，和陈晓春与这位中年男人开始了讨价还价，冷不丁“蛮子”刘康笑笑的冒出了一句：

“不要钱的？”

“这怎么可能呢？”中年男人瞪起了眼。

“走。”刘康一挥手。

“这，”中年男人还要争辩。

“快走吧，晚一秒钟走的话，你将被打成生活不能自理。”赵大宝赶紧劝那位中年男人离开，最后大家关上寝室门笑得死去活来。

……

觉是睡不成了的，李志坚只好起来，走出了嘈杂的寝室。

清晨的校园是清新的，它的风景唤作一静一动，操场上各系的集训队伍像一匹奔腾跳跃的大骏马，而多少树下晨读的少男少女，就像一幅幅《希望》的素描。李志坚又信步向"灵感的发源地"，也是他心中的梦洲——婆娑的生物园踱去。

一年级的时候，李志坚常常带着幻想和憧憬而来，二年级时来到此处也还有着几分执着和追求。如今，大三了算是这所大学的老同志了，最近，他爱上了校园里刚流行的一种功夫唤做"年轻人的太极"，他吸气敛容，故意显得老当益壮的样子舞了起来。

每一天的清晨，外语系二年级的丽丽总是去生物园里读书，生物园的百草总是脉脉含情地望着晨读或晨练的每一位学子，一连好几回，丽丽都碰到了那个高大、洒脱的中文系的"才子"。昨天晚上更是她接待了这位智闯或是勇闯她们这间闻名全校的女生宿舍的男生，之前，她或是她的室友们在一小时内已接待了几十拔男同学，虽然来的人都故意显得公事公办或满不在乎的样子，但丽丽她们还是感觉到了这几十拔同学的不自信和平凡，并为此她们3栋302全体女同学对他们的到来没啥特别的感觉，只有这位代表4栋402的中文系的李同学让姐妹们表面上装得不太在意，心里都有了一点涟漪。李同学算是J大一位响当当的帅才子了，以诗歌见长，又是"南华文学社"的社长，校报上正连载着他的小说《雨季的校园》，他不像那些个文人不修边幅、头发凌乱，显得放荡不羁、与众不同的样子，而是一种阳刚的干净；夏天一件白衬衫；冬天一件呢子大衣，一条围领，整个人风度、气质还是挺迷异性同学的。更可喜的是：J大的一号风云人物——王新雨就住在4栋402室。

男生宿舍的“卧谈会”的开场白通常是“从某系的系花说开去”，了解得更细的还知道某个“系花的座右铭”，那年月，“座右铭”这个词非常时髦，它是对人生励志的一种鞭策。赵大宝有几回都准确地打听到了好几个“系花的座右铭”，诸如“人生的道路是漫长的，但紧要的关头只有几步，特别是人年轻的时候；奋发吧，从你踏入十八岁的第一天开始；青春无悔、知识无价。”等等，有一回，他让大家猜一位“系花的座右铭”，大家收罗了古今中外的格言猜了半天也没挨上边，赵大宝嘟囔一句：“别理我，烦着呢。”并深刻指出这就是那位系花的“座右铭”。说着说着，然后大家互相交换的点评一下自己班的“头子（女生长相）”，有没有发现新“头子”；而女生宿舍的小秘密一多半是从“想王新雨开始吧”。

蜂拥而至到丽丽宿舍的男生事情的起因源于昨天上午丽丽所在的寝室在公共广告栏里贴出的一张海报，丽丽所在的寝室是J大男生最最向往的地方之一。

丽丽的寝室是这所大学著名的新一届“校花”、“系花”“班花”这三朵金花的所在地，而且酝酿这几朵花的花圃是外语系，外语系的女孩经过近十年一代又一代的拼搏和努力已经击败了中文系、新闻系甚至是艺术系的女孩而独占这座大学的“翘楚”，外语系得分最后一位的女孩到了“高佬”黄所在的数学系一定是排在“Number one”。

丽丽经过一些男生的打分以“室花”的称呼排在列“校花”、“系花”、“班花”之后的第四位，可丽丽却自以为与“校花”思佳从综合素质上来看不相上下，过去三国有男人的智慧是“既生渝，何生亮”，现在一室中女人的容貌是“既生丽，何生佳”呀。

丽丽的寝室要招聘友好寢室了，她们对外发了幅海报帖子内容是这样的：“今有八个‘零件’，或亮、或暗，为寻一份真挚的友谊和友谊中的真挚，特公布姑娘们的寝室号码，有应聘者面谈、信谈皆可，截止时间当晚。祝君好运。”

落款是：全体芳华。

这份海报在没有网络和E——Mail的昨天，在当时的J大引起了相当大的轰动，于是男孩子们各抒文才，各显神通并引发了本小节开头的一幕，至于为什么那么多男生于一小时之内都突破了防护森严的女生宿舍，这是因为他们对当时当班的女宿监张姨扯了一个弥天大谎，说是接到了后勤管理中心的通知，请张姨去三公里外的校办工厂开会，商议有关像张姨这一类临时工转正的事，张姨兴奋不已，即未请假，也未请人代班，穿着一件平时舍不得穿的褂子急冲冲地出门了。

男生愚弄了张姨，女生愚弄了一大堆男生，那一天子夜的钟声敲响了最后一下的时候，许多人顿然醒悟，4月1日过去了。

4月1日是西方人过的愚人节。

4月2日的早晨，鸟雀与曙色吵扰了丽丽的心中的梦，当然是淡淡的浅梦，她照例手执一册走向校园幽径，喁语小读，沉吟默念，猛然又一觅枝叶间闪过那个人的身影，丽丽感到受窘、紧张，还有一丝莫名的喜悦。

丽丽暗暗告诫自己，我该引他说些话，怎样开始呢，说声“你好”，说得清楚吗；说声“对不起”又没有招他惹他；故意“哎哟”一声把脚扭伤，可自己所在的这一小片地平坦得一塌糊涂，把手绢故意抖落，这方法太陈旧，唱一首英文歌曲引他注意，可丽丽唱得最好的一首英文歌曲是以低沉的“I Love You”开头的，丽丽实在是开不了口，给他一个无心的微笑，更糟，那简直是轻佻，还是一幅无所无畏的面孔，杀杀他那不可一世的傲气，那岂不是物极必反，心中却又幻想着，他慢慢地踱过来，用低沉的声浪向自己轻轻述说："同学，我们给你请求结为友好寝室的信件收悉了吗?另外，我们俩个人能不能从友谊的角度往纵深发展呢……"

有点外形、会写点诗的男孩就这么招人多思吗？何况是像丽丽那样矜持的女孩。

丽丽决定还是给他一个微笑，这微笑混合着羞涩与不安，脸颊也会泛红的，这才是少女的美丽与妩媚，然后就和他在这个看似普通而又可能点亮丽丽的大学的梦的早晨，从昨天那封唯美的结交信始谈，到最后以共同探讨些清逸忧伤的诗词结束。在这春的季节里，一同共织春梦，然后到了不久以后的月色小圆的夏夜，依靠在他坚定的胸怀里说些痴语梦话，啊，丽丽通过一早晨的遐想，醉了。

果然，窸窸窣窣的响动，丽丽一瞟，那男生果真窘迫向前，自丽丽背后停下，丽丽期待着他一声轻轻的呼唤，果真她听到一声结结巴巴的话语："同学……"丽丽用微笑的面孔对着他，鼓励他大胆地说话，那男生终究发语：

"同学，你是坐在一棵毛辣子虫下……"

什么，丽丽先是脑海里掠过一片可怕的情景，赶紧本能地往前一跳，手里的书却跃入前面的小湖。

"哎呀。"丽丽和那男生同时惊呼，《大学语文》的封面在水面停留了几秒钟还是打着转沉入湖底。

这算什么，赔了笑脸又丢书。丽丽想。

"你是大一的。"李志坚望了望已经与淤泥为伍的书。

“大二的，”丽丽边说边认为自己肯定是看上去太清纯了。

“这本书我有，我记得我是大一的时候学的，哦，对了，这门我们的专业课应该是其他文科系的公共课，是在大二时学的。”

“到时候我找找这本书，派人给你送过来，你住哪个寝室？”李志坚说。

“3 栋 302”丽丽说完，看李志坚并不太大反应，就补充了一句：

“昨天，好像是你到了我们寝室，并向我们递交了要结交友好寝室的一封信。”

“信是我接的。”丽丽又补充了一句。

“哦，你是外语系……”本来李志坚脱口而出的完整的一句话是“你是外语系思佳那个寝室的”但考虑到每次他一报出寝室号，老有男、女同学脱口就是一句：“你是王新雨那个寝室的”自己心头微微不爽，于是他及时刹车。谁让李志坚只善文采，而王新雨唱歌、打球、辩论、演讲这些出风头的项目无所不精呢？

“哦，你们一进一退可都想好了，碰到像我们这样才子云集的寝室你们全体芳华就顺理成章地与我们结为友好寝室，碰到丑男打堆的宿舍你们就说愚人节给大伙开个玩笑呢？”李志坚一改平实的语句开始妙语连珠了。

和平凡的女人就用平实的语句，和赏心悦目的女孩就用跳跃的语句，这是李志坚和女同学的交流原则。

眼前这位女孩虽说不上是赏心悦目，但也属于中、上品，更何况她还是“校花”思佳的室友，怎么着也得留下好感。

“你们的招聘海报写得真好，特别是落款‘全体芳华’，让坏人想入非非，让好人浮想联翩。”

“哈哈，不愧是‘大才子’，一开口就让人神清气爽。”

“哦，你知道我，你了解我不堪回首的过去。”李志坚装着惊诧的样子。

“哈哈，应该是无比辉煌的过去，引用阁下的创作的《中学和大学》中的一段诗词吧：

结束了 子夜钟声 伴我入梦

结束了 一腔热血 催我早起

结束了 去日苦多

开始了 何位佳人 入我梦乡

开始了 一夜卧谈 给我眠晨

开始了 美妙前程

“哦，美女加才女，初识从视觉的角度来判断觉得你是位美女，初聆从听觉的角度来推论觉得你是位才女，美丽和智慧这一对矛盾的东西为什么在你身上结合得这么完美？这首诗还未公开发表呢，只是登在我们班墙报的一角，而且还未署名呢？”

“哈哈，世上无难事，只怕有心人，当然，我也是猜那首诗是你写的，什么是‘初聆’？”丽丽扬起了天真的脸，并且侧对着李志坚，因为很多姐妹告诉她，她的侧面比正面更好看。

“初聆就是初次聆听。”

“哦，哈哈，有意思。怎么大才子没有经过一夜的卧谈过一个眠晨，一大早就来此地寻觅创作的灵感了。”

“灵感没找着,却遇上邂逅了,我们应聘上了吗？”李志坚问。

“你们的应聘信写得真好,是你这位大才子,还是全才王新雨的杰作？”丽丽并没有直接回答李志坚的回答。

“都不是，前两句是我们全体宿舍成员集体创作的结晶并根据古诗改编的,后一句这是我摘录了一位无名诗人的一句话。”

“月落人廖星满天 3栋4栋对愁眠;愿一根轻轻的情愫将两个世界拉近。”丽丽和李志坚异口同声。

“还有王新雨的那首诗可真棒,‘4栋,离5栋很近,离3栋很远’,王新雨怎么那么多才多艺,干什么都是一流的,不,简直是超一流。”丽丽只知道男人不能当着她的面说另一个女人好，却不知道她同样也不能当着一个男人的面说另一个男人好。

“这是他模仿诗人顾城的诗写的,顾城的诗我们知道那一句‘黑夜给了我黑色的眼睛 我却用它来寻找光明’,还有这一首也是挺棒的。”

“是什么？”丽丽已走到李志坚的另一面,又给了他另外一个侧面。

“我看云很近,我看人很远。 地上的人,特别是熟悉的人跟熟悉的人之间的距离是多么的近啊,可人心与人心之间的距离又是多么的远啊,而天上的云,陌生的云离我们是多么的远,可我们一抬眼就能望着他,云常给我们无私的奉献,云,离我们是多么的近啊。”

“哇,Good Good Very Very Good,诠释得真精彩！”丽丽拍起了手。

李志坚也记不清是多少次对着不同的姑娘说着这一相同的话题了，但每一次他都能得到高矮胖瘦、美丑不一的各种姑娘的惊叹。人说对不同的人说着相同的话是一种痛苦，看来到了李志坚这里未必。

“多美的意境啊，当寝室的灯一盏一盏地熄去，落夜下的学子有多少欲语还羞的话语，多少朦朦胧胧的想往，这一切都只能带人深深浅浅的梦乡。”丽丽有着无限感慨。

李志坚无语，立马创造出了一种“此时无声胜有声”的氛围。

“你们的落款‘一块土壤’是啥意思？”

“全体芳华再灿烂，她们终将投向土壤的怀抱。”

每一个女人一生中都可能过过一个幸福得要死的夜晚，但像丽丽这样能有一个想象绵绵的早晨是相当罕见的。

（二十年后的今天，我的弟妹丽丽在一个无所事事的事业单位里，百无了赖地在一个下午读到了我记述的这一章节，心中久久不能平静，突然觉得接下来的，日日觉得寻常的黄昏竟然有了几分诗意。）

“你们各位的文韬都没有问题，我们还想考察考察你们的武略。”说这句话的时候丽丽和李志坚已经在生物园里走了第三个来回了。

“怎么还有别的寝室跟我们竞争吗，我们一定会齐心协力，八个人总共十六拳出击，打得他们满地找牙。”

“哈哈，那倒不必，我们给你们一个月的考察期帮我们姐妹打开水，行吗？”

“哈哈，考察期太长了……”

“你们寝室那个一天到晚，在校园的哪个角落都能看得到的，叫什么宝的。”

“赵大宝,他怎么了？”

“他总是拎着碗站在开水房回女生宿舍的必经路上，向漂亮女同学讨开水喝，真讨厌,本姑娘就被她讨过四次呢？”丽丽说着嘟起了小嘴。

“才四次,思佳同学都被他在路上拦截了几十次。”李志坚看丽丽前面提到了王新雨,就以牙还牙地提起了思佳。

“哦,是吗,我躲掉了他好多次。”丽丽不服气地说。

“唉,书要借给我啊,考完了试我会还的。”丽丽可没忘了正事。

“行,《围城》里说一借一还两次机会。”

“你,我只是知道‘借物要还’的朴素哲理,怎么到了你这里就有了那么丰富的想象。”

“我们寝室后天有个‘Party’,想全方位考察一下你们寝室的这些男生。”

“我代表我们全体寝室的白马王子应邀出席好吗？”

“哈哈,最好是万马奔腾。”

毛辣子虫树静静地听着风里隐隐约约传来的这一男一女的对话，这棵树算是什么呢？是他们初恋的使者,是他们相爱的红绳,是他们结合的证物。

反正从此以后,丽丽是再也不讨厌毛辣子虫树了。

“高佬”黄在交易完袜子后,迅速地冲到洗脸池用凉水冲了一把脸,马上带着两只碗向食堂奔去,一边小跑一边想着个问题:“人的身体构造是怎么回事?老年人事情不多、时间充足,怎么睡也睡不着,年轻人事情太多,时间紧张,怎么睡也睡不醒？”

现在的学子是幸福的，带着一张卡往餐厅去就行了，吃完饭把嘴一抹，把领用的餐具往就餐处一放就 OK，我们那时可不行，去食堂之前得带好碗筷、勺子，饭菜票，用餐完毕还得把碗洗干净再带回寝室，当然带碗筷的好处就是路上如果碰上了一个漂亮女同学就用勺子敲敲碗，算是打个招呼吧。

期中考试快来了，这一周来，他已经承担起帮他们班的学习委员早晨打饭的任务，自从“高佬”黄踏入大学后就彻底地松了一口气，结果大一的基础课程像《数学分析》之类的学得不太好，到了大三像《概率论》这样的课他就在“坐飞机”了，他又是在学得最苦的数学系，从第一个寒假开始他就与“第二次考试（补考）”结下了不解之缘，每学期都有一两门课挂“红灯”，这还是他在全班同学的帮助、个别老师的手下留情的情况下才可能有的战况。考试的最后一个星期，“高佬”黄彻底没有了平时的神气活现，他向学习好的、他学号附近的同学露出最最讨好的笑脸，只要是学习以外的事情他都帮着解决，（一个学生，学习内的事情不管，专管学习外的事情）目的也就是在考试中这些同学能照顾一下自己，每考一门他基本上都得往老师家里跑，承述各种原因来强调他这门课没有考好的理由，希望老师看在他“平时学习努力的情况下”放他过关，并且常常顶着一头的雨水带着大伙儿给他集资买的两盒烟在老师的宿舍门外徘徊，收获的是老师“少壮不努力 老大徒伤悲”的语重心长的教诲。平时的大学生活“高佬”黄过得可尽是风花雪月的夜晚，可考试的这一周的夜晚“高佬”黄常常是在噩梦中惊醒，平时那些闯入他梦中的缤纷的女同学纷纷替换成了一个个严厉的男教师，“高佬”黄常常在梦中大叫“过了，我过了。”或者是“完了，我完了"，醒过来喃喃自语："幸好这只是个梦。"

《再回首》这首歌刚刚流行，假期复习功课准备补考，好好的对这些功课"再回首"吧。

每次过完一个痛苦的假期之后，他每个下学期的第一个星期总是坐在教室的第一排，每本专业书的前三页都是翻得破破烂烂，后面一两百页却永远完整如新。过了一个星期，色彩斑斓的大学生活又让我们"高佬"黄"涛声依旧"了。

我们那时每门必修的专业课的得分组成是这样的：平时作业成绩10%，考勤率10%，期中考试20%，期末考试60%。所以，要想考试过关，这几个环节都得重视，高佬黄吸取了大一、大二的教训，准备在大三的时候通过自身的努力和外力的帮助消灭补考，和与他学号相近的前后左右的学习好的同学搞好关系是一件大事，到时候这几位同学斜一下卷子、打个手势，或者明知故问地举一下手，问一问常在"高佬"黄身边巡行的监考老师考卷上的题目的意思以起到"调虎离山"的作用。像选择题他们还总结了一套方案：摸后脑勺代表选A，因为后脑勺要垫着枕头睡觉，一枕黄粱，A恰好对应为一；摸鼻子代表选B，因为鼻子有两个鼻孔，"鼻"发音的声母是"B"，即形象又意象；把一个指头含在嘴巴表示选C，因为嘴巴张开是个"O"形，一个指头把"O"形划开即成为"C"；拽几下耳朵就是填D，因为耳朵的外形颇像个"D"。

两句话归纳如下，"A脑B鼻C嘴D耳 中西结合务必牢记"。

至于实在看不到的综合解答题，那只有冒着巨大的风险传纸条了，有一回，"高佬"黄班上的一位同学机警地传了一个纸条给"高佬"黄，这一举动让对着考卷一筹莫展的"高佬"黄激动得差点"老泪纵横"，他小心翼翼地展开纸条，纸条上的内容是

这样的:

“请把第三题的答案传过来。”

还有一回,阿黄的公共课外语没过,他和各个系外语都没过关的人都坐在一起补考,“高佬”黄是属于差生里的好生,他不但自己要过关,还承担起了尽可能掩护其他同学过关的责任。事前, 另外那些人打听到了补考的监考老师是学校有名的“四大名捕(补)”,监考起来特别的严厉,这一行人就集体在教室的后三排撒尿,又把责任推到民工身上,把监考老师熏得离他们几米远,大伙就在那种气味中战战兢兢过关的。

学海生涯十几年,“高佬”黄想了想还是在幼儿园的时候比较好混。

考试的故事三天三夜也说不完,那里面的感伤在我专门撰写的一个章节《警察与小偷》中慢慢的寻觅吧。这个晴朗的早晨我们就不去多想、不用多说了吧,“高佬”黄已经走进了离自己宿舍最近的理科食堂。

从混沌到有序,早晨的大学食堂没有中午时的那么拥挤,但还是有些大到国际新闻、小到校园新闻的消息在喧闹声中传递,高佬黄懒得去听,专心排队并很快地打好了二两稀饭、六个包子,在回宿舍的路上,为了减轻分量他就“黑虎掏心”(把包子里的肉吃了,皮扔了)地让三个包子下肚了,路上他有点为自己的智商沾沾自喜,“高佬”黄是和他们班另一位也常“补考”的同学一起承担起“赡养”学习委员这一周的早饭和午饭的任务的,“高佬”黄以早晨他可以起得来为由,说他就吃点亏负责学习委员的早饭,另一位同学乐滋滋地接受了午饭的任务,可从经济学的角度来看,“高佬”黄还是划算的,包子一个八分钱,三个包子二角四分,再加二两稀饭,整个早餐总体造价也就二角六分，中午光一份大排就得六角，还不算米饭的价钱呢。

“高佬”黄的得意账还没算完，旁边的篮球场意外地飞过了一只足球，准确地击中了他持稀饭的左手，一通“稀里哗啦”，稀饭喷洒在了“高佬”黄的前胸，那只碗掉到水泥地上发出清脆的“丁当”声。

那是假10号范伟率领几名替补在篮球场上踢几个人的小场子足球，他们以篮球架为球门正踢得不亦乐乎，范伟亲自主罚了示范式的直接任意球，以偏出球门八十多度的方向向“高佬”黄奔来。

范伟一直很羡慕王新雨的那只“黄金左脚”，“五一”以后，一年一度的“校长杯”足球联赛就要开始了，在刚刚过去的三日里，整个南部地区高校足球联赛的决赛在J大举行，J大在南部地区一直和邻省的K大在德、智、体各方面争夺着“老大”的位置。大一的时候南部地区高校辩论赛的总决赛就是在K大和J大之间进行的，J大以微弱优势获胜，大一的王新雨作为整个南部地区参赛选手中唯一的来自理科系的新生参加了比赛，并被评为“最佳辩论手”，大三的时候，这两所大学的足球队又在足球场上狭路相逢了，又是王新雨的一记内旋加外旋的任意球让J大夺得了冠军，让自己又被评为“最佳运动员”。

这一冠军荣誉让足球在J大热得不能再热了。

人比人气死人，范伟一路踢下来，除了坐稳了班队的主力的活，校队的边都没摸上，只在系队的比赛中替补出场过两次，而且这两场比赛的氛围是一次他们法律系已经提前小组出线，一次已经提前小组被淘汰。如果大三，他还不能作为系里主力登场的话，他的足球生涯有可能就会提前结束，所以，范伟想起了“勤能补拙、笨鸟先飞”的古训，练得愈发刻苦了。

范伟还有一个只有自己知道的梦想：若干年后，他带着他的儿子“小范伟”故地重游，他指着足球场上的一个地方，告诉儿子他父亲年轻的时候是怎样的过五人、斩六将，于此地将球打入，挽救了整个足球队。

看他这一脚，恐怕要再练一万脚，才能把这个梦想说出来。

高佬黄气不打一处来，但看看是范伟的杰作，也只有无奈地摇摇头，拾起碗重新往理科食堂跑去，远远地还听范伟在对着一帮人吹呢：“没事，凭我在J大的威望，发生这种事情，对方是既不敢怒也不敢言的。”

“那是，那是，范大哥你再重新秀一脚试试。”几个大一的毛孩又把球拾回来重新摆好。

这是一个平凡的校园的早晨，这是一个勤学苦练的早晨，这是一个诗情画意的早晨。

三、人生若只如初见

陈晓春学的是哲学。什么是哲学呢？哲学就是不管你用什么样的方式、说什么样的话、做什么样的事，总是有一定的道理的。

去了个没啥意思的地方，人们通常会说："去了跟没去一样。"读了哲学，有些人会说："读了跟没读一样。"

这话不一定对，对于大部分碌碌无为的人来讲，难道可以说："活了跟没活一样吗？"

十八岁的陈晓春骑着自行车于9月1日这一天来到了热闹非凡的J大，一年一度的迎新是每座大学最重要的工作之一，各系办的系旗迎风招展，给人以"火红的旗帜、火红的青春"到处都是火辣辣的感觉，各个系的墙报出得五彩缤纷，各社团的加盟的邀请让人看得眼热心跳，像什么"文学家的摇篮——南华文学社等着你；心灵驿站——小雨诗刊社和你一起听雨；在学雷锋的过程中逐渐成为科学家——无线电兴趣小组免费为你服务；不妨过一个'天、地、人'合三为一的夜晚，哲学沙龙今晚7点在离女生宿舍3栋最近的一间教室举行……"偶尔闪过几个穿校队衣服的人引起了全体新生的尊重和注目，一大堆漂亮的姑娘在操场上跳健美操展示着"青春的美丽"和"美丽的青春"，让有野心的男生产生"我要认识她们"和有志向的男生生出"让她们认识认识我"的想法，一个长相一般的女新生发出："这些学姐她们跳得多棒啊”的感慨，一位自认为有气质的女生接话：“好像几个动作不太规范，应该是连扭六下胯，怎么才扭了五下……”

一客车一客车的新生和一卡车一卡车的行李接踵而至，还有少数的几辆小车泊在一隅，下来得是有点神气活现的主儿，也有为数不多、像陈晓春这样坚决不要父母护送，自己就骑着自行车来，自认为已经独立了还要“解放全天下”的本城的都市男女……父辈们无论贫富贵贱如何，来这所大学的学子们目前可都是处在同一起跑线上，所以每一个人的脸上都带着无法掩饰的幸福。哦，大学，这可是无数个人梦开始的地方。

“听说大学里没有固定的教室，上什么课得自己找教室。”

“还听说大学里不排座位了，那我想跟谁坐就跟谁坐，我天天要和‘班花’坐。”

“问题是人家愿不愿跟你坐。”

从风中传来的一听就是一对大学新生的对话。

陈晓春是属于“玩深沉”的一类人，“沉默是金”是陈晓春的座右铭，“言多必失”是他家的祖训，但他无论从内心还是外表上来说，对别人的玩笑和多语也不排斥，陈晓春从外形上看与“杜丘”还有几分形似，只是腿短了许多。

陈晓春并没有着急报到，他骑着自行车驮着行李，跟着熙熙攘攘的人群，沿着各系的报到处转了一圈。他一语未发，没问一个人通过观察就基本搞清了报到的流程，先到系办交“入学通知书”、登记、交照片办三证：学生证、医疗证、借书证、领寝室钥匙放行李、去医院体检，去总务处买饭、菜票，一条校园的小路上热热闹闹摆放着脸盆、脚盆、热水瓶、饭盒等生活日用品……卖书的的摊前热闹非凡，买书的人挤得不亦乐乎，有一个汗衫上满是破洞的学生用双手捧着一摞书，又怕书掉了还用下巴勾着的形象给陈晓春留下了深刻的印象。

一位长着根雕一样面庞、足蹬一双解放鞋的农民伯伯用扁担挑着两大堆被子、蚊帐、铁桶之类的用具精神焕发地在人群中走着，后面跟着一位低着头的穿圆口布鞋的山里伢子，他着一身簇新的布料做的衣服，衣服上沾着一身的尘土，心里装着一生的想往。

“爆米花爆吗？（报名在哪报）”，老农问着两位走过身边的新潮男儿。

两位调皮的男生经过耐心地与老农攀谈，终于理解了老农的意图，很热心地为老农做了指点，老农和伢子经过一小段的快速奔跑，却走进了公共厕所。

陈晓春停好自行车，从后座上卸下简单的行李，报到手续他已办好，就拿着刚发的钥匙直奔 4 栋 4 楼“4-402”寝室。

挟着行李，陈晓春一口气就“咚咚”地上到四楼，年轻就是好啊。

寝室的门锁着，门口贴着一张纸，上面写着现在看上去陌生，但接下来会在自己的一生中将会熟悉得不能再熟悉的八个名字，他们是：

王新雨（计）李志坚（中）范伟（法）陈晓春（哲）

赵大宝（生）李永强（外）刘康（物）黄楠南（数）

陈晓春喘了一口气，又静默了一秒钟，拿着钥匙缓缓地开门，心里想：“我的高中之路走完了，我的大学之门要开启了。”

上午的阳光洒满了这个不足十平方米的小屋，四间上、下铺的床，八张桌椅有序地摆着，这个曾经无数前辈们喧闹过的地方在此刻却是这么静静地候着他。

陈晓春喜欢这种意境，环视整个寝室他看见了临窗的下铺的床沿上贴着他的名字。

小说和电影《女大学生宿舍》他在读高一的时候都看过，那里面有一个情节他还记得，那也是开学报到的第一天，一个山里来的女大学生和一个干部子女为争夺下铺而演绎了一段故事。看看我们的J大多好，做事多仔细，组织决定就把上、下铺的纷争给解决了。

上铺的主儿组织上给他安排的是王新雨，对铺是李志坚，真是太好了，陈晓春将来的生存境界是“头降喜雨，面对坚强。”

陈晓春用半个小时抹净了床，挂好了蚊帐，铺好了床单和草席，并在四楼的整个走廊走了个来回，最后舒舒服服地把自己扔进了挂着蚊帐的小天地里。

刚才走过的许多寝室，门口都贴着八个响响亮亮的名字，只是他们的名字后面都没有像陈晓春他们的名字后面那样加着个小括号，陈晓春的名字后面的小括号里是个哲字，标明他来自哲学系，依此类推，王新雨来自计算机系，李志坚来自中文系……一个寝室八个人，四文四理，分别来自不同的系，这也挺好，五湖四海，兼收包容，大学四年可以耳濡目染其他系的许多东西，这一点特别是对搞哲学的陈晓春来说很重要，可为啥别的寝室都是本系的在一起呢？陈晓春想着这个问题。

“是郭间吧（是这间吗）？”门口响起了本地方言。

“没错，没错。”一个胖胖的男孩和一对精瘦的父母带着一堆行李推门而入。

“宝啊，床在这里，你歇一下，妈妈帮你铺床。”

陈晓春从蚊帐里探出头，胖男孩已经来到了他的床前。

“你好，你好，新同学，我叫赵大宝，你报到了吗？校办、医院我都有熟人，我带你去总务处买饭菜票吧，省得你排队，你叫陈晓春，哲学系的，你们的系书记叫刘，刘什么来着，我很熟的。”

陈晓春握着赵大宝伸过来的手被赵大宝的热情感染着，刚刚他也在他们系的墙报前停留了片刻，浏览了一下他们哲学系的墙报，那里面有介绍，他们系的系书记确实姓刘，严谨的陈晓春记住了他的名字——刘香花，一个很土的名字。

“有客打床惊我梦 无人伴寝入春宵”陈晓春想起了一句话。

陈晓春是个中轻度结合的近视眼，他又不太爱戴眼镜，所以看人睹物常常是“凝视”的状态，他就凝视着由远而近来到他面前的圆圆的赵大宝。

赵大宝不管为他忙前忙后的爹妈，一屁股坐在了陈晓春的床边，准备像韭菜那样落锅就熟地开始聊天。

陈晓春微微有些不快，他算是个有“洁癖”的人，尤其是不喜欢别人坐到他的床上。但他也不反对别的男人的邋遢甚至是不修边幅，（陈晓春家就两兄弟，他和哥哥在家里住一间房，哥哥的床除睡觉外还兼了其他的很多功能，整个床可以说是凌乱不堪，而他的床可以用一尘不染来形容。）就像他的寡言也不讨厌别人的多语，但这有一个原则：他不侵犯别人的领域，也不希望别人过多地到自己的领域里来。

陈晓春后来想了个办法，只要在他自己不在床上的时候，他就往床上的几个显眼的地方洒上十个图钉，这一下，人家还真不敢再碰他的床了。有一回，他周日回家，照例洒出十个图钉守护着他的床，待周日晚上他回来后，他收好了十枚图钉，安然地宽衣就寝，不多会儿他翻了个身，发出了一声惨叫，一枚图钉狠狠地扎了他一下，陈晓春是个严谨的人，安放和收取图钉绝对不会多一枚、少一枚，嘿嘿，有人恶作剧地放了第十一枚图钉。此是后话，咱暂且小提一下。

“刘什么来着，刘什么来着，”赵大宝还在自言自语。

“刘香花。”陈晓春说出了见到赵大宝的第一句话。

“对，对，她是我拐了弯的亲戚，是我的表姨呢，”赵大宝说。

“你也是本市的？”赵大宝又起了一个话题。

陈晓春点了点头，心里想这位同学接下来该问他是哪个中学了，中学里又有谁谁是他的哥儿们、姐儿们了。

“知道我们为什么不是一个系的又住在一起吗？”赵大宝问了另外一个问题。

“不知道啊？”陈晓春心想我也在思考这个问题并渴望得到答案呢。

“我们和那些兄弟”，赵大宝指了指另外几个空铺，又接着说。

“应该都是本市的，你知道吗，本市户口在五公里以内的考入J大的学生本来是一律不安排住宿的，你想想没有住过寝室的大学那叫读大学吗，读个走读的大学那有啥意思，后来，我就找了个总务处的亲戚，人家就给我安排了。”

“哦。”陈晓春点点头。

“但也不能安排我一个啊，总务处就干脆把读这所大学、家住本市的同学一块给安排了。”

“这就有了今天像我们这样的混合寝室。”

“你总结得太好了。”赵大宝很哥儿们地拍了一下陈晓春的肩。

“你是生物系的？”陈晓春有点喜欢上了滔滔不绝的赵大宝，就明知故问。

明知故问是拉近关系的一种表现形式。

“对,这可是下个世纪也就是二十一世纪最流行的学科。”

“看来赵兄是过去的五千年全部知道,将来的一百年也尽在掌控啊。”陈晓春的特点是随着交流的深入,总能总结一个人的特点。

“过奖,过奖,最多只能说过去、现在和将来本人略知一二。”赵大宝很谦虚地应答。

赵大宝是属于典型的“语言上的巨人,行动上的矮子”类型的人,夸张点说,大学四年,他说掉了他们整个生物系的学生说话总和的一半,虽然大部分是无恶意的大话、正确的废话,但“搞掂寝室这通来龙去脉的话”还真不假。

“宝啊,捂丈了(搞好了),”应该是赵大宝的老爷子在说话。

“叔叔、阿姨好。”陈晓春赶紧过来说话。

“好,好,我屋里的宝以后就麻烦你照顾他了,”老爷子笑着对陈晓春说。

“到了礼拜天,你就跟宝到家里吃饭,”老爷子很热情地说。

“这,”陈晓春有点受宠若惊了。

“另外,还有,在这里有什么事,就跟我说,我在某某局当科长,我儿子在你们管段的派出所工作?”

“你儿子?”陈晓春看了看赵大宝。

“那是我哥,”赵大宝说。

再聊一会儿,赵大宝的爷爷是地主还是贫农陈晓春都应该知道了。

“走吧,”赵大宝的妈妈说。

“到家里吃饭，到家里吃饭，”赵父又一次发出邀请。

“我就是这里的人，”陈晓春说。

“哦，好，好。”赵父边走边说，又嘟哝了一句，

“小车怎么不让进宿舍。”

有其父必有其子，陈晓春心里想。

这一天，陈晓春和赵大宝按先后顺序分别迎来了结伴而至的青春和阳光的王新雨和黄楠南这一对中学的同学，现在的大学的室友，有点气质的李志坚，带着耳机说着“Hello everyone”的李永强、颠着足球（最多只能颠五下）的范伟，都是同一座城市里有着相似成长经历的年轻人，大家都经过“黑色的7月”的拼搏成了“天之骄子”，共同迎来了“红色的9月”又共处在一室中，是多么的幸福啊！

毕竟是学生，离高考结束也不久，大家又考上了这所重点大学，于是就很快地聊到了分数，理科中王新雨最高，赵大宝最低刚刚踩线，文科中李志坚夺冠，范伟垫后。

“想不到啊，想不到啊，没想到啊，没想到啊，原来中学的时候我们只是白天相处，夜晚分开，现在我们的大学时光可要日夜相处了。”黄楠南高兴的四肢乱舞。

“有句话怎么说来着，人生的四大喜事：‘久旱逢甘雨 他乡遇故知 洞房花烛夜 金榜题名时’，金榜题名时咱有了，洞房花烛夜那是以后的事，你说我与故知同处一室这叫啥，这算啥？”黄楠南又问。

“故乡遇旧爱，旧爱不太好，一室两故知，怎么样？”李志坚说。

“好，言简意赅，一室两故知，还有六位新朋。”王新雨一开口，就让人觉得他挺

全面，而且还是不经意地流露。

“你们知道吗，王新雨可是我们学校最全面发展的学生，球打得棒极了，在刚刚给束的全省中学生智力竞赛中他代表我们学校拿了第一名，以后大家就会慢慢知道的，”黄楠南实事求实地说。

“哦，晚报上登过你的名字，我听我们班代表我们学校参赛的同学说，那个叫什么雨的太厉害了，原来是你啊！”赵大宝在那大呼小叫了。

那年头的智力竞赛可谓是如火如荼，就像今天的“开心辞典”、“幸运52”，人气极旺。

“只来了我们五位新朋，连你们两位故知总共是七位，还有一位呢？”范伟说。

话语刚落，一位头发微秃的、看过去比这群男生大五六岁的男士背着手、挺严肃地走了进来。

大家停止了喧笑，从外形上判断此人应该是位老师，或是哪个班的班主任，可得给人留下个好印象。

“老师，请坐，请问你找哪位？”赵大宝问。

“刚才我在5栋物理系的寝室找了一圈，没找着，后来到系办问了一下，结果在这里。”来人对赵大宝说。

那人说完掉头就走了。

“这应该是刘康的班主任，”赵大宝说。

“不对，应该是刘康的家长，班主任应该大体知道每个班的寝室分配，”范伟说。

“我看是刘康的哥哥吧，这人看过去与我们总没有相差两代吧。”李永强综合分

析了赵大宝和范伟两个人的话得出结论。

“从气质上看，可能是宿舍管理员，”李志坚补充了一句。

五分钟后，那人运上一堆东西，其中有一对哑铃，并引人注目地背着一把吉他。

吉他常常是和青春俊朗的男生相伴的，怎么会出现在这样一位像电工师傅的人的背上。

大伙儿赶紧上去帮忙，七七八八地把东西安置好，此人喘了一口气，向大家伸出了手：

“大家好，认识一下吧，我叫刘康。”

“你好，你好。”

“你复读了几年？”赵大宝上来没头没脑地问。

“复读，没有啊，我是应届的。”刘康回答。

那为啥年纪看上去那么大呢?赵大宝没在接下来问了，但和其他人一样都存着疑虑。

“这是你的吗？”范伟指着吉他又上来问。

“对啊。”

“轻轻敲醒沉睡的心灵，慢慢张开你的眼睛”。正好不远处的冷水澡堂里传来了变了调的歌声。

“请刘同学来一段吉他弹唱，给我们‘大学的第一天’留下难忘的印象，”李志坚说。

“掌声鼓励。”赵大宝带头鼓掌。

“我弹得不好。”刘康边说边把吉他抱在了胸前。

“看看忙碌的世界是否依然转个不停，春风不解风情，吹动少年的心……”他这一唱，澡堂里的那位立即闭了嘴，浑厚而深沉的男中音穿过“4-402”室，飘满了一走廊，最后演化成“唱出你的热情，伸出你的双手，让我拥抱着你的梦”的寝室大合唱。

人不可貌相，这句话“4-402”寝室的人真正理解了它的深刻内涵。

他们就这样相识了，人生若只如初见啊。

一周之内，这群人已经无话不谈了，一个月之内，也互相都有了外号，也把最光彩的形象经过互相吹捧而在寝室以外高大了许多，而把最暗淡的故事经过互相讽刺而在寝室之内渺小了不少。

一个月当中，“蛮子”刘康的六弦琴经过这群爱艺术的人频频抚摸变成了三弦琴，闲人赵大宝竟然能在教工食堂吃上饭菜了；“高佬”黄的自行车后座上载过三个或三个以上不同系别的、不同年级的学姐学妹；范伟据自己说系足球队正在考察他；“托福”李 Sir 也是据他自己说他成了“英语角”的王子；诗人李志坚在校报上发表了处女作；陈晓春的一篇论文有可能在更高一级的学报采纳，更可喜（或是可悲）的是他们收拾了“J 大的第一条罗汉‘短脚’之流”。

王新雨除了与“短脚”的一仗给他光彩无比的大学新生涯有了点瑕疵外，他应该算是 J 大最耀眼的一颗新星了，新生演讲赛他以华美绝伦的锦绣文章、一气呵成的演讲风格、帅气十足的阳光外形拿了个第一，“三好杯”篮球赛他们计算机系史无前例地拿了冠军，校足球队已经请他加入，接下来的南部地区高校辩论赛总决赛经过一轮又一轮的淘汰，总决赛马上就要在J大与K大之间进行了，王新雨已是少年当家，做上了主辩手的位置。

看官莫嫌，我实在是对以“我”为原型的笔下的王新雨太钟爱了，所以在前面不长的篇幅中反反复复地介绍王新雨那点“丰功伟绩”，就像当代文学的泰斗鲁迅先生前前后后地描述“闰土”先生，现代文学的大腕王朔同志喋喋不休地说着“方言”同志一样。

托福李对王新雨的其他强项都带着嫉妒似的佩服，唯有对王新雨的新生演讲赛拿了第一不太服气，常喃喃自语：“要是有英语演讲就好了。”

王新雨他们是八十年代末期上的大学，那个时候考取大学是他们基本上唯一的出路，因为你哪怕是考上了中专，毕业了那也是国家干部身份，所以千军万马过“独木桥”，王新雨以优异的成绩考取了本省的重点大学，时代还赋予了他们一个雅称“天之骄子”。

入校那年，正赶上他们学校建校五十周年，学校里有一项活动是评选校园“十大风景”。像挺拔的文科大楼，雅致的生物园，怡人的秋水湖，这些饱含着底蕴和灵气的东西都当仁不让地铁定入围，可广大师生选来选去只能选出九件风景达成共识，未有太大争议的作品。这个时候“贝妮、贝妮”的声音已经贯穿了王新雨他们这些大一毛孩的耳膜，所有学生私下达成一致意见，要把贝妮作为第十大风景给选上去。王新雨渐渐知道了，贝妮是高他一届的学姐，新闻系新闻专业的班长，是市领导的千金，是集“校花、系花、班花”于一身的一朵美丽的花。

据赵大宝的“校园每日快讯”报道：某年某月某日从子夜十二点起，一位看不清面目的男士，彻夜在楼下高喊她的名字，影响了3栋整个女生宿舍的休息，为此楼上倒下了一百多盆洗脚水；在过去的日子里的某一段时间，一位富家子弟遍寻了校园写手，花了几顿饭、几条烟的大本钱，采用联合组稿的方式专门为了她，写了几万字的情书却没有得到片言回复；在我们苦读高三，向往学府的日子里，有数十位对她“单相思”的男士，只要见了面都要互相敌视，那真是“情敌相见，分外眼绿”，这还是文雅的，上周的二位打得头破血流在医务室缝针的人还是因为她；昨天还有一位为了看她的背影，直接撞在电线杆上，听说还有人看她的，看着看着掉进了冰冷的湖里。

不容易啊，要知道我们那时还生活在含蓄的80年代。总之，谁要是和她好，一定会激起全校男士的公愤，像我赵大宝这么优秀的男士爱上她，人家一定会认为我是堆牛粪，牛粪就牛粪吧，好歹我还是块肥料，像范伟、刘康之流恐怕连马粪都算不上。这是赵大宝的总结。

“不过她人挺好的，我常常在开水房回女生宿舍的必经之路上伸出碗来向一些女同学讨水喝，以解口头和心头之渴，那些漂亮一点女同学给是会给我点水喝，但无一例外都会翻一个白眼给我，有几回被我讨了两次水喝的女同学见我端着碗向她迎去，竟绕道而走，娘的，真气煞我了。”

赵大宝就是这样，常常是大话中真实地隐藏着自损形象的实话。

大家边听边笑，刘康差点把一块排骨没吐骨头就直接吞了下去，说这话的时候一伙人正在寝室里围着书桌吃午饭呢。

“Go on”托福李Sir常用简短的口语来显示自己的与众不同。

“Go on 就是继续的意思，”托福李看着没反应的赵大宝说。

“不知道那些长得 Difficult(困难)的姑娘这几年怎么过，”“托福”李在那自言自语。

“你们说上周四我碰到谁了，哦，那是一个美丽的黄昏，我和几位喜好浏览风景的各系友人正坐在 3 栋旁操场边的路沿上，边端着碗吃饭，边看着那些吃完饭、打好开水的姑娘们归巢呢，这时，我们的眼前一亮，一位身材高挑、气质独特的姑娘正伴着晚霞款款独行呢，我干啥都反应快，就把只吃了一半的饭菜倒掉，那里面还有好几块红烧肉呢，我可管不了这些了，我一个箭步从路沿上跳了出去，伸出碗来就讨水喝。”

“人家给了你无数个白眼吧。”陈晓春躺在床上接了一句。

“她半伏下身，期间还用手捋了一下大波浪的长发，缓缓地拔开瓶塞，对着你赵大宝的那只脏碗‘咚咚咚’倒了半碗水，还柔柔地说了一句‘够吗。’”李志坚接话了。

“没错啊，泥嚷晓得个(你怎么知道？)”赵大宝一激动就爱把普通话切换成方言。

“诗人总是未卜先知的，你知道，美丽的女人是属于世界的，就像我这样优秀的男人是属于全社会的一样，就许你小子在那制造各种机会接近女孩，我就不能在旁边观察观察。”李志坚又说。

“一般说来，女孩子喜欢高大的男生。”“高佬”黄边说边站起身来准备去水房涮碗，同时还意味深长地看了一眼矮胖的赵大宝，又充满爱怜地看了一眼矮瘦的范伟。

“你们说了半天，在说谁啊？”刘康老老实实地问？

“贝妮。”全体室友异口同声地回答。

奇了怪了，入学快两个月了，王新雨也出席了不少风光场合，正逐渐成长为风云人物，竟不知道贝妮长什么样，只知道每天关灯后寝室的“卧谈会”，她是一个永恒的主题，渐渐在王新雨脑海中勾勒的形象是端庄的容貌，高雅的气质，窈窕的身材，流利的英语口语，写得一手好文章，会拉小提琴……

因为 JX 大学五十华诞的原因，整个南部地区几十所高校的总决赛放在 J 大举行。决赛一共是六所高校，其他高校为争五个名额，预选赛进行得如火如荼，而 J 大作为东道主直接进入决赛，J 大参赛的五位辩手的组成是采用了从班级、系里、全校的辩论赛当中层层选拔出来的（类似于今天的海选），王新雨就是那个时候，作为唯一的大一的学理科的选手脱颖而出了。

1 500 人的图书馆演讲大厅座无虚席。过道上，窗户旁，大门口到处都挤塞着人，J 大如愿以偿地和南部地区另一所著名的高校 K 大，一路过关斩将，狭路相逢在总决赛的战场上了。

“4—402”寝室倾巢出动，承担王新雨的“掌托”任务，赵大宝竟然坐在了第二排，第一排可是校领导、评委啊！

“敬爱的老师，亲爱的同学们，大家晚上好，K 大的才子佳人和我们母校的辩手们经过一轮又一轮的唇枪舌剑的搏杀终于众望所归地会晤在今天这样一个美丽的夜晚了。”

一位长发飘飘、气质高雅、长相甜美的女主持人一开口就把所有人的胃口给吊得足足的，暴风雨般的掌声要把演讲厅的屋顶给掀起来。

她的着装也是那么青春和洋气，一件雪白的衬衫，外罩一件蓝色的毛背心，一条刚刚过膝的黑色裙子，一双半高跟的干净的皮鞋。

"Who is she? "坐在主席台辩论席上的王新雨竟然没想到接下来的比赛，罕见地开起了小差。

"我是新闻系的贝妮，"她还未说完话，又是一阵热烈的掌声，哦，原来是她，怪不得这么白里透红，与众不同呢！

"下面我把双方的参赛选手给老师和同学们介绍一下。"K 大的每一位选手都受到了我们学校师生的热烈而又礼节性的掌声。

"下面我介绍一下我们母校的选手，一辩，来自中文系的大三的……"掌声比刚才涨了百分之五十，没办法，主场嘛。

"最后我要为大家隆重介绍的是我们的主辩手，来自计算机系的大一的新生，他的名字叫王一新一雨。"贝妮的这种煽情可了不得，掌声一瞬间达到了顶峰，这当中当然与赵大宝他们的领掌有相当的关系，当然还有王新雨在球场上的飒爽英姿，和因为学校搞的辩手选拔赛和前面两场半决赛的抢眼表现。王新雨的知名度和人气已经在整个这一届新生中排在了排行榜的第一位，所以一跃坐上了主辩手的位置。

"但愿他呢少年当家，不负众望。"贝妮的眼光直直地盯着王新雨，那目光里有常人看出的祝福，他读出了崇拜、支持、含情脉脉。

当晚经过非常残酷的搏杀，J 大终于以微弱的优势战胜了 K 大，王新雨同时还被大会组委会评为“最佳辩手”。那一年，王新雨只有十九岁。

是谁说的？我什么都不要，我只要我的十九岁。

最痛苦的时候是筹备辉煌的过程，最幸福的时刻是回味辉煌的当下的那个夜晚。

王新雨捧着奖杯静静地走在回寝室的路上。一轮明月当空而照，秋风轻拂王新雨的脸庞，心情和风景都是极佳的。“你在桥上看风景 / 看风景的人在看你 / 明月装饰了你的窗户 / 你装饰了别人的梦”哦，这一晚，王新雨是注定要闯入好多女孩的梦乡的。

回味着刚刚结束的那场跌宕起伏、波澜不惊又峰回路转的比赛，王新雨可以说是激情四射、妙语连珠，舞台下此起彼伏的掌声、特别是舞台上一隅贝妮那双明眸善睐的眼睛给了他多少支持和鼓励，才有了他无比辉煌灿烂的这一刻。

“在幽雅的小路上，她牵了我的手，在远足的自行车上，她搂着我的腰，在星光点点的草地上，她亲了我的脸，我的学姐啊，她给了我人生的很多‘第一次’。”

这是二十年后，王新雨作为一名 IT 老总，在繁忙的工作之余创作了一部“花儿系列”的小说《花开一年半载》——一位 IT 老总的情海生涯中的一段话。

四、一场游戏一场梦

《大学语文》这门课大家都爱学，这是为啥呢？原因有三：

阶梯教室坐了不少人，公共基础课《大学语文》让各个理科系爱好文学的人得以从“西格码”、“二叉树”、“离散数学”、“普通物理”、“计算机组成”等枯燥乏味、严谨得不能有想象力的专业课程暂时释放出来，大家都在文学的海洋里畅游一番吧，这是其一。

其二，公共课是大课，有几个文科系的班和他们几个理科系的班并班上，阶梯教室巨大，和一个文科系的女孩就着先生抑扬顿挫的讲课声，躲在阶梯教室高高在上的最后角落里探讨探讨“唐诗宋词”不是大学里很有意义的一件事吗？

其三，教《大学语文》的教授是一位不修边幅的陈先生，总是在晴天讲课的时候平铺直叙，雨天讲课的时候精神焕发，与室外的天气形成鲜明的反差，就有下面的好事者猜测他年轻的时候是在下雨天失的恋，所以把雨天里无限的伤悲化作讲课的激情。要是看官认为我们这些“芬芳的桃李”对陈教授有啥兴趣，那就大错特错了。陈先生的助教——陶桃老师此时正坐在教室的第一排。她总是提前十几分钟到教室，而且风雨无阻，此刻她脱去了带着雨点的风衣，只穿一件桃红的高领毛衣，从后面看，背影婀娜，楚楚动人，从正面看，面若桃花，清新靓丽。毫无疑问，她是位美丽的、年轻的女教师。

清晨，听着雨滴敲着窗棂，宣告今天是一个雨天，也就意味着今天的早锻炼在这风雨飘摇中无可奈何地取消。雨季的校园的早晨里，可苦了那些急着买小菜、做早饭、送小孩取牛奶的先生们（校园里也一律'妻管严'），曾有幸目睹过好几回用颈脖夹住雨伞、双手各拎物什、歪歪斜斜地前进于稀落而又不间断的队伍，在濛濛的春雨中，早晨未免显得有些寒酸，但又充满生气。

这一天是上《大学语文》课的一天，这是一个春雨绵绵的一天。

头一晚在漫漫的雨夜里，一些男生或女生喜欢把自己反锁在室内，或读书、或温课、或沉思、或默想，"少年不识愁滋味，"却不时把充满伤感的头儿在浓淡交织的睡意中摆来摆去，又惊醒了一个即将来临的希望。

女生爱打花花绿绿的雨伞，一块置于教室后面的空地上，像一朵朵彩色的蘑菇。这也好，晴日里矜持地坐在男孩车后座的女孩儿，虽然没了那种潇洒劲儿，可真有了几许春情躲在小洋伞下的韵味。男生多是在保护好书本的前提下，一个又一个的向着教室急冲锋，当然还渴望在雨中遇着丁香似的一位姑娘，一块举伞遮雨向着烟雨濛濛的地方缓行。奇了怪了，赵大宝竟然带着一把雨伞走进了教室。

多雨的日子，是文人们大有作为的日子，雨季的校园，是莘莘学子成长的土壤。雨天就像那些过惯了暖煦日子的人们的调料。

《论语》里有一句话大意是如果有酒有肉了，要先紧着先生。在这里，"先生"是父兄的意思，可不是吗，"先生"都是早于你，而先生出来的，要不他们能成为你的父兄吗。后来，"先生"就成了教师的代名词，再后来扩大为对所有需要尊重的人的称呼。

陈先生的喘息声伴着铃声一块湿湿地来到了教室，黑色的雨鞋上点缀着一块红橡皮，好像他的雨鞋从来就没完美过，头发让雨水淋得凌乱不堪，眼镜片让水汽搞得模糊不清，他顾不上梳理头发，而是去衣服口袋里找手帕来擦眼镜，摸索了半天，结果一个袜子高扬在手中，全班哄堂大笑，陈先生自己也笑，但还是坚定地用干的袜子擦尽了湿的眼镜，眼前模糊的世界清晰了。

外套有些湿，陈先生就索性把它脱去，谁曾想里面是少了一截袖子的花色毛衣，全教室顷刻间又哈哈大笑，陈先生于是就反应很快地把另一截完整的袖口也卷起。

外面哗哗地下着大雨，课很快精彩地开讲了，陈先生的阵地前很快下起了“小雨”。

生活中我们常遇到讲话激动、唾沫星子乱飞、“小数点”乱喷的人。陈先生就属于这一类，凡是他的课，第一排正中间面对着他的那个位置一般是没有人坐的，用人家的“口水”洗脸的滋味可不好受，可赵大宝今天却坐在了这个位置。

陈先生第一次转身板书，赵大宝就高举起那把伞，全班立马就笑开口了锅，如此反复几次，全教室已经为这一创举要欢呼鼓掌了，直到陶桃老师给了赵大宝一张条子，赵大宝才结束了这一行为。

高高的阶梯教室的最后一排，范伟和陈晓春坐在了一起，目睹着赵大宝举伞、收伞的表演也跟着前排两位笑得气不打一处来的姑娘一起无可奈何地笑了。

范伟这几天可急坏了，因为他新买了一双皮鞋，可连日的滂沱大雨阻挡了他穿皮鞋前进的脚步，终于，今天他下定了决心在他出门下小雨的时候着上了锃亮的皮鞋,可在从寝室去教室的路上没走几步,雨顷刻间就大了起来。

“请问几点了?”范伟用书轻捅了一下前排一位女孩的肩膀轻轻地问。

“哦。”姑娘回头看了看范伟,准备抬腕看自己的手表。

“咦,你不是有表吗?”陈晓春一反在宿舍之外,特别是女同学面前要互相配合、互相捧场的寝室规定及组织原则了。

准备看表的姑娘给了范伟一个“卫生球”眼。

“可我的表停了呀。”范伟赶紧申辩。

“你的表停了可以问我吗,”陈晓春继续刺他。

“这……”

“哎,你怎么记得书都拿倒了。”

“哈哈……”两个姑娘趴在桌上笑得一塌糊涂,但又不得不控制着。

像赵大宝得到了陶桃老师的纸条一样,可能是为了交流起来的方便,范伟意外地收到了平生以来第一张女生给她写的纸条。

“你们俩在练相声台词吗?”舒展开纸条,映入眼帘的是这样一句话。

范伟文笔不行,就得意地把纸条给陈晓春看,又轻声奉承了陈晓春一句:

“大哲学家,显示显示你的深邃的哲学思想给他们看看。”

“没有。我们正在即席演小品呢,观众就是你们两位。”陈晓春用正楷字体书写了一句话,回了一张纸条。

“字写得挺漂亮。”女孩又回了一张纸条。

“字如其人,见字如面。”

“哈哈。说你们胖你们就喘。”

“自信是男人的品德，尤其是在漂亮姑娘面前，当然，我们现在看到的是你们楚楚动人的背影。”

“真会奉承人。”

“奉承是男人拴住女人的绳索。”

“哈哈，你们是中文系的才子吗？”

“鄙人学的是哲学，同桌学的是法律，都大二了，请问两位小师妹呢？”

“猜。”

“从气质上看像学艺术的。”

“猜对了一半，我学的是艺术，我的姐妹学的是生物。我们与你们同年级。”

“听说今晚电影院上映《爱的小屋》。”

……

这是最早的QQ聊天的鼻祖吧。

《大学语文》课排在上午的三四节，陈教授原来喜欢“拖堂(指下了课还要喋喋不休地讲上一会儿)”，后来有上几届胆大的学生敲起了碗，他又不愿意伤了这些学生正在成长的身体，再加上学办也有了新的规定:原则上下课了不得延时，他也就意犹未尽地伴着下课铃声一块下课了。

赵大宝被陶桃老师留下来了，他没有一般学生被老师留下来的沮丧，反而内心有一种要和漂亮女老师独处一会的窃喜，今天晚上的“卧谈会”他一定要把这段谈话内容大肆渲染一番。

陶老师给他的纸条内容就八个字:“大宝别闹 好好上课”。

“你叫赵大宝,对吗? ”陶桃老师在教学楼的公共基础课教研室问。

“对。”赵大宝显得有点羞涩地摸了摸后脑勺。

“赵大宝你可真是个大活宝,人家是‘和尚打伞 无法无天’,你是‘大宝打伞 戏弄老师’啊。”陶老师说。

“我问你,教室漏雨吗? ”陶老师又问。

“没有。”

“那你上课陈教授一转过身板书,你就打伞干吗,你这样做的目的和动机是什么? ”

“这……”赵大宝欲言又止。

“赵大宝,我注意你很久了,平时你都是坐在教室后面,上课经常开小差、打瞌睡,下课你就精神焕发地和女同学闹,你说说今天是怎么回事,你不说清楚,我就把你的表现交到你们系办去。”

四年一个轮回,现如今的学校是越来越开放了,陶桃读大学的时候,只知道勤奋学习、埋头苦读。基本上是教室、寝室、图书室三室合一,她的大学就是这三个室中合三为一的最优秀的寝室长。现在的学生可不像几年前那么刻苦了。

“陶老师批评的很对,本来我也是准备从今天开始痛改前非的,所以我才坐在了第一排,准备认认真真地听课,可是外面下着大雨,陈老师在我面前下着小雨,唾沫星子激情四射地喷了我一脸,我没办法,才把伞打开来,目的是挡一挡陈老师的‘小雨’。”

“噗——”陶桃原来那张本来绷着的严肃的脸经赵大宝的描述不禁笑开了花。

“你呀，太夸张了吧，就算陈老师有一丁点儿口水也不至于你用伞来抵挡吧。而且你在第一排一闹，影响整个教室的上课质量，这可是好多系的公共课。”

“老师，我知道我错了。”赵大宝低着头显得老老实实地说。

“砰，砰”虚掩的门被有礼貌地敲了几下。

“请进。”陶桃说到。

“陶老师，你好。”

“新雨，怎么是你，看把你淋坏了吧，来，用我的毛巾擦擦头发。”陶桃边说边拿起一块毛巾想去给王新雨擦水，又看看也是湿得头发乱作一团的赵大宝，就把毛巾递给了王新雨。

王新雨大一参加辩论赛的时候，陶桃是他的指导教师。陶桃那时刚刚以优异的成绩毕业留校了，她先是作为评委之一，亲眼目睹了这一位刚入校的男孩，从班级、系级、校级选拔赛中凭着伶牙俐齿和非常扎实的人文学科的基础及出奇快的现场反应，令人折服地加入了校代表队，在接下来的与其他五所兄弟名校的竞争中更是表现突出，凭着他的优异表现，J大连折数校，一举夺魁了。

这样的男生怎么去读理科，而且是读了热门的计算机系，不久的将来，这世上将少了一个才华横溢的作家，而多了一个有点创意的科学家。陶桃又想想文学巨匠鲁迅先生还读的是医学呢，读什么重要也不重要。

可惜他是个学生，又比她小三岁（陶桃比一般的人早一年读书），女大三，抱金砖吗，要命，陶桃老师有好几次竟然这么想。

“陶老师，我听同学说赵大宝因为上课捣乱被您给留下来了。”王新雨看了一眼大宝。

“哟，新雨你消息倒挺灵通啊。”

“我跟新雨一个寝室的，我们住的是混合寝室，王新雨可是我们这一届学生的楷模，当然也有像我这样的败类了。”

“哈哈。”陶桃和王新雨一起笑了起来。

“正是有了像我这样的坏学生，才能更好地映衬像王新雨这样的好学生。如果都是像王新雨这样的好学生，那还要老师干吗。”赵大宝又在那说。

“你天天和这样的好学生同处一屋，怎么就不能受点好的熏陶呢。”陶桃老师白了赵大宝一眼。

“大宝同学本质还是挺好的，你还不赶紧向陶老师道歉。”王新雨拉着赵大宝说。

“陶老师，我错了。”

“你应该向陈教授道歉，算了吧，看在新雨同学的面子上，陈教授那我去说说，如果陈教授那不饶你，你还得写份深刻的检查。”

“行，行，检查下午交行吗。”赵大宝说。

“哦，你写检查倒挺快的吗，是不是熟能生巧啊。”陶桃对着赵大宝有点无可奈何。

“检查我那有好多份，开头结尾都是一样的，只是把中间的内容换一下，这样，都这么晚了，尊敬的陶老师，还有王新雨同学我们一起去小吃店吃个饭吧。”

“别来这套，赶紧走吧，新雨有空来玩啊。”陶桃严肃地对赵大宝、笑着对王新雨说。

赵大宝上课的举动来源于他和范伟的打赌，他们研究了上课坐一排，打开伞来以遮挡陈先生的口水并由此引得全教室的女同学的大笑这一创意，并说谁实施这一行为，这一星期的晚饭就由另一方来解决，赵大宝承担了这一职责。

寝室里“高佬”黄和“托福”李又正在打赌，他们俩都同时吃完了饭，但谁都不愿洗碗，于是决定拿过一本书来翻页码，游戏规则有两种：“书的页码的尾数是‘0 到 9，以尾数为主，假设你发到了 181 页，那也只能算是‘1’页，人家翻到第 2 页也是赢了你，还有一种是翻单、双，按事先约定翻到单数或是双数的人一般会去从事大家都不愿做的体力劳动。

“高佬”黄和“托福”李开始翻书的时候，“高佬”黄老是输，常是他抱着一摞碗去洗，后来，他发现道具有问题，常翻的那本书是“托福”李非常熟悉的《赴美必读》，他就改用他的《线性代数》这本书，可也还是没赚到什么甜头。

3 栋的门口有一条二米宽、十米长的小路，路的两旁砌着六个石凳，J 大的女生从这条路上进进出出，每一间宿舍的窗户旁都挂着零零碎碎的女式内衣，引起好多男生无限的遐想。

女宿监张姨警惕地看着 3 栋门口的这群男生，他们已经在门口徘徊了近十分钟。此时正是黄昏的时候，是女生宿舍人流量进进出出的高峰期，但女生宿舍以外的事情又不归她管，张姨想好了，只要这群男生管它是有理由、还是没理由地踏入 3 栋门口一步，她就立即把电话打到保卫处或是校办去。

070 一场游戏 一场梦

这是"蛮子"刘康的大二下学期5月3日发生的事情，明天就是五四青年节了，一年一度的"五四"青年歌手校园总决赛就要在学校大礼堂隆重举行了，经过前两轮的预赛，刘康终于挤上了决赛的舞台。去年的"五四"歌手的比赛刘康就很想参加，但胆怯和内向的原因终使他放弃了，要不然王新雨和"高佬"黄不一定能分获一、三名。更可笑的是赵大宝这个"三不沾(指歌词、音调、动作三者的不统一)。竟然也蹿上了舞台，在唱歌的过程中他还穿插地跳了一段刚在校园流行的"霹雳舞"，那胖嘟嘟的身子像一只水桶一样在台上滚来滚去，全场一片"下去、下去"的声音，他和全寝室的兄弟及赵大宝不知从哪认识的狐朋狗友近百人在那里拼命地喊："赵大宝——挺住，赵大宝——挺住。"可实在是架不住全场那么多人的反对声，赵大宝边跳边唱边想："有种的你们就上来唱"，赵大宝还摆出一个把头一甩的动作，现如今的说法是摆POSE，结果头一甩，鼻梁上的墨镜飞了出去，声声地砸到了坐在第一排的评委艺术系的老教授的头上，台下的一位观众急匆匆地跳上台来，一把抢过赵大宝的手中的麦克风，大声说："朋友，麻烦你下去行吗，你这辈子就别搞艺术了，回家去干点别的更有意义的事吧。"赵大宝这才依依不舍地告别了舞台。

今年，赵大宝还想参赛，可使尽了浑身解数也没报上名，刘康倒是在赵大宝这种对艺术百折不挠的追求的感染下悄悄地报了名，并顺利地通过了预赛。可他不是"比赛型"的选手，而且还相当的怯场，在自己的小屋，几个兄弟组成的寝室中自弹自唱还行，要面对几千人的大场面表演，他这一辈子还没经历过，而明天就要面对着这一切了。

5月3日下午的这一天，他躺在自己的铺上翻来覆去，"高佬"黄和赵大宝两位同志轮番上来向他传递着一正一反两种舞台经验，搞得他头皮发麻，手脚冰凉，甚至有了放弃明日去比赛的强烈想法，他想要是明天万一自己砸了场，又没有赵大宝那样如此厚的脸皮，他可没法在J大混了。

“请别锁住青春，把美妙的青春锁在陋室之中，不觉得是一种罪过吗，大学是滥用青春和禁锢青春的调节计，人生就是在寻找一次又一次的舞台，舞台是不会等你的。”陈晓春过来鼓励刘康。

“刚刚创作了一首诗，请斧正。”李志坚打开了一个粉红色封皮的笔记本。

大学是什么

清晨 午时 黄昏 夜晚

我一次次地问

是筑梦的伊甸园 是攀登的象牙塔

是春天的花朵 秋日的果林

大学是中学的复印机 勤奋的人说

应该是彩色的复印机 勤奋而又浪漫的人说

从早春思索到隆冬 我想

大学就是让青春镀一层金色的加工厂 可以跋涉在书海中 充实青春

可以奔跑在绿茵场上 宣泄青春 可以作一首飘怀不透 新旧交替的小诗 幻想青春

可以捏着嗓子来一曲卡拉OK 展现青春……

“明白我的意思吗？”李志坚意味深长地说。

“好吧，有了众多兄弟的支持，我决定明天闪亮登场，可我现在两只腿轮番打哆嗦，这怎么登台啊。”

“有了，我们今天也演练一下，纽约、伦敦的好多艺术家都走上街头拉小提琴呢。”“托福”李看过几部外国片，把里面的场景搬了出来。

“好，我们就去3栋门口卖艺，一来练练刘康的胆量；二来吸吸刘康的人气，等明天刘康正式登场前那肯定是掌声雷动啊，过一会儿就是吃晚饭的时间了，我去给刘康准备道具，就这么定了。”赵大宝大呼小叫起来。

“好，好，太精彩的创意了。”一寝室的人都鼓起掌来。

“Good ideal(好主意)，”这句话肯定是“托福”李补充的。

不一会儿，赵大宝就从大学的苗圃里借来一顶破草帽，他又从电工班搞来一件脏得不能再脏得蓝大褂，又把刘康那只完整的搪瓷碗给摔扁，命令陈晓春写了漂亮的几个正楷字：“大姐 给口吃的吧”贴在碗的四周。

又过了一会儿，老实巴交的刘康就头顶破草帽，身着快拖到地上的蓝大褂，怀抱着吉他，以“流浪艺术家”的身份出现在3栋门口了，那只用来乞讨的碗就放在刘康对面的石凳上。

那个时代的男生只要长相凑合，会写几首小诗，或者还会来段吉他，那一准是女生议论的中心，不像现在，你先得房车俱备，否则，其他免谈。

3栋门口一下炸了锅，赵大宝他们一伙簇拥着刘康，赵大宝还给刘康热着场呢。

“各位同学，各位大姐，我们的‘流浪艺术家’刘康先生刚刚结束了在本市各大乡镇的巡演工作，已经三天滴水未进了，所以特来到 3 栋门口作首场演出，希望有钱的捧个钱场，没钱的捧个人场。”

“叮咚”一声，一个钢硼儿被一个女生扔进了碗里，刘康平生赚到了自己的第一份钱。

“不要说什么分离 我不会因为这样而哭泣

那只是昨夜的一场游戏 那只是一场游戏一场梦

不要把残缺的爱留在这里 在我的歌声中早已没有你……”

不知不觉快一个小时过去了，刘康的前后左右围满了缤纷的女同学和不少的男同学，刘康的歌是越唱越美，3 栋的大多数的窗户都打开了，窗口依着三三两两的女同学望着楼下的刘康并在高潮处拍掌鼓励。当那首崔健的《一无所有》飘起来的时候，楼上楼下竟形成互动，“我曾经问个不休 你何时跟我走”，二楼一个宿舍的七八位姑娘竟然同时回答：

“现在就走。”看看氛围到了，啥事都好商量。

几个练健美操回来的小美女竟然还和着“晚风轻拂澎湖湾 白浪逐沙滩”的旋律在他身旁伴起了舞，引得掌声向整个 3 栋蔓延。

又一曲歌罢，“不好，张姨来了。”人群中有人尖叫。

如果说全校的男生都认识或听过一个女同志的人名的话，甚至扩大一点，前后十几届的男生都知晓的话，这个人就是张姨了。

赵大宝早已自动承担了刘康身边维持秩序的工作，他一看张姨向他们走来，就赶紧上前抛出笑脸，准备用“缓兵之计”稳住她，他们这一行人趁着夜色撤退。

“你会唱那首叫啥‘人说山西好风光’的歌吗?”张姨没理忙前忙后的赵大宝,直接对刘康说。对了,张姨是山西人。

“人说山西好风光……”刘康用通俗的声音唱起了民歌,还真别有一番滋味。

“现在是听众点歌时间,不光女生可以点歌,男生也可以点歌,男生还可以为女生点歌,每点一首歌,请向碗中投入一元人民币,菜票也行,谢谢!”赵大宝又客串起了主持。

“大宝同学,请问这位唱歌的同学明天参加我们学校的歌手大赛吗?”刚刚伴完舞的一位女生问赵大宝。

“那还用说吗。”赵大宝得意地点点头。

“那他有没有伴舞呢?”女生又急切切地问。

“有好几个系的女生都想组队给他伴舞,但我们考虑为了更加突出歌手的形象,就不要伴舞了。”赵大宝好像成了艺术总监或是导演一类的角色。

“哦,”另一位女生有点遗憾的样子。

“但是,我通过刚才看你们两位主动加盟的伴舞,觉得效果挺好的,如果把你们两位和刘康先生的形象都放到舞台上去,我看效果比刘康一个人在台上唱的效果要更好一些。”

“哦,是吗,刘康同学明天唱的是什么歌,大宝同学能不能帮我们建议建议让我们帮刘康同学伴伴舞,对了,我们俩赶紧准备准备。”

“明天唱的是……”赵大宝确实不知道刘康唱什么歌。

“你们俩帮他伴舞的事就这么定了,组委会那里肯定要审查一下,没关系,回头我打声招呼。"

"那就有劳大宝同学了。"

"保卫处的来了。"不知谁嗷的一嗓子,惊跑了 3 栋门前的一群人。

"请问你找谁? "3 栋某室的某位姑娘望着推门而入的赵大宝。

"我找你啊。"赵大宝脸上堆着笑。

"找我? 我又不认识你? "

"可我认识你啊。"赵大宝皮和肉一起笑着说。

"认识我。"某姑娘有点狐疑。

"是这样的,刚才在 3 栋门口有人卖唱这事你知道吗? "赵大宝问。

"听同学说了,干么? "

"这是我们的某位男同学为了锻炼自己的胆量,我们这些男同学就和他打赌让他来到 3 栋门前献演,可没想到取得了轰动效应。可一赌未平,一赌又起,刚才我们这些同学又看见全 3 栋最靓的您走进了这间寝室,于是我们又打赌说谁要跟你说上半个小时的话,谁就能获得谭咏麟的金曲磁带一盒,所以,所以我就出现在你的寝室了。"

"无聊,你赶紧走,等会我男朋友要来叫我。"某姑娘有点怒。

"男朋友没关系,你就听我讲半小时的话就行。"

"好了,你爱跟谁说跟谁说,我要去图书馆看书了,你再不走,我叫宿监了。"

"这样吧,就耽误你半小时,现在都不到半小时了,到时候我把赢来的谭咏麟的磁带送给你，我那还有童安格的、费翔的好多好多磁带，到时候我一起借给你听。”

“别来这些小恩小惠，你说的是真的吗？那咱就聊聊学习吧，别的问题咱不扯。”

放下五彩缤纷的校园歌手大奖赛的事和其他一些琐碎的“小儿科”的闹剧咱暂且不表，我们把时间回溯到“托福”李的大二上学期的那个寒冷的冬天，这个冬天，在“托福”李的心中是这样的温暖，Because(因为)“托福”李恋爱了。

“托福”李的整个冬天，到接下来的大学的几个冬天，都是带着女朋友为他织的围巾睡觉的，而且他几乎是当时J大最盼望冬天到来的一个人，他也是J大冬天带围巾最早的一个人，每个冬天的早晨，围巾都牢牢地挂在了他的脖子上。

没有恋爱的大学不是完完整整的大学，一对情侣去读大学那是两颗心共鸣着大学的圣钟啊。

在我前面浓墨重彩的笔调中我细腻地向读者们介绍了3栋，其实3栋只是居住着这所大学的绝大部分女生，还有极小的一部分也就不到二十位女同学吧，居住在一个叫做“女儿楼”的地方。

王新雨那一届，J大开始了自费生的招生，所谓自费生的政策就是离高考分数线差一些，自己家出钱来完成自己的大学学业，国家仍包他的大学分配，3栋住的是公费女生，“女儿楼”租住的是自费女生，介绍完毕。

“托福”李国内的亲戚家境都很一般，包括他的亲生父母一位是正在乡镇上班的干部，一位是一段时间上岗、一段时间下岗的工人，他还有一位正在中学苦读的妹妹。他在“4-402”的寝室家境是处于最差的了，但那时的同学只知道比知识、比球技、比文才、比幽默、比谁更惹女孩子喜欢，基本上没人比过父母。但“托福”李听父母断断续续说起过国外有一两个亲戚，为了提高自己在寝室的地位，他就把那从未谋过面的亲戚演绎成了自己富有的伯父，不时拿出来粉饰一下自己，虚荣一下大家。

托福李一次在自己班上外语系英语专业的4栋3楼的某寝室里开小组讨论会，他们班的生活委员给他们班的一位据传是很有背景的“高干子弟”递来了一件邮包，邮包鼓鼓的，“高干子弟”在那嘟囔：“烦都烦死了，家里又给我寄吃的，吃都吃不完……”，大伙儿本着“有福同享”的理念，七手八脚解开邮包，定睛一看，却是两双“慈母手中线，游子脚下鞋”的两双布鞋，“高干子弟”脸上红绿交加，借口有人找他，离开了寝室。

待他走后，“高干子弟”的寝室开了“高干子弟”身份的质疑会。一位说，上次有一回，他神气活现地在宿舍门口跟一辆高档小汽车上的主儿聊天，人家问是不是他爸来了，他既没说“No”，也没说“Yes”，后来一了解，那是人家在问路。又有一位补充说，上次“高干子弟”主动借给了他五块钱菜票说好了下个月还，可“高干子弟”在借给他菜票的后三天里老是在他面前说：“怎么汇款还没到呢？”说着说着“高干子弟”，“托福”李一头汗下来了，他真怕他乡下的大伯带着农民伯伯真诚的笑容和汗水一头闯进他的寝室。

虚伪是件丑陋的外衣，如果再剥去丑陋的外衣，那就是无地自容的滋味了。

“托福”李把他们班“高干子弟”布鞋的故事在自己的宿舍就说了出来，李志坚立即创作了一首小诗：

从乡下跑来两双布鞋

一双是昨天 一双是今天

盼望着明天别再是布鞋

托福李从小就喜欢英语，他对那些个“A B C”有着一种天然的亲近感，“始见轮舟之奇，沧海之阔，自是有慕西学之心 穷天地之想”这是他埋在心里的座右铭。

“你好，请问是李永强同学吗？”一声清脆、悦耳的普通话传进了李永强的耳膜。李永强停止了嘴里的嘟哝。靠在秋水湖畔的一棵杨柳树下看着眼前的这位女孩。

“Of course（当然），”李永强点点头。

“好用功啊，自我介绍一下吧，我是经济系大二的，我叫方芳。”女孩大方地伸出了手。

“西方有句谚语：‘别去惹醒睡着的狗”，东方有句古话：‘别惊扰读书的人’。”李永强摇了摇手中的《托福听力测试》这本书。

“哈哈，是这样的，李永强同学，我是校广播站的，我们全天就两档节目，一是早上的《校园早晨》栏目，二是傍晚的《黄昏偶拾》栏目。”

“各位同学，早上好，我是方芳。”原来把许多学子的梦吹醒的就是她——方芳同学。怪不得声音这么好听呢。

“我的普通话可是相当 So So（一般），你找我不是去让我当播音员吧。”

“我们校广播站想开 J 大五十年的先河，准备创办双语栏目，听说你的‘Spoken English（口语）相当棒，我们想请你做我们的英语播音员，你放心，每周就两次，每次就一刻钟，我们放在《黄昏偶拾》这个栏目中，不会耽误你太多的时间的，另外，每月还有 10 元钱的补贴，你考虑一下。”

“好,我考虑一下。”最后一句10块钱让“托福”李有点激动了,那时大伙的生活费平均每月也就60~70元之间。

“考虑好了,给我回句话,我住在‘女儿楼’二楼的第一间寝室。”

“‘女儿楼’在哪?方芳又是怎样的来龙去脉?”“托福”李回到寝室立即摇醒了酣睡的赵大宝。

“‘女儿楼’你都不知道,那是在你先‘赡养’我的早餐再说。”赵大宝睡眼惺忪地说。

“你就吃我这份吧。”“托福”李毕恭毕敬地承上了热气腾腾的稀饭和包子。

“‘女儿楼’就在开水房的后面,她们是一群自费的姑娘,总人数不到二十人,那可是‘数量少 质量高’啊,可能是她们长得太漂亮了,读高中的时候追求的男生太多了而影响了她们的高考成绩,”赵大宝未漱口,就直接喝了一口稀饭。

“方芳你都不知道,她是校广播站的播音员,声音像百灵鸟一样清脆,她父母都移居海外了,怎么,他们要招你当‘上门女婿’。”

“Very very 谢谢”“托福”李中西结合地说。

“特借尔物一用,勿念;抽我一根‘红梅’烟,勿谢。”“托福”李留下这张便条和一根‘红梅’烟于桌上,身穿李志坚的西装,足蹬陈晓春的火箭似皮鞋分别给他们留下内容相同的两张条子,潇洒地奔‘女儿楼’而来。

一根烟也不知道让都会抽烟的李志坚和陈晓春怎么去分它。

“Hello everyone I’m Qiang Qiang(大家好 我是强强)这是下周李永强在校广播站的扩音器里发出的声音。

恋爱吗总需要开销，“托福” 李有点心动寝室里赵大宝联合范伟他们几个人开出的总奖金高达一百元的奖励，条件是这个人必须在一个晚上做三件事：

一、在生物园吃十棵叫不上名字的野草；

二、去校门口“胖瓜酒店”吃一百个饺子；

三、晚上十一点以后，在这隆冬的季节里脱光了(允许保留条裤衩)去秋水湖游一个来回。

(备注：以上情况发生任何意外，出资方概不负责。)

真不知道，范伟是怎么学的法律，这明明是一份无效的合同吗？

人为财死，鸟为食亡，何况有火辣辣的爱情撑腰，如果有了这一百元的爱情活动经费，他可以和方芳花前月下多少次啊。

下午四点，“4-402”的全体室友结束了一天的课程，来到了鲜花和杂草并存的生物园。

“这些草是没毒的。”赵大宝半桶水乱晃地说，又解释了一番当年的李时珍先生就是尝试百草后，写下了《本草纲目》。

“咀嚼、反复咀嚼。”“托福”李第一次用这种方式来吃东西。半个小时之内，他先后吃下了十棵不知名的小草。

他们又带着复杂的心情往校门口的“胖瓜酒店”走去。

“各位吃点啥。”“胖瓜酒店”的“胖瓜”老板笑盈盈地望着这伙人。

“来一百个饺子。”

“好，好，看看还要点啥菜。”“胖瓜”老板继续问。

“只来一百个饺子。”

“这么多人，够吗？你们可正是长身体的年轻人啊。”“胖瓜”老板望着七八个年轻人，友好地说。

“今天我们大伙都不吃饭，这一百个饺子是为他一个人准备的。”范伟指了指托福李。

“啊，他一个人吃，是不是太多了。”

“你哪来那么多废话，你做不做生意，你要不做，我们去隔壁的店了。”

“好，好，好。”

一盘又一盘热气腾腾的饺子上来了，“托福”李用吞咽的方式吃下了后二十只饺子。毕业的时候，“胖瓜酒店”的老板的儿子告诉他，那次只给他上了八十只饺子，而且后面几十只饺子，他们用的是韭菜馅（助消化），而且体积是正常饺子的一半，那可不是为了省钱。

“我看算了吧，夜游秋水湖这事就算了。”范伟看着快到十一点了，望着屋外“嗖嗖”的北风说。

“对，对，奖金降到五十块，怎么样？”赵大宝也有点后怕。

“听人说秋水湖最深的地方有五六米呢。这么冷的天，这么深的水真是怕人，要不就算了。”刘康也说。

“奖金降到六十怎么样。”陈晓春提了十块钱。

“七十，八十，就一百块一分不降，但夜游秋水湖这事取消。”大伙儿达成了共识。

“走吧。”十一点一到，“托福”李就从床上起来了，他们不知道“托福”李的童年就是在江边长大的，同时，“托福”李的食量也是惊人的，“托福”李他们的童年都读过一本小人书叫做《七把叉》，里面就是讲述，在万恶的一个资本主义国家，里面有一个叫“七把叉”的穷人特别能吃东西，结果资本家就带着他到处打赌、表演，最后“七把叉”被撑死了，“托福”李的食量可能接近“七把叉”吧。

箭在弦上，不得不发。范伟扛着一床被子，一伙人出发了。

“托福”李一件一件脱着衣服，并一下一下做着热身，冷不丁地他“扑通”一声跳进水中，贫穷和嬉闹把孩子们逼成啥样了，大伙紧张得要命，只能趁着不太亮的月光默默地祝福眼前的一片白点了。

漫长的五分钟总算过去了，大家一拥而上拉起了气喘吁吁的“托福”李，范伟立马上前用被子扎扎实实地裹住了满身泥泞的“托福”李，范伟拿的是刘康的被子。

“西方有句谚语，有钱的男人才是真正的男人。”“托福”李爬上岸断断续续地说。

五、春梦了无痕

一纸通知书，就像一把绢绫的小扇，荡涤开一个夏天，一次生命的辉煌；一张毕业证，就像一本玲珑的小书，微微合起翻过的大学春秋。而一开一合之间，便有多少憧憬，多少想往，绚丽多彩的大学生活就像大自然的春天，而纷纷扬扬的大学故事就像春天里的梦，春梦又常常是了无痕的。恍恍惚惚之间，觉得一丁点的得到和许多的失去，就时常在校园的小路上抖着瑟缩的身影，伴着冬的迷茫，而思索中你豁然开朗，秋日的果实蒂落的时候，你和她相约相依地走出了校园。

今晚，我们“晒月亮”。

“晒月亮”是指一对青年男女在迷人的夜色中，在皎洁的月光下，沿着幽雅的校园，迈着求索的脚步，有着花前的陶醉，淌着月下的从容，留下的是心上的感动，这是人一生中最美妙的时光。

等我们老得一塌糊涂的时候，不会回味官有多高、利有多少、名有多大，回忆的是三件东西，一是浓浓的亲情、友情;二是年轻时读书求知的那一时刻，三是动人的爱情的火花。

大学里的爱情就囊括了老时回忆的两项内容。

“高佬”黄的自行车后座上载过不少女同学，后来，他把自行车的后座给拆去，也有个别胆大的女同学坐在了自行车前面的横杠上，倒也别有一番风景。在爱情上，"高佬"黄采用的是"普遍撒网，重点捕捞"的战术，收获的是"竹篮打水一场空"的战果，并管多处几个女朋友叫上"选修课"。最高记录是在他自己这根主杆上并蒂开着五六朵花，结果是"花"先后落去，剩下他自己这根光溜溜的主杆。

校园的夜晚，学生的分布情况如下：一部分在图书馆看书；一部分在教室上学习；一部分在寝室自习，这三部分已经占据了绝大多数学生，这些都属于集体活动，另外还有极少的一部分，这是属于个体活动，在干嘛呢？去问问他们自己吧。

有必要提一下我们学校的"蓝鸽咖啡屋"，屋里轻轻地飘出一首歌"每次走过这间咖啡屋，忍不住迈下了脚步，屋里再也不见你和我，美丽的往事已模糊。"

大三的"高佬"黄约到了大二外语系的思佳，思佳大有取代即将毕业的贝妮，成为新一届"校花"的趋势。头一天晚上，思佳寝室的丽丽过生日，在"3-302"寝室举行了个"PARTY"，同时也是为考察他们"4-402"寝室能否和她们"3-302"寝室结交为友好寝室，为此，赵大宝在校学生会开好了前去3栋商讨工作、请予放行的介绍信。范伟把"鸟巢"似的头发经校外"琳琳发屋"打理成了贼亮的小分头，"托福"李说都是我的学妹，我就不去了吧，晚上还得准备英文广播稿，又说，好吧，我还是去吧，省得说我寝室的集体活动不参加。连刘康都把吉他擦了又擦，在吃晚饭的时候就激动不已，还第一次哼起了外国歌曲，去"3-302"寝室开"PARTY"，是信使李志坚传回的消息。

王新雨倒真有事去不了，可大家都劝他要为全体寝室的兄弟们想一想，特别是"范伟、刘康"这几个人的"老、大、难"问题，因为丽丽她们放出话来，"友好寝室"的人缺一不可。之前李志坚就试探着问丽丽说刘康可能有事，丽丽说个把人没关系，李志坚又说王新雨可能也来不了,丽丽说那怎么行呢。

晚七点,大家随李志坚鱼贯而人。“3-302”的寝室姑娘们每一个都化了妆,并说这是出于礼貌,而且在每一张自己书桌的座位旁又借了八张凳子,与其他口室的明亮相比,她们寝室熄了灯,但点了二十根蜡烛,奶油蛋糕摆在桌子的正中间,几十瓶汽水分布在桌子的四周,她们还破天荒地买了一盒烟来招待这些男生,看来准备得相当充分啊。

宿舍的地上洒了点廉价的香水,每个女生的床都是被粉红色的蚊帐包裹着,显得温馨动人,床的四周挂着小布熊之类的淘气的、可爱的小玩具,席慕容、三毛、琼瑶的书随意地摆放在枕头四周,一件淡蓝色的窗帘垂下来,遮住了对面 4 栋多少盼望的眼睛。

八位姑娘全部穿上了压箱底的衣服,整个寝室显得“衫国演义”。

“Hello welcome(欢迎)”赵大宝向一房间的女孩打招呼。

“什么,这是我们的寝室? ”一个姑娘有点不解地听着赵大宝的“Welcome(欢迎)”,心里想,哪有客人欢迎主人的道理。

“那我们就被 Welcome(欢迎),被 Welcome。”赵大宝强词夺理。

“哈哈……”一房间的女孩都笑了。

李志坚本来是想直奔思佳的身边而去的,但他前几日刚刚跟丽丽过了一个诗情画意的早晨,就有点不好意思,而且丽丽招呼他在自己身边落座,他只得坐下。“高佬”黄一个箭步来到了思佳的身旁坐下,大家也依次在每一位姑娘身边坐好,王新雨坐到了寝室里最胖的一位姑娘身旁。

陈晓春先徐徐地展开了手里的一幅字,上书“室雅人美”,落款是:友室赠。

一阵掌声,“高佬”黄发挥自己身高的特长,踩着凳子,把这幅字挂在了窗户的上边,在踩凳子前,他犹豫着要不要脱鞋,他那双“香港脚”无论释放出哪一只,都会立即破坏寝室里淡淡的香味,他于是就直接穿鞋踩着凳子在烛光中挂好了这款横幅。

“哇,好漂亮的字,极其恰当的一句话。”姑娘们惊叹起来,每个姑娘也觉得自己很奇怪,怎么这一次的表现和讲话与以往时候不一样啊。

“没写好,没写好。”陈晓春谦虚地说。

“那是没见到你们之前凭想象写的这几个字,如果见到你们再写,这几个字会更漂亮、更苍劲、更有力。”赵大宝又开始登场了。

“那是,美丽是巨大的创作动力。”范伟接话了。

“哈哈。”

“这是给你的,”一张精致的贺卡从李志坚的怀里被掏出来。“对于世界来说,也许你是平凡的一位,而对于我来说,你就是我的世界。祝生日快乐。”下面是一串同意义的英文。

翻开贺卡的同时,贺卡里面的小音响发出一串“Happy birthday to you”的旋律。

丽丽边看边羞红了小脸,她又给了李志坚一个侧面,为啥要给侧面呢?前文已作了交代。

“奇文共欣赏,丽丽,把贺词念来听听。”思佳开始说出女生们的第一句话。

“这……”丽丽呼一下钻进了自己的蚊帐。

“念，念，念，”男、女都发出呼叫声。

“1 2 3 4 5 6 7，”

“我们等的好着急。”

李志坚声情并茂地念了这段话。

“哇，要是哪个男生为我写出这样一段话，我愿意为他付出一切。”坐在“托福”李旁边的“爱玲刘”不顾已往的羞涩发出了上述感慨。

“哦，哦……”全寝室沸腾了。

“托福”李自从爱上了校广播站的工作，并爱屋及乌地喜欢上了方芳后，有一个学年没再在“爱玲刘”的身边展现过什么风采，今天，他不由自主、旧情难忘地坐在了“爱玲刘”的旁边，望着“爱玲刘”如此的举动，他也激动了起来。

“西方有句谚语，男女相处的夜晚是美丽的夜晚。”

“哈哈，东方有句古话，花好月圆的夜晚是个美好的夜晚。”陈晓春跟着说。

“J大有句名言——”所有人都望着“高佬”黄了。

“坐在思佳旁边的夜晚，是个难忘的夜晚。”“高佬”黄应景而生。

“哦，哦，哦”所有人都欢呼起来。

“你……”思佳的脸一直红到了脖子上，她把头埋在了桌子上，过一会儿又用粉拳猛击“高佬”黄，并发出变了调的尖叫：“讨厌！”

也不知是真讨厌还是假讨厌。

“姑娘们，随便挑吧。”赵大宝变戏法挑出八个生肖小动物，一瞬间就被哄抢一空。

“这是出口的，我托朋友批条子才搞到的，”赵大宝说。

这是赵大宝下午去市中心的批发商场买来的，一元钱一个。

要是白天信了赵大宝的话，天会黑下来；要是晚上信了赵大宝的话，天会亮起来。

“3-302”寝室中“前不见古人，后不见来者”的笑声开始了。期间，王新雨、刘康、“高佬”黄还各唱了一首歌。李志坚、陈晓春各朗诵了一首诗和一段格言，“托福”李用英文念了一段莎士比亚的剧中对白，赵大宝煽情而幽默地主持，范伟忙前忙后地忙碌，最后思佳拉了一段小提琴《梁祝》，丽丽唱了一首《友谊地久天长》，大家才依依不舍地告别，而“高佬”黄也经过一晚上的第七次申请约到了第二天请思佳边喝咖啡边就如何搞好友好寝室的工作单独聊聊。

“高佬”黄一改和初识的女孩只散步、不消费，大家“晒晒月亮”的习惯，一下就把约会地点订在了“蓝鸽咖啡梦”这个必须消费的地方。

“你们寝室可是人才济济啊。”思佳还在回味昨晚的一幕。

“那是，就像你们寝室佳人云集。”“高佬”黄边说边把咖啡又往思佳前递了递，咖啡跳出来洒了一些在思佳的桌前。

“看看，连咖啡都因为你的美丽而不甘寂寞地跳出来了。”

“哈哈，”

“这也算是J大名言吗？”昨晚的“高佬”黄的那一句J大名言让思佳翻来覆去一晚上没睡好。从高中起，她的耳边堆放着多少男生讨好的话语，但没有一句话像

“高佬”黄这一句让思佳有过浅浅的失眠，有句话怎么说来着，“一句顶一万句”就是这种效果吧。

“你的歌唱得真好听，校园前三甲竟然有两位在你们寝室，有意思。”

“你为什么不愿意留下来陪我，”思佳轻哼起了昨晚“高佬”黄演唱的齐秦的《花祭》。

“你是不是春天一过就要走开，真心的花才开，你却要随候鸟飞走，留下来，留下来。”“高佬”黄也轻声和起来了。

“想不到刘康长成那样，歌竟然可以唱成这样。”思佳又说。

“刘康属于实力派歌手，所以，他昨晚演唱的曲目本来是准备好了一首英文歌曲，但他临时把它更换成了赵传的《我是一只小小鸟》，唱得挺不错的，只是，吐字再清晰一些就好了。”“高佬”黄俨然成了音乐界的泰斗。

“真想不到，一个男生能把三毛写的《橄榄树》唱得那么好。”思佳未提王新雨，但说起了王新雨唱得这首歌。

王新雨本来昨晚是以配角的身份出场的，他也是这样严格要求自己的，可思佳、丽丽的寝室开始是来了一两位借点开水、借本书的穿着随便的女同学。来了，就不想走了。后来，一个个打扮精美的女同学都往思佳她们寝室聚，无数个女同学一致要求王新雨近距离地演唱一首他的校园歌手比赛的夺冠曲目《橄榄树》，王新雨只有轻哼了这首歌。

“王新雨算是位偶像派歌手吧，但他对情的把握还略欠一点火候。”“高佬”黄又在点评。

“那你呢，属于实力兼偶像派歌手了。”思佳呡了一口咖啡。

“我属于庸俗歌手。”“高佬”黄自嘲地说。

“哈哈，你是除了民族、美声、通俗之外的第四类歌手吧。”

“知道吗，我有一个小秘密，说出来你不许告诉别人。”思佳突然对“高佬”黄说。

“不会是爱上我了吧。”

“少来。”

“我从小就有个作家梦，每天我都有记日记的习惯，昨天听了你们那群人的说话方式，觉得有一种‘生活原来可以这样’的感受，能不能说说你们的故事，丰富丰富我的创作素材。”

“没问题，每一位女孩都有梦，每一个男孩都有一个当‘英雄连长’的梦呢。”

“别管我，把咖啡留给同志们吧，这是，这是，我的党费。”“高佬”黄断断续续地说着，又推了推自己面前的咖啡，同时，从上衣口袋里掏出几块零钱。

“哈哈，说得没错，我哥哥小时候，就用家里的一把带电带光的冲锋枪换了一把驳壳手枪，被我爸打得像杀猪似的乱叫，问他怎么这么傻，我哥说，冲锋枪是当兵的用的，手枪才是连长用的。”思佳说到了小时候。

“没错啊，官越大，枪越小，看那些个师长、政委最多别把左轮手枪。我小时候，有一段时间，睡觉的时候都不把自制的草帽给摘下来，看完电影《地道站》，我还老想着在地道里生活一段时间呢。”

“哈哈，你们这些调皮的坏男孩。”不管年老年少，每一个女性都有母爱的情怀。

“哎，赵大宝送我们的小猪猪就坏了，我问了一下姐妹们，大部分的都坏了，出口的东西质量怎么这么差。"思佳嘟起了小嘴。

"这,可能是小猪猪们因为你们的美丽而自惭形秽吧。""高佬"黄灵机一动。

"哈哈,"思佳笑了起来。

"听人说,你的外号叫'博爱',阁下的自行车的宝座上载过不少 Girl(女孩)。"

"还未寻到真爱,已经失去了童年、少年,难道让青春也从指尖溜走吗,根本就未曾锋芒毕露过,又何必韬光养晦,看了一本书的沧桑,就想归心于宁静的小岛,还未曾爱过,就让芊芊芳草斥作秋后的落叶。""高佬"黄没有前因后果地说着。

"似懂非懂。"思佳有点茫然。

"童年稀里糊涂,少年不曾把握,让我们好好享受青春吧。""高佬"黄举起了咖啡,思佳也跟着举起。

席慕容说:"爱是一杯酒 饮了就化作思念","高佬" 黄补充道:"爱是一杯咖啡饮了就化作回味。"从此以后,思佳也结束了"高佬"黄荒唐的大一、大二的情感生涯。

偌大的田径场在暮色中像一只巨大的奶油蛋糕,操场上三三两两的情侣像点缀在"蛋糕"上的葡萄,范伟勉强算是其中的一只吧。

范伟出生在一个军人家庭,父母都是军人,于七十年代从北方转业到了我们南方的这座城市,父亲在区武装部当部长,母亲是民政局的干部,他们家兄妹三人,哥哥已经子承父业参军去了,妹妹还在读高中,范伟排行老二。

范伟到了大一下学期,全班同学就知道他的一个特点,叫"夸大事实狂",他常常是冲进教室,或走进寝室,大叫:"知道吗,知道吗,某某某被处分了","你晓得波,你晓得波，3 栋一个女崽里割脉了，”“不好，有一个人在寝室走廊里裸奔了，”“我只跟你一个说啊，你千万别传出去，这次考试系里要抓上次迟到的、缺课的、总共十个人补考。”而真实情况是：“某某某被老师留下来批评了几句；某女同学因为失恋只说了一句“活着真没意思”，人家说完也就忘了；那位裸奔的同学不过是光着膀子，穿着条肉色大裤衩（裤衩的正前方落了一团墨水）在走廊里逛了一下；而系里从来没说过要定几个人补考啊。”范伟常常把“一滴水变成了大海”。

范伟的第二个特点是：“造成事实狂”，这个特点只有他们寝室的人知道，大一上学期的时候，他加入了“小律师”社团，成了社团通讯组的副组长，组长是他们班的一位女孩叫阿萍，他以谈谈团里的工作为名和阿萍散了十分钟步，谈话内容主要是交流交流了班级的思想动态和如何搞好社团工作的报道。另有一次，他以社团包场看电影的名义约了阿萍看电影，谁曾想他和阿萍的位置隔着一条长长的过道，而且两边都是一对一对的“对子儿”，搞得他换位置都不行，就这么接触了两次，像一般这种事情，人家都是“地下工作”，打打马虎眼，可范伟却到处宣扬，搞得满城风雨，范伟还大叫阿萍是他媳妇。至于，中学那位说过两句话的女同学他就说那是他“前妻”。

范伟还有一个特点是对衣服、毛线的质地非常清楚，说这是全毛的，那是真丝的，这件是棒针衫，那件是马海毛的，这可不是胡说，件件他都说得准确极了。

范伟的身高也就一米六多一点，约等同于阿萍的身高，今晚一开始，阿萍在教室里温习，柔和的灯光下，阿萍看着《民法》通则，青春期最快乐的事情就是读书，这事，我们当时一点都不懂啊。

看着，看着，范伟走了进来。范伟记得他是这学期第一次来教室上自习，连大一上学期一开学的时候两次，他也就是第三次来，而且是找阿萍谈天说地为主，温课习书为辅，同时，他还怀着不可告人的目的。

作业，他经常抄阿萍的，笔记他老借阿萍的看，上学期的第一次考试阿萍在考前、考中、考后都尽了自己最大的能量和胆量帮了他，可他还是有一门《宪法》课挂了“红灯”。宪法可是我们国家的根本大法，这门课都会补考，这将来怎么当大法官呢？整个寒假，他抱着阿萍上课做的“宪法”笔记和书本，闭门苦读了一个学期，还好，补考总算过关了。

“宪法”这门课补考，还和范伟的“马虎”的这个缺点有关，这倒不是范伟考试的时候因为马虎答题而丢了分导致补考，“宪法”的最后一堂复习课是周一，老师在黑板上列了一些复习要点，范伟本着“临阵磨枪不快也光”的道理，认认真真地上了这堂课，可他戴上眼镜（范伟是个轻度近视眼，平常不戴眼镜，只有上课、看电影的时候才戴）怎么也看不清黑板上的字，他琢磨了半天才看出来那是与他眼镜架相近的他爸的老花眼镜，准是他昨晚回家的时候，把他老爸的老花眼镜给稀里马哈地装眼镜盒里了。

好了伤疤忘了痛，“我以后再不怎么样怎么样了，我以后将怎么样怎么样了”，“下学期，我不好好读书就是X崽子”，这些心理活动又随风而去了，范伟又在和阿萍谈着矮小的拿破仑怎么使许多高大、伟岸的男人成了他的马车夫，怎么样统领千军万马，横扫欧洲大陆。

“出去说。”阿萍合起了书本，自顾自地走了，范伟赶紧收拾书本尾随而去。

阿萍今晚不太想看书，她的心情不太好，又不愿去向小姐妹们倾诉。范伟来的时候她正想一个人出去走走，或是找个人聊聊天，对于学生来说上课读书是主业，聊聊天是阿萍这样的大多数学子的副业，范伟他们却正好搞反，把聊天当主业，读书却成了副业。

文科楼的宽敞的台阶上走过上上下下、进进出出的学子们，进门的急切那是透着求知的渴望，出门的淡定，那是畅读书本后获得了知识而带来的无比欢畅。

阿萍和范伟一前一后两人信步来到了文科楼对面的足球场，头上星光点点，身边夜风习习，脚下悠悠草皮，阿萍走了几步坐了下来，范伟也在她身边席地而坐。

“我今天被老师批评了。”阿萍上来就一句。

“被老师批评是常有的事，有资料显示调皮的学生都会有出息的，牛顿小时候逃过课，爱因斯坦考试常不及格，我，我今天好像没被老师批评啊。”范伟确实不知今天犯了什么错。

“我是说我。”阿萍用手指了指自己。

“什么，你受了批评，天底下哪有像你这样的好学生，你不但品学兼优还乐于助人，你不但自己是先进，还经常帮助我这个后进，你是先进更先进，还让我这个后进赶先进，你受到了批评，我怎么不知道，今天五节课，我一节课也没逃啊。”

“是下第二节课的时候，老师把我叫到办公室去了，讲我粗心大意，作业没交，却把歌本给交上去了，说来说去，这事还怪你。”阿萍狠狠地白了一眼范伟。

歌本是那个年代的产物，生于那个年代的女孩几乎每人都有一本，上面摘抄着许多流行歌曲的歌词，是女生们课余的必读物。

阿萍的作业本和歌本都被范伟借了去，他抄完作业后，常常帮着阿萍把两本作业本分一前一后交给学习委员，可这一次，范伟粗心大意了，自己抄的作业倒是交了，而把阿萍的歌本当着阿萍的作业本给交上去了。

“我，我真比猪还蠢，比马虎还要马虎，我是只壁虎啊。”范伟痛苦地在草地上翻来翻去。

“哈哈，哈哈，范壁虎同学快起来吧，改了就是好同志。”

“这里有一张‘考卷’，”范伟窸窸窣窣地从怀里掏出一封信。

男生写的“情书”那时叫“考卷”，等着女生这位考官来判分呢。

“考卷？”阿萍还不懂这是情书的另类称呼，疑疑惑惑地展开它，扑入眼帘的一行字是：

“标题：九色鹿的梦幻

起句是：亲爱的萍，请恩许我这样称呼你……”

“你，”阿萍不知是喜是怒，长十九岁了，还没有人这么叫她，范伟一溜烟地跑了，期间，还摔了一跤，他爬起来，以更快的加速度向前跑了。

就着月光，在草地上读情书，阿萍那颗平静了十九年的心开始不平静了，她曾经在接到《大学录取通知书》的当晚，做过一个色彩斑斓的春梦，梦见她和全大学最帅的才子牵手从黄昏中校园的小路走过，惊羡了无数人的眼睛，大一第一个学期“忽”地一下过去了。她和无数女生一样喜欢上了王新雨，她特别喜欢王新雨的眼睛，大大的，炯炯有神，瞅你一眼，你就得想他三天。她上学期唯一一次去了趟男生寝室，是为了找范伟要回笔记，没碰上范伟，迎接她的就是穿着一件蓝色运动衫的王新雨，阿萍竟然紧张得忘了来男生寝室的目的，第一次这么近距离地看着台上可以说是“万人景仰”的王新雨，她极不自然地低下了头，喃喃地说：“我走错寝室了。”

她没走错寝室啊，“4-402”，她又不好意思再一次折回了，那一晚她失眠了，梦里老是“蓝色运动衫”和“一双会说话的眼睛”，后来听姐妹说贝妮喜欢上了王新雨，阿萍就跟很多女孩一样很讨厌贝妮。

有人给她写情书，真烦，阿萍寝室的一位姐妹收到过一封情书，那位姐妹用“烦都烦死了”这句话为开场白说了一学期这事，不过，那位姐妹说这事的时候眼睛总是亮闪闪的。

为什么给她写情书的是范伟，阿萍的形象自己往上升一升应该也算一只白天鹅了，范伟的形象往下降一降应该算一只癞蛤蟆了，癞蛤蟆想吃天鹅肉啊。

换句话说，癞蛤蟆想吃天鹅肉还有可能吃得到呢。

虽然只就着月光，并透着文科楼传过来的点点灯光，阿萍还是一口气把这封情书读完了。

每个人的青春只有一次，我们在只有一次的青春中相遇，在我们初识的时光，你朴实地握住了我的手，便温暖了我以后所有的日子，你知道吗，阿萍。

我们相遇的日子，使我凡心不死，因为有了你对我各方面的帮助，而使我得意洋洋。

我常常站在我的窗口，眺望你的窗口，像孩子一样守望星星，假设我们能像孩子一样相爱，背着天，背着地，干我们想干的事情，露出孩子一样洁白而又残缺的牙齿那该有多好啊。你，也就是阿萍，使我想起了许多，包括现在，包括未来，包括我在某一个平凡的日子里手抚下巴的沉思，我的朴实一如我的野心，想占有你的全部，却又不折不扣地把自由还你，有了你，浸在冰天里的岁月也会抽出绿芽。

假如你想往大海，我愿做你的帆船，载你无忧无虑地飘荡，假如你渴望蓝天，我愿化作你的羽翼，护你自由自在地飞翔，哦，我心中的女郎，我愿作一粒瓦砾在你的屋顶和你一起沐浴风雨和阳光。

阿萍，用一首诗来表达我此刻的惆怅吧。

失眠是我认识你后的一种生存状态

关于你

我不去探求因和果

只在陌生的河岸 顺着河水走

每夜在睡眠里张望你时，

便有一位少年提着盏烛灯

在缺少星光的夜晚 朴实地为我照亮一小块黑暗

这样的人生到底可以持续多久

也许你的吻 会成为我唇边的祭物

也许很多年过去了

我逢人就问

你在哪里

读《出师表》而不流泪者可谓不忠；读《陈情表》而不流泪者可谓不孝；读《九色鹿的梦幻》而不感动者不是草木，也是块石头。

阿萍在草地上躺下又坐起，坐起又躺下《九色鹿的梦》已把她折腾得意乱情迷，假如她拒绝了范伟同学，真的会像信上所说，很多年过去了，他逢人就问，自己在哪里吗?

阿萍的父母都是中学语文教师，生有两个女儿，阿萍是老二，姐姐大她几岁，去年也从师范大学的中文系毕业了，也分在一所中学教语文。教课、备课成了一家人工作生活的主旋律，阿萍打小就喜欢语文，像什么《谁是最可爱的人》、《井冈翠竹》、《背影》当中的好多段落她都能背下来。初三的时候，语文老师上完了《海燕》这一课，要求同学们尽快背诵这篇课文里其中的几个段落，说谁把它背熟了，就来她的办公室背诵，老师说完就夹着讲义走了，阿萍就跟着老师走，老师就问阿萍跟着她干么?阿萍就说我来背书，老师眼睛一亮，就带着她重新走回教室，叫正准备出去撒欢的学生重新回到座位上，老师就让阿萍当着全班同学的面开始背诵，"在苍茫的大海上，狂风卷集着乌云，在乌云和大海之间，海燕像黑色的闪电，在高傲地飞翔……"阿萍流利的背诵让语文老师深深赞许，全班同学羡慕不已。

高考填志愿的时候，阿萍本来想填J大中文系，遭到了全家人的一致反对，父亲说闲情逸致的东西绝不能拿来做谋生的主要手段，阿萍想想也是，就填报了热门的法律专业，大学半年多下来，文学似乎成了高中时的一个梦，可这封信，这封信的文采有点燃烧着阿萍少女的梦了。

这封信是范伟恳求李志坚、陈晓春两位"文哲专家"帮助润色的，并东一句、西一句摘抄了不少当代朦胧派诗人的名句，费尽心思，九易其稿才组合出来的。这封情书也成了许多男生竞相摘录的"样板"情书，重复率和复印率相当的高，并流传到了其他兄弟院校。一位男生喜欢的是位叫“红红”的姑娘，可他摘抄的时候一字未改，就直接把这封情书寄给了红红，红红姑娘接信后气得不行，在那大声嚷嚷：“我啥时候改名叫阿萍了，我啥时候改名叫阿萍了，我们家小狗的名字才叫‘阿萍’呢。”

每个周六晚上（那时是单休）由文科食堂临时改装的舞厅常常热闹非凡，这里虽说不上流光溢彩，确也星光点点，“舞迷”们合着校园乐队的节拍常在其中流连忘返，虽然也时常跳着跳着会踩到地上的一两块骨头，但这并不伤大伙的雅兴。虚伪的人还常说：“下周再也不来这么低档次的舞厅了。”但若干个下周他就在这个舞厅常常跳得汗流浃背。

夜晚模糊了白天的许多丑陋，醉人的灯下轻歌曼舞，所有的得意者、失意儿、充实人、虚伪儿都在这随歌轻舞，舞厅里都可以容下大部分人的欢笑和一丁点的烦恼。

票价是伍毛钱，就这赵大宝还经常掏不出来，好在他在J大地上的人全认识，天上的人也认得一半，常常自己不掏钱，还带着几个哥儿们人五人六地混了进来。

在大三的时候赵大宝的“霹雳舞”跳得很好了，真想不通他那圆圆的身躯能把“霹雳舞”中那些“错腿、拉绳子、擦玻璃、地转”等高难度的动作做得挺像一回事的，每当舞场间隙放起“迪斯科”的时候，赵大宝总会来上一段“霹雳”，引起周围一群人真真假假地叫好，以达到“轰场子（在舞场里最“出风头”的意思）”的目的。

如果说大一的时候，赵大宝跳的“霹雳舞”像一只滚来滚去的水桶的话，那么到了大三，赵大宝跳的“霹雳舞”就像一位发了胖的白马王子了。

失败是成功的妈妈啊。

“月朦胧 鸟朦胧 萤火照夜空”，我们放下了一周学习的疲惫，伴着醉人的舞曲，脚步轻盈或笨拙地迈开了，不太会跳的还得念着口诀：“进一步 退一步 走遍天下无敌手”，对于摆个花样姿势就不知道舞伴到哪去了的人，还得有一种“咬定青山不放松”的理念，人生如舞场，管它慢四、快三、拉丁、华尔兹，变幻的舞步就犹如人生的脚步。

每周末的晚饭刘康是吃不了了，这也可能是他日后有胃病的主要原因。到大三的时候他已是校园乐队也称“奔流乐队”的队长了，“奔流乐队”创建于八年前，也就是交谊舞刚刚流行并走进校园的时候，一届又一届的J大懂艺术、搞音乐的学生人才在校团委的组织下在艺术系教师的指导下承担了每次校园内大型演出和每周一次的校园舞会的伴奏工作，艺术人才一届一届往下传，这一届传到了刘康手里。

校园舞会约七点钟开始，可文科食堂的收工是在六点半，这中间只有半个小时的准备时间，食堂的工友们把摆在食堂中间的一些桌子往一个角落上堆放，长板的凳子一条一条往四周分布，再用扫帚清扫地面，这边，刘康他们就得赶紧从校团委的仓库里把组合音响，架子鼓、电子琴、吉他一起往食堂里搬，刘康人又老实，他不是扛最重的架子鼓，就是搬零件最多的组合音箱，“奔流乐队”成员之一的“高佬”黄常常握着一只麦克风，对着搬运乐器的每个人，发出“小心、小心”的声音。刘康学的又是物理，还自动承担起了音箱的组装工作。

就这么从搭台登场到晚上演出完毕，一晚上从乐手到主唱，也就每人两元钱的补贴。

陶桃老师最近喜欢上了跳舞，学生时代她从没来过这地方跳舞，毕业留校都两年多了，她也未涉足过，这种生活方式可能和她的家庭环境有一定的影响。她的父母都在省内另一所高校工作，父亲是教历史的，一年四季就五套衣服，春、冬、秋各一套，夏天两件衬衫换洗，戴着一个七十年代的眼镜，脚下还常穿着一双解放鞋；母亲是在校图书馆工作，成天也是一件灰蓝的褂子，她还有一个哥哥是学考古的，陶桃记忆最深的是每天晚上家里四个人基本上都在家，可家里却静得像一个人都没有，每个人都捧着一本书，互相都不说话，好像书是家里最重要的成员，一本本书也锁住了陶桃老师的青春。

和她一块住"筒子楼"从各院校分配来的或是本校毕业留校的青年教师们，各个都是"舞林高手"，特别是与她同处一室的艺术系的小李老师，那衣裤打扮让陶桃老师作为女性都看得眼红耳热，小李老师也是舞厅的常客，她架不住他们几次相邀便前往了，以后便每周欣然前往了，而且他们教师出席舞会只要出示教师证是免费的。

当陶桃第一次来到学生舞厅，便被这里的氛围深深感染了，"奔流乐队"在台上一首一首地演唱着大陆和港台的流行歌曲，她感觉好听得要死，就是不跳舞上这来听听歌也是一种享受啊。学生时代，也有好多次男生约她去跳舞，她总是把头摇得跟拨浪鼓似的拒绝。在她读大三时，一位她也感觉不错的男生给她写过一首眼灼心热的小诗叫《我的步伐》，上面大意说"我带着我自以为是的步伐，到处寻找，突然在小雨的时候看见了清澈的你，于是 我驻足 守卫着朦胧的你我 你我的朦胧……"

陶桃接到这封信吓得要命，她想只是听说的谁为谁写情书的校园故事怎么会发生在她身上，她想把这封信交到系办去，又觉得不是太妥，思来想去，她用红笔在信上做了批改，又寄回给了这位男生，她批改的情况是这样的，“我的步伐”这四个字后面，她写了三个字，没开始，并加了三个惊叹号，又在诗的落尾写下了一句话：“一颗秋天的种子过早地埋入冬的土壤只会无声无息，还是等着奇瑰的春日吧。”

陶桃的意思是告诉这位男生以后再说，可她又是红笔回的信，红笔可意味着绝交啊，结果奇瑰的春日谁也没等到。

现如今的大学，比陶桃老师读书的时候更加开放、更加进步。陶桃她们这一届，校规还规定“学生不允许公开谈恋爱”，什么叫“公开谈恋爱”，两个人的事怎么公开呢?后来，她从比她又要早几届的学姐那儿了解到，那时的校规是“学生不允许谈恋爱”，到了她当老师的时候，校规又针对这一条改了规定，要求是：“学生不允许乱谈恋爱”。

前几日，她在食堂吃饭，看到旁边饭桌上一男一女两个人共着一个碗、一把勺子，男同学微张着嘴，女同学一勺一勺喂着他吃饭，看得她自己都有点不好意思了，可这两位同学和来来回回打饭的人谁也没感到不自在，陶桃老师又听着自己饭桌上的两位女孩在那里交流恋爱的过程，什么第一步是单相思，然后就是双想往，这中间穿插着眼与眼的交流，心与心的共鸣，这两位女孩还互相问着跟男朋友到了哪一步，是只拉了拉小手，还是打了“Kiss”(接吻)，有没有其他的“越轨”行为，听得陶桃老师脸都红了，最后，这两个女孩还得出一通前卫的结论：“找一个爱我的做老公，找一个我爱的做情人……”

人说，什么样的环境创造什么样的想法，陶桃老师正在低头着头回忆的时候，一声轻唤惊醒了她。

“陶桃老师，约你跳个舞，行吗？”跟她说话的是彬彬有礼的王新雨。

“我不会。”陶桃边说边又低下了刚抬起的头

“我教你，包教包会。”王新雨伸出了手。

正好是一首舒缓的慢四响起，陶桃随王新雨滑入了舞池。

“我没忘记你忘记我 连名字你都说错 这证明你的一切都是在骗我 看今天你怎么说。”陶桃狠狠地、惊慌地踩了几下王新雨的脚，王新雨连眉都未皱，而是合着音乐的节拍进退自如地带着她，一边跳，王新雨一边跟她说着话，

“我没忘记你忘记我，这个‘你’是一语双关啊。”

“对。”陶桃的脚的步点找到了，手又开始抖了。

“别紧张，陶老师，深呼吸一下。”

“呼”，陶桃深呼吸了一下，果真平静了很多。

“我喜欢听歌，特别喜欢听你唱那首《橄榄树》。”陶桃自然了许多。

“好，待会儿我唱给老师听。”

“待会？”

“我是‘奔流乐队’的歌手啊。”

几曲下来，陶桃的感觉找到了。

“不要问我从哪里来 我的故乡在远方，为什么流浪，流浪远方，流浪……”

陶桃的舞是王新雨教会的，而且陶桃老师的进步很快，连恰恰、伦巴都会了，每

到周末，以前都是人家发起去跳舞，现在陶桃老师成了发起人，而且她一改以往灰色的着装格调，往鲜艳的这条路上走了，陶桃老师一打扮，人也就愈发漂亮了。

今晚，她却未见王新雨，也是，她来了十几次舞厅，也就是前三次碰到了王新雨，后面就没遇到过他，遇不过他又怎么样呢?她早听人说，王新雨与“校花”贝妮热恋着，而且贝妮这个学期一过也就是还有一两个月就要毕业了，听说，贝妮赴美国加州留学的签证已经下来了，她们毕业生还排演了一部话剧叫《象牙塔下的故事》，下个月就要参加南部地区高校艺术节的公演，同时这部剧又作为给母校的毕业献礼，王新雨是这部剧的编剧之一，他肯定在学习之余忙碌着这事。

现在，陶桃老师知道的学校七七八八的事不少，陶桃老师想明白了，这一切都是因为自己有了一个关注点——王新雨同学，王新雨又是个热点人物，围绕着他有很多纷扬的故事，所以陶桃老师知道的事也多，自己读书的时候多傻，啥也不知道，因为没有关注点，那时候陶桃只知道:“一心只读圣贤书，两耳不闻窗外事”，“窗外”陶桃突然明白了琼瑶的一本《窗外》的书名的喻义，她又想起了书中的内容:那是一个学生喜欢上了老师的故事。

老师也可以喜欢上学生吗。这一晚，陶桃老师做了一个浅浅的春梦。

梦也是我们人生的一部分。

六、黄昏偶拾

晚霞很好，给每个行路匆匆的少男少女的脸上大大方方地烫了一层金色，从附近村落溜进校园提篮小卖的二贩们一边口沫乱飞地与学生讨价还价，一边机警地用眼角的余光搜寻保卫处的干部。3栋女生楼前伫立着无数个感觉良好的男生，通常是对着紧闭的“巴黎圣母院”发出声声呐喊催出满园春色中的一朵，或是请人从自己手中带进一张纸条，带回的是一种喜悦或是沮丧，足球场、篮球场上人声鼎沸，让人感到青春的无处不在，阅报栏前有一群人在探讨着晚上“哲学沙龙”的议题，这是高等学府特有的氛围。湖畔，有人在精神饱满地写生，题目应该是“黄昏的校园”，突然，高高的文科大楼上飘出一个造型似“红蜻蜓”的风筝，义无反顾地向天空飞去。

如果说白天的校园像一条奔腾的河流，那么校园的黄昏可称得上是一条静静流淌的小溪了，洗去了一天疲惫的青年学子都显得挺有朝气，或读书、或奔跑、或沉思，而点缀在其中散步的华发教授与年轻人映衬着：青年学生就是他们的昨天，华发老人就是青年的明天。这更让人觉得青春的短暂和可贵。

陈晓春斜靠在一棵大樟树下，静静地扫视着校园中的黄昏，不远处，有几位擅长丹青的学生把一幕幕风景融入到七色水彩中，又为命名“校园的黄昏”还是“黄昏的校园”而犯愁，指导的教授就侃侃而谈：“如果我们的画布下是突出了校园才有的黄昏美，就定名为‘校园的黄昏’；若是画出了只有黄昏中的校园才有的万千景象，可取名‘黄昏的校园’……”陈晓春听着他们的对话，又觉得自己学的哲学无处不在。他今天心情极好，看什么都觉得不错，自己刚刚从图书馆出来，就看到了图书馆门口的喜报，他已经当选为新一届校学生会社团部的部长，虽然比校学生会副主席王新雨的官衔少了半级，但他也欣喜了许多，要知道，他还只是读到了大二上学期。

“新官上任三把火”，但是，中国人对青年的热情，对重整乾坤的新官有一种期盼，也有一种看热闹的心态，个别的还有点“不希望你好，最好能弄出点事来的”想法，有时他们讥笑这种热情，讥笑这种认为天下无难事的信仰。

陈晓春小时候，父亲就教育他年轻人在长辈交谈的时候不要插嘴，很快，陈晓春发现从中学时起，他周围的很多人就学会了这一点，发言积极的同学老师不是很喜欢，喜欢插嘴的人常常受到“一桶水不晃，半桶水乱晃的”的点评，每一次某项规划或稍微有点冒险的班级活动，大家都不太支持，而是常说风凉话，并指出所有可能存在的困难，到了大学时，更是有过而无不及，这一点让陈晓春惊叹不已，无论是像他们这样涉世之初的青少年，还是饱经沧桑的人士，中国人先天的熏陶和后天的培养都让他们就这样成熟地踏入社会。

陈晓春的父亲是一位处长，母亲也在一家行政单位当干部，家里就陈晓春两兄弟，陈晓春是老二。陈晓春父亲的单位是一家比较“清水”的“衙门”，单位里唯一有权的部门是“审批登记处”，单位的领导换了一拨又一拨，父亲却在那个位置上做了十几年的处长岿然不动，这不得不说陈父有点独到之处。“有其父必有其子”，陈晓春的少年老成，凡事三思，看来从父亲那得到了不少遗传。

入大学报到的头天晚上，父亲来到了阳台上，他惊慌失措地想隐藏起刚刚点燃的烟，这个高三的暑假，他和几个接到“录取通知书”的准大一的同学常跑到市郊的梅岭山上纵论“国事家事天下事”，聆听着“风声雨声”，并回味着刚结束不久的“读书声”，他们还流着鼻涕眼泪地学着抽烟，争论着“上下五千年”中思议或不可思议的事情，肩负着“枕国运于艰危，起沉痛于霍然”的使命，认为自己是全天下最幸福的人……于是，他每个黄昏，都来到阳台上，点一根烟，面对着屋对面的水塔静静的思、沉沉的想，整个高中时期他觉得影响他的视野、看得有点堵心的“水塔”，在高三的这个暑假他竟然觉得造型挺是别致，笨拙中有着几分玲珑，看来，心情好坏决定对周边事物的一切看法啊。

父亲指指厨房里忙碌的母亲，示意别出声，掏出一盒好烟来，并掐灭了陈晓春手里的劣质香烟，父亲亲自给陈晓春点了一根烟，拉过一把椅子，关紧阳台的门，以一种“多年父子成兄弟”的情怀，开始了亲和的、让陈晓春将受益一生的“黄昏中的对话”。

“儿啊，与谁交往，尽可能让别人愉悦，要不就不要与人交往，树敌，不是我们人生长河的目的，人情留一线，日后好相见。敌人都是从朋友当中产生的，陌生的人不可能成为敌人。”夕阳下，陈父说着处世之道，既是经验，也是教训的结晶。

“孩子，尽可能隐藏自己的缺点，缺点是不可能改掉的，公共场合尽量少说话，你说对了99句，人家觉得是应该的，说错了一句，人家就记住了。自己受了委屈，挨了批评，做错了事，包括失恋，不要搞得全天下人都知道，因为，那有可能是不久的将来大家闲谈的笑料。如果憋得难受，就找个‘口风’紧的死党倾诉，倾诉的过程中要淡化具体的人和事。”

“晓春,‘每见钢刀口易折’、‘懦弱绝非男儿身’,刚柔并济,这个火候一定要掌握好。”

……

一年过去了,父亲的谆谆教诲时时警醒陈晓春这颗不安分的心,并且已收到了效果,他们这个寝室的人个性十足,相互间的小矛盾已有一些,自己的班上也面临着“友谊加深、矛盾加重”的现象,大伙说着“张三、李四长短”的情况都有,而谈起陈晓春都会赞许他不错。

他头上的大樟树发出几声轰鸣,这“吱吱”的轰鸣声他以前也经常听,只是从来没有这么近距离过,原来,一只巨大的高音喇叭就设在他头顶上的樟树上,按条件反射的理论他知道校广播站要开始播音了。

“各位同学,人家好,我是方芳,《黄昏偶拾》栏目即将开始播音了,从今天起,本站应广大同学的要求,将在每周二、五的这个时刻里为大家开通双语直播。下面,我就给各位同学介绍一下我们J大校广播站历史上的第一位英文播音员——强强,来,强强,给大家打个招呼。”

方芳这一煽情,黄昏中该干嘛的都停止了干嘛,翘首倾听第一位英文播音员的声音。

“Hello everyone I'm Qiang Qiang Qiang……(大家好 我是强强强……)”可能是李永强的第一次播音,也可能是音响设备接触不好,或是使用不当,高音喇叭里传出了一连串的强强强。

“哈哈,哈哈……”整个校园都笑了。

“初次见面,请多关照。”李永强继续用英语说着,这一次听懂英语的又笑了。

“应该是:‘初听我音,请多关照’。”方芳纠正着。

“首先,播报本台快讯……”方芳和李永强一中一英地说着。

“计算机系和法律系在昨天刚刚结束的校‘三好杯’篮球赛的半决赛中各自战胜了自己的对手生物系和数学系，明天他们将会师决赛，法律系是J大的老牌盟主,在此之前,他们已获得了五次冠军,计算机系是本校的新科状元,在去年的‘三好杯’男子篮球决赛中计算机系以‘黑马’姿态力挫群雄,最后在冠军争夺战中以1分的优势险胜法律系,这一次他们两队又一次在决赛中相遇了,是计算机系卫冕,还是法律系重回王座,我们翘首以待。双方队长赛前都表示有信心夺冠,别忘了明天下午五点整五号篮球场，我们相约看球去，在这里我们希望双方运动员赛出风格、赛出水平。

接下来，播报校园新闻：由我校电子系研发的冰箱保护器获得‘省科技进步奖’,产品刚刚推出市场就获得了广大客户好评;图情系在这次墙报设计比赛中因新颖的设计,动感的画图而获得第一名;在本周的寝室卫生评比中,3栋302寝室又以洁净的卫生、高雅的室内布置力压群芳获得流动红旗;同时,4栋、5栋某两个寝室要引起特别注意,你们已经被宿管科亮黄牌了……”

“下面播送一则招领启事,这位同学的招领启事写得还是挺有创意的:

我拾一本书　对我如废纸　对君犹如宝

书中有君名　但未有君址

君若盼书切　请来我处收”

方芳播报完后，强强那儿卡壳了，接着传来了强强压低了嗓子问方芳的声音：“‘君’怎么翻，翻译成‘King(国王)’好像不行。”

“这，你就翻译成你，You 就行了。”

这段对话经扩音器一扩大，又引来一阵友好的大笑。

“下面再播放一则刚刚收到的寻物启事，生物系实验室的一只小刺猬在同学们做实验时，一不小心跑了出来，据分析可能隐藏在生物楼附近的一片竹林里，请广大同学注意，有拾到者或发现者及时跟生物系实验室联系。这里还有一句温馨提示，请不要用手触摸刺猬。”

“最后，请听配乐诗朗诵《黄昏偶拾》，作者：中文系二年级　李志坚

黄昏弥漫着朦胧

等待月儿入梦

在湖边 拣起石子

打出一串水漂

不是为了无聊

而是因为感动

只有水 才能总是

让我们情不自禁地低头

当我们低下头来

使有一种清纯和丰沛的感觉

悄悄 注入心中

本站的第一次双语播出到此结束，我们在工作中存在着一些不足，请广大师生予以指正。"

陈晓春在这棵大樟树下自始至终地听完了广播，翻出了笔记本，温习着今晚"哲学沙龙"的讨论主题"古老和现代——正在崛起的中国"的讨论提纲，这可是陈晓春上任组织的第一个社团活动，晚七点——在文科楼最大的301教室举行。离开场也就半个小时了，虽然海报已贴出两天，他还是怕到的人少，他得赶紧找赵大宝让他张罗点人来。

李志坚坐在窗前，听完了方芳和强强一中一英地念完了他自己的这首小诗，就有点很舒畅的感觉，用中、英文配乐诗朗诵是方芳的创意，在此之前，校广播站也准备好了一首席慕容的诗作为第一次双语直播的压轴曲，可总觉得席慕容的诗虽然挺美，但不太贴近自己的校园生活，于是方芳就想起了"校园诗人"李志坚，强强就不太情愿的在方芳的催促下并且说要亲自到寝室来拜访李志坚的情况下，赶紧说这点小事还用方芳亲自出马，然后他就用五分钟的时间把李志坚五年创作的诗集从头到尾翻了个遍，正好看到了李志坚新写的这首《黄昏偶拾》，与他们栏目的名字都一模一样呢。

人们常说，时间是考验艺术品的最佳尺度和最佳方式。只是，大家都难以做到这一点，审美中一个普遍的难点：同代人最难对同代人的作品作出最优的审美判断。李志坚想着这句话，觉得此话也说得太绝对。

校园美，黄昏也美，黄昏可以让晴朗的一天晚些离去，人们都喜欢讴歌清晨，因为她驱走黑暗，迎来光明，但李志坚挚执爱黄昏，创作的人都知道，夜晚比白天珍贵，白天作为学生的李志坚总是被动地让老师们灌输知识，而夜晚才是他主动施展自己想象力的时候，而这黄昏就像是主动与被动的恰到好处的中转站，特别是在人世间最美丽、最圣洁的地方——菁菁校园中，这校园中的黄昏的朦胧美让人思绪万千，李志坚海阔天空地想着，并发出"我爱校园黄昏"的强烈感慨。

强强一头汗水地从播音台下来，立马就成了生活中的"托福"李，他想人家方芳的名字多好，方芳既是她的艺名，又是她的真名。

"强强，你第一次播音，又是用英语播音表现挺棒的。"方芳鼓励道。

"哪里，有许多不足的地方，哎，方芳，你的声音怎么经扩音器传播出去，就那么好听，我的声音怎么在喇叭里那么难听。""托福"李经过一刻钟的播音后，得出这样的结论。

"强强，你的声音挺不错的，但是，播音的时候还是要注意一些小技巧，叹气、打哈欠的时候要离开话筒，我们这可是直播，另外，播音的时候如果要交流的话，请用笔写下来，不要在一方播音的时候插话，不过，没关系，你是第一次播音，以后，就会越来越流畅的，你今天的整体表现很不错，可以打 90 分。"方芳对强强的表现还是挺满意的。

"谢谢方站长的鼓励，我怎么就没想到，'君'是你的尊称呢，差点把君译成了国王，幸亏方站长反应快，要不然，第一次双语直播就得出重大播出事故。"

"哈哈，感谢君的夸赞，君还没吃晚饭吧，我请君共进晚餐。"

校园里除了文科食堂、理科食堂、教工食堂这三座食堂外，还有个叫“天天小吃部”的地方，小吃部比这三座食堂的营业时间要延长一个半小时，以便供应那些因各种原因而未吃到饭的师生。

“天天小吃部”就坐落在文科食堂和理科食堂之间，“托福”李倒是天天面对它，天天从它身边走过、路过，也被它奇特的饭、菜香味吸引过，可就是从来没有进去过。今天，“托福”李是第一次来“天天小吃部”，或者，更确切地说，这是他人生当中第一次正儿八经地“下馆子”，而且还是和一位红粉佳人啊。

如果天天来“天天小吃部”，“托福”李就是卖血也做不到。

“托福”李有点紧张地在方芳面前落座了，他看着桌上干净的粉红的桌布，马上想起了文科食堂油迹斑斑的桌面，有好几回，他都是双手“悬空”才把饭吃完的，这里多好，双手、双肘想怎么放就怎么放，服务员摆好碗、筷、餐巾纸，又很熟络地跟方芳打了个招呼。

八十年代初期，“托福”李的父亲——老李生平第一次走出了本省，随着全省一大堆乡镇干部去了我国改革开放的最前沿阵地——广州考察学习，去了广州总共三天，老李回来说了三年，老李给小李讲述这次广州之行里有一个让小李最深刻的印象就是：“每次吃饭前，都要上一些红颜色的、绿颜色的纸，他们管这叫餐巾纸，是饭前用来擦手、饭后用来擦嘴的，我都给你们攒着带回来，够擦半个月的屁股了。”

这是“托福”李第二次见餐巾纸，他打开一包，擦了擦手，并记住了吃完饭一定还要用它来擦嘴。

“吃点啥，随便点吧。”方芳把一份菜单递给了他。

“托福”李扫了一眼菜单，发现这里最便宜的菜都要两元，这可比食堂最贵的菜还要贵，就把菜单还给了方芳，嘴里说：

“女士优先，还是你来，随便点，别客气。”说完他又用手捂了捂西装口袋里那整齐的十张“大团结”，这可是他拼了老命并付出尊严换来的。

“好，那我就不客气了。”方芳一口气点好了三菜一汤，这边方芳在点菜，那边“托福”李就在心里默算，这怎么也得二十五六元钱吧，这可抵上他半个月的伙食钱了。

“你这件格子西装真漂亮，里面的那件蓝衬衫也精神，发型也潇洒，人靠衣衫马靠鞍，强强，你一穿西装整个人就有了一种‘腹有诗书气自华’的味道，你应该多准备几套西装，哎，你们寝室李志坚好像也有一件这样的西装，你们是一块买的吧。”方芳对着“托福”李的穿着评头论足。

“哎，哎，请吃菜。”李志坚的西装就穿在李永强的身上呢。

“强强，强强，我跟你说话呢。”方芳嗔了一眼“托福”李。

“啊，哦。”“托福”李还真不习惯人家这样称呼他，小时候，他妈妈会在家属院里大叫：“大毛，死回来吃饭哦。”入大学了，开头大伙叫他“永强”，后来就叫托福李了。

“你的脚是不是崴了，是踢球踢的吧，可得小心点。”

在此之前，从校广播站去“天天小吃部”的路上，方芳的心里有几许兴奋，这种她提议的“双语直播”今天总算首播成功了。路上，有两个熟识的女同学都截住她说了会话，她们说播出的反响太好了，整个校园几千学子都在聆听着悦耳的女中音和带有美国味的男中音，说着说着又用羡慕的眼光瞟着她和她身边的“托福”李。她身边的“托福”李今天又是帅得出奇，潇洒的港式小分头，干净的蓝衬衫，熨帖的黑格子西装，笔挺的西裤，火箭式的“大不同”牌皮鞋，整个人的打扮是四个字“海外归来”。

再看我们的方芳，那也是分外美丽，一件红色的开衫，着一条白色的紧身裤，一双高跟皮鞋清脆地敲着水泥路面。

“夕阳无限好，只是近黄昏。”方芳看着落日的余晖在小路上吟了一句诗。

“难得夕阳无限好，何须惆怅近黄昏。”“托福”李把李志坚常说的一句话给活学活用起来，并且用的恰到好处。方芳深情地看了“托福”李一眼，如果从后面看，两个人的身影近了一些。

一本书上说，薄暮末昏，这是试探性的夜色。

“月上柳梢头，人约黄昏后”，这一路的意境不错，只是“托福”李每走两步，就得稍微咧一下嘴，咧嘴的原因是陈晓春42码的皮鞋打了托福李43码的脚。

“哦，是，我的脚崴了一下，”“托福”李接着方芳的话说，又在想，他这一身，除了裤衩是自己的，还真没属于自己的东西，他本来看中了赵大宝的那条“萝卜裤”，可腰围大了一圈，裤长刚刚过膝不多，他就“办了（借了）”“高佬”黄的裤子，又“办了”刘康的袜子，组合着上了播音台。

“办了”是他们寝室的术语，就是指不打招呼就借了别人的物品，但一定会归还的。打不打招呼这没关系，谁要大家都是兄弟呢，兄弟的事再小也是大，女人的事再大也是小。可是，兄弟们之间的大事又都是为了女人的小事，管他呢，古时候还有帝王“不要江山要美人”，还有将军“冲冠一怒为红颜”呢。

“我们走吧。”方芳边签了一个字，边说。

“好。”“托福”李记定了用餐巾纸抹了一下嘴巴。

起身，“托福”李又坐下，一边招手叫服务员，一边掏西装口袋结账，“托福”李知道这跟食堂就餐不一样，食堂是先付钱，再用膳，餐厅可是先用膳，后付钱。

服务员过来摆了摆手，示意他们可以走了，看着“托福”李有点茫然，又说：

“方姐签字就行了。”

“托福”李还想争执并说哪有女士付账的道理，方芳拽住他走了。

没有喝酒，“托福”李还是和方芳摇摇晃晃地出了门，他们走出“天天小吃部”的一刹那，茫茫夜色突然取代了黄昏最后一点的亮笼罩了整个校园，晚风吹过来，多么的清凉，校园的这个夜晚，因为有了方芳的陪伴而不同寻常。

“功课忙吧，如果你忙得过来的话，我的英语想请你帮着补习补习。”方芳说这话的时候，已经站在了“女儿楼”门口。

“好，就怕我教得不好。”“托福”李愉快地答应了。

“我们可说好了，每周一次，内容主要是围绕托福考试的，时间由你定，还有，补课我必须付费用，就按教授级的课时付钱行吗？”

“这，这就不用了吧。”

“就这么说定了，GOOD NIGHT(晚安)”

“没有认识方芳之前，我只过过两个夜晚，一个是勤奋的夜晚，一个是空虚的夜晚，从未有过像今天这样美好的夜晚，将来和方芳挑灯夜读的夜晚呢，将是一个美好而勤奋的夜晚。”“托福”李这么想着。

“托福”李在大吃大喝的时候，急坏了陈晓春，他在寝室及周边找了一圈没见着赵大宝，就赶紧往文科楼跑去，陈晓春今天听说学校还有另外两个活动，他真为今晚的“哲学沙龙”的人气有点担心了。

寝室和教室之间的海报栏前簇拥着两队人马，以各自的红、绿海报为基地在那争执着，陈晓春不想多理他们，准备快速通过往教室奔去。两位女生的对叫让他不得不停下了脚步。

“大宝，今天就跟学姐去听作家演讲，我们过一个睿智的夜晚。”

“大宝，如果你今天不去学生俱乐部，下次，你要再帮你那些哥儿们找舞伴，我们是一个都不会去了，我们再也不跟你去跳舞了。”

“大宝，你在这。”一向稳重的陈晓春从路边一下跳到海报栏前，抓住了暮色下、人群中的大宝。

海报栏里贴着两张海报，一张绿的，上面写着全国著名作家张辛前来我校与莘莘学子对话，时间：今晚七点半，地点：校图书馆小报告厅，举办单位：南华文学社。一张红的，写的是“江南摇滚歌王”张苦特率团来校为学生演出，特特优惠价：坐票一元，站票伍角，不退不换，售完为止。时间：今晚七点半，地点：学生俱乐部，举办单位：校艺术团。

一位戴眼镜的文学爱好者自叹：

“作家写文章辛辛苦苦，取个笔名张辛还数专业对口，说歌星台上蹦二窜三，台下弄得票子，也取了名字张苦，真是名不符实。”

“你懂啥，台上三分钟，台下十年功，这三百六十行就数这戏子最苦，世上的人本活得有滋有味，就出了这破作家，硬是要把生活解释个透，有苦也是自找的。"一位穿得有些花哨的小青年在那大声说着。

"浅薄"，"眼镜"大叫着。

"什么，我浅薄。""花哨"青年有点气势汹汹地来到了"眼镜"面前，"眼镜"及"南华文学社"的一伙人有点慌了，毕竟君子动口不动手吗。

"看清楚了，这是我研究生的学生证，我浅薄吗？""花哨"青年当场掏出了学生证。

"眼镜"有点沉默不语了，他的身份只是个大专生。

"世风果真日下，拜金一定流行吗?这'走穴'也走到菁菁校园里来了吗，花个一元伍角去看一场极其庸俗的表演，真不如清清淡淡洗耳恭听一位著名作家对人生路程的指点，这对于成长中的我们是相当有用的，尤其是对经常走弯路的大宝同学是更有意义的。"又一位清秀的"女眼镜"杀将出来。

"为什么反面例子里老有我，我啥时老走弯路了。"大宝大叫道。

"哈哈……"海报栏前熟悉赵大宝的不熟悉赵大宝的全笑了。

艺术团洒洒脱脱的文艺部长登场了，她的舞姿在J大的食堂舞厅常常是最美的，每一曲起跳前都有五六个男生从四面八方飞奔过来请她共舞一曲。有一回，一个男生因为跑得太快，竟在快跑到她面前时，一下跌倒了下去，并顺着地面滑行了较长的一段距离，引起整个舞厅的喧笑。文艺部长基本上是每场的"舞后"，看看，"舞后"都亲自上场宣战了。

"人家大明星是本姑娘费了多少口舌才请来的，人家是正宗的义务演出而绝非走穴，即使走穴也走不到咱穷学生头上来，与其听那糟老头子唠叨一晚上，真不如看一场赏心悦目、极其西化的狂歌劲舞，今天晚上可是才子佳人共度好时光的机会啊，姑娘们，赶紧回去打扮吧，本姑娘现场宣布，女士一律免票。"

"哦，哦，哦。"人群开始欢呼起来。

"赵大宝，你激动个啥，你又不能免票。"文艺部长对着赵大宝说。

"哈哈。"大家又在笑赵大宝。

"看看，演出还没开始呢，就开始降价了，阁下们不是常以才子自居吗？今天晚上与闻名全国的大作家对话，到时候才是真正露一手的机会，我想哪一位不到场，哪一位就不是才子，我现在先宣布一个秘密，到时候我们将现场赠送著名作家的签名大作十本，这可是机会难得啊，佳人们，才子到哪，希望你们就相伴到哪。"清秀的"女眼镜"毫不示弱。

天越来越黑，话越说越糊涂。

要是平时没事，陈晓春一定会静静地听两边不可开交的争吵，然后再用哲学的观点去评判这一切，今天，他可没这工夫，他也等着救场如救火呢，等过了这一关，他一定要起草一份《有关社团活动报备报批的通知》经校学生会研究后上报，经校学办、校团委审定后下发执行，把社团活动在校学生会的统一领导下，在不影响学生学业的基础上，轰轰烈烈、扎实有序地开展起来。

"赵大宝，我的请求你忘到爪哇国去了。"他从人群中拽出了大宝。

"陈部长的指示，兄弟我怎能忘记，两位学姐，你们两位我谁都得罪不起，图书馆、学生俱乐部俺都不去了，弟兄们，跑步前进，目标，文科楼 301 室，先到者，赏大烟‘阿诗玛’一根。”

一时间,人群散去一小半,路沿上也起了不少人,赵大宝的威力无穷啊。

路上,赵大宝迈着由外向内的特有的八字步告诉陈晓春,他早就纠集好了几个在各自领域都有一定威望的主儿,并通过这些主儿各自带着自己的随从三四人,共计三四十人前往“哲学沙龙”现场抢占有利地形。路上被“部长姐姐”和“眼镜姐姐”拦截,恳请他率队前往捧场。“过去,我常常拦截姐姐们,现在轮到姐姐们拦截我了,但是,不管怎么说,晓春我先答应了你,人在江湖漂,义字头一招,再说了,还是那句老话,兄弟的事再小也是大,女人的事再大也是小……”

暮色苍茫看大宝,陈晓春突然有了几分感动。看来,哲学家不光是为惊天动地的大事而感动,身边的小事也同样能让他们感动涟涟。如果这个黄昏中,陈晓春有点偶然的拾起的东西的话,他从大宝的诙谐中拾到的是真情。

陈晓春暂别了大宝,又往教师生活区跑去,他要去请他们哲学系的系书记刘香花书记前来出席今晚的社团活动,做事嘛,当然要知道“为谁辛苦为谁忙”。

第一次在寝室与赵大宝见面的时候,赵大宝就告诉陈晓春,刘香花是他的表姨,如果刘香花真是赵大宝亲戚的话,应该在“表姨”两字后面加一个“父”字,刘香花是他的表姨父。

刘香花书记是个男的。

碰上一般的人早就会拿这件事来奚落奚落赵大宝,一些中国人有这样的特点:一方面喜欢自己吹牛,一方面喜欢把别人的牛皮捅破。从少到老,乐此不疲。

陈晓春却没有这样做,一直到毕业,他和系书记刘香花同志已经熟悉的不能再熟悉了，他对赵大宝同学已经了解到"赵大宝一撅屁股，他知道拉什么颜色的屎"陈晓春都从未提过这档子事。

刘香花书记愉快地答应邀请，并随同陈晓春同学来到了"哲学沙龙"现场。

忽然，一盏灯亮了，这就是华灯初上吧，然后灯光就像一阵阵波浪一样亮遍了整个校园，黄昏恋恋不舍地告别了校园，那灯下苦读的剪影不是对这黄昏的离去的最好慰藉吗。

"各位同学晚上好，首先，请允许我介绍下什么是'沙龙'，'沙龙'不是沙里盘着一条龙（笑声），也不是龙在沙发上睡大觉（笑声），'沙龙'就是大家说话、交流、辩论、'沙龙'不同于主题明确的演讲，不同于立场鲜明的辩论，他是最早流行于贵族之间茶余饭后的一种闲谈，就像今晚上一样（笑声、掌声）。后来，慢慢演化为确定一个主题：每个人可针对这个主题发表自己的观点，我们今天沙龙的主题是'古老和现代——正在崛起的中国'，我们邀请到的嘉宾是省社科院赵院长、《城市晚报》钱主编、著名作家孙先生、中文系李教授，哲学系刘香花书记也亲自来到了我们的"沙龙"现场（一连串礼节性掌声），主持人是没有职务、也没有职称的王新雨（爽朗的笑声和响亮的掌声）。"

王新雨的这一通开场白，让陈晓春那颗悬起的心立马放下了，大一的时候他参加过两次"哲学沙龙"都是以不咸不淡的气氛开场，以冷冷清清的氛围收场，大家似乎是在那毫无意义的胡扯一通，陈晓春心里想还不如街头巷尾两个泼妇骂街呢，人家有时说出来的话还能引起旁边观战人群的哄堂大笑呢。

今晚的沙龙可不一样了，这是陈晓春上任以来组织的第一次。他首先搬动了王新雨来做主持，王新雨毫不犹豫地就答应了，果然，一开场就不同凡响啊，偌大的301 教室已挤满了人，还有同学急急切切地往这里赶呢。

“有人说，希腊的绮丽与罗马的荣耀早已成为过去。面对科学进步，工业革命的整个世界，个别人感到无地自容，个别人在那夜郎自大，我想这两种状态都不要，历史上曾经出现过不少伟大的时期，我们处在一个改革的时代中，生活在一个废弃自己旧的锁链，即将昂扬世界的泱泱大国中，希望同学们放弃迷茫，抛开困惑，用你们坚实的双肩挑起振兴中华的重担，在这里我想武断地说，今天，所有的嘉宾将会是和我一样的观点：古老的中国将延续他历史上的辉煌，即将又一次崛起。”赵院长先开了一个好头。

在座的嘉宾纷纷点头。

“主持人认为呢？”赵院长突然问王新雨。

“ME TOO（我也一样）（笑声、掌声）”王新雨答道。

“放弃迷茫，抛开困惑，我还希望同学们心存忧患，同时要从忧患意识中升华出强烈的使命责任感，这也是我们胜利闯过改革难关的最根本的精神动力，一个民族有几个哲学家没有什么稀奇，但一个民族能以哲理的眼光去观察事物，那就真是非常了不起的事了，中国这个民族显然是比较有哲理眼光的，我们在不断发扬、光大自己好的传统同时又吸纳好的东西来不断构建我们的民族文化，有一首诗叫‘子规夜半犹啼血，不信东风唤不回’就是我们不甘落后的炎黄子孙永远向前的写照（掌声）”钱主编如是说。

“一个家庭的文化，叫做教养；

一个社会的教养，叫做文化(雷鸣掌声)”王新雨接了一句。

“现代中国，正处于传统社会向现代社会大过渡的时期，正处于从自足自乐的慢节奏向竞争拼搏的快节奏急剧变化的关口，我们已艰难地翻上了一个山坳，新的希望再次来临，巨大的热情又被唤起，一个新世纪的高峰就在前面。(热烈掌声)”一位嘉宾的发言又引来了如潮掌声。

“下面我们以热烈的掌声邀请哲学系系书记刘香花同志为我们这台‘哲学沙龙’做总结陈词，大家欢迎。”王新雨请出了刘香花书记。

“各位嘉宾、各位同学，晚上好，刚才听了大家的发言，有一种受益匪浅的感觉，80 年代中国大学生的思想变化此起彼伏，形成了一个多元的五彩缤纷的思想画卷，令人眼花缭乱。基于我们所处的特定变革背景，大学生的思想行为显现出较为纯粹的自主姿态。具体表现为主体价值意识觉醒和对感性生活的大胆追求。

“但客观上，大学生的追求仍带有浓厚的理想主义色彩与过渡性痕迹，他们对传统的‘反叛’意识远大于对新文化的建设兴趣。从横向看，我们可将大学生思想到行为的‘热点’变化分为五个层面：审美层面、消费层面、伦理层面、政治价值取向层面以及偶像崇拜层面……

“总之，青年和老年应当和谐，传统和现代可以并存，古老的中国一定能抓住本世纪末的最后一次机会，融入世界经济的海洋中。”

“崛起，中国！中国，崛起！”口号声响彻了 301 教室，并感染了整个文科大楼。

如果说每一个黄昏是悄然而至的，那“三好杯”男篮决赛的黄昏可是轰然而至的，是轰轰烈烈来临的，去年的计算机系是不声不响地杀到了决赛，因为在J大的各系篮球历史上，老牌的四强是法律系、数学系、生物系、中文系，这四强中尤以法律系一枝独秀，计算机系从未杀入过八强，当他们淘汰中文系进入四强，又淘汰数学系进入冠亚军决赛的时候，法律系的“校园大腕”们毫不在乎，他们对名不见经传的计算机系不以为然，要知道，法律系有四名队员是校队的主力，而计算机系一个校队队员都没有，只是听说有个姓王的新生球打得不错。

法律系的熊队长对去年的那场比赛记忆犹新，当时一开场，法律系有点懵了。计算机系上来就全场紧逼，逼得他们打了好几个“24”秒，而且他们系新来的“7”号王新雨有如神助，组织传球出神入化，投篮几乎百步穿杨，待法律系幡然猛醒、奋起直追的时候，已经晚了，法律系就这样遗憾的、“大意失荆州”的输给了计算机系“1”分，丢掉了多年的冠军，他们的系书记气得一周都板着脸。今天，可是又一次证明自己的时候了，法律系不敢再大意了。

双方队长挑着边，王新雨的脸上就感到了很多辣辣的、一些含蓄的和无数支持的、个别恨恨的目光，辣辣的目光来自一些大胆的女生，个别恨恨的目光来自几个无啥本事，又爱说风凉话的男生。再看王新雨的打扮，他梳着帅气的小分头，着一套深蓝色的运动服，穿一双干净的白色“耐克”，红色的队长标记，纯白色的护腕、护膝，哇，整个人阳光、青春，要多帅有多帅啊。连王新雨热身的时候把球从胯下、腰间、背上混在一起上了个篮，就引起了一阵叫好声。

一声哨响，比赛开始，计算机系并没有一上来就全场紧逼，咄咄逼人，而是采用稳健的“2-3联防”并结合一下半场区域盯人，进攻以内线为主，兼合外围投篮，法律系本来是等着对方上来拼的，这一下有点不太习惯，但他们毕竟是老牌劲旅，很快也找准节奏，双方你来我往，精彩场面纷呈，比分犬牙交错地上升。

王新雨底线带球切入，找到一个缝隙跃起要把球传入中路，又突然空中一换手，球到了自己的左手，他一个侧勾，球应声打板入筐，比分牌翻到了“36：36”，双方结束了上半场。

法律系的熊队长刚处不久的女朋友是王新雨班上的女班长，她是计算机系啦啦队和后勤服务队的队长，她指挥人把一溜开水瓶早就全部拔掉了瓶塞，拿着七八个把缸给队员们轮流倒着水，喝温白开水是最好的解渴方式，她又麻辣地赶开一排长凳上的观众，让队员们赶紧休息，耳里听着计算机系的教练部署着要盯紧法律系的熊队，心里乐滋滋的。

球，就要飞出边线了，全场爆发出一半的掌声和一半的叹息声，这显然是法律系的球迷和计算机系的球迷的两种心态。说时迟，那时快，熊队一个箭步上前“海底捞月”似的捞住这个球，再一个侧转身，一扬手，球“嗖”地飞进了网窝，“铛”的一声锣响，全场比赛结束，比分由“75：78”改写成“78：78”。

稍事休息，五分钟加时赛，双方战平。

又一个五分钟加时赛，双方依然战平，这在J大的篮球决赛史上还是空前的。

组委会决定，再打最后一个五分钟加时赛，如果再打平，双方就封赛择日再战，这样做的原因一是双方的体力都吃不消了，二是天也快看不清了。

“要我还是要冠军”最后一次暂停的时候，女班长给熊队长悄声地下了最后通牒，熊队长后场控着球有点一愣神，王新雨突然像风一样的掠过，上来断了熊队长手中的球,突破上篮把球打进了篮筐,还造成了熊队长无奈的犯规,一个“2+1”把比分定格在“88:87”,计算机系把冠军捧在了手里。

计算机系的同学和球迷疯了似的在狂欢、欢呼,把可以扔的东西都往空中扔去,大家沉浸在卫冕的快乐中。哦,这是一个战斗的黄昏,这是一个美丽的黄昏。

七、“警察与小偷”

黎明前的黑暗中，呼啸的北风下，走着几个人，他们都夹着书本、资料、笔记本往幽深的理科楼奔去，如果说活泼的文科楼给他们的大学生活带来了无比欢畅的话，那么沉默的理科楼留给他们的是深深的伤痛。

黑黑的夜，溟溟的雨，沉沉的未晓天，大学可不尽是阳光灿烂的日子。

好日子过得飞快，大一的第一次期末考试伴着冬雨来到了“高佬”黄和赵大宝等同学面前，大学的考试和高中的不太一样，平时的科目有七八门之多，分为“公共课、专业课（必修课）、选修课”三类，考试的性质分为两种“考试和考查科目”。

公共课是指“大学英语”（分听力、卷试两块）、“大学语文”、“中国革命史”、“政治经济学”等几门功课，这是大学文、理、工科系的学生在一、二年级必须都要学习的科目，这些课每学期要考一门，考试时间是全校统一的。专业课是按各个系的专业来划分的，分为基础课程和高级课程两部分，以王新雨所在的计算机系为例：一、二年级学的是基础课像硬件方面有“计算机组成”，软件方面有“Pascal 语言”，到了三、四年级就是“离散数学”、“应用程序”等高级课程了，考试时间由系里自行确定，间隔为每二三天考一门，一般每学期有两到三门专业课的考试，如果一个学期有 4 门专业课，那专业课的考试科目不得超过 3 门，剩下的一门专业课就采用考查的方式（一般是开卷考试）；选修课对本专业年级的学生来说采用考试的方式，对非专业的学生来说一般采用考查的方式。只有考试过了，你才能修到学分，最后合格毕业。如果考试没过，那得开了学补考，如果补考都不过，那得跟着下一年级的学弟学妹们重修了。

理科楼年复一年是清晨四点半开门，考试的这几天起得最早的人往往都是平时起得最晚的人，“高佬”黄根据上一届乃至几届个别差生告诉他的经验，于四点一刻的样子来到了理科楼门前，门口已经聚着七八个平时除了在图书馆看不到在哪儿都能看到的大二、大三的师兄了，真是“莫道君行早，更有早行人”啊，守门的老头准四点半披着大衣起来把门打开，这群人就“咚咚地”摸黑奔赴各自的教室去了。

难道谁起得早，考试就让谁过关吗？非也。

这两天，有关如何应对期末考试的事，“高佬”黄听了有两箩筐，整个考场的监考老师的监考和个别一些学生的考试过程就叫“警察与小偷”。像对一门需要背诵的科目，两个人就相互协作“打联手”，“分工明确”地你背前三章，我背后三章，并说这是“互补”，倘若是小范围的集体行动，就称为“互助组”，双方无声却心有灵犀的举止叫“打手势”，还有什么“调虎离山”引监考老师走开等等听得让人心惊胆战。

“高佬”黄摸黑进了自己班的教室，打开了日光灯，把自己的书《线性数学》放在教室的倒数第二排的位置上，又用笔记本、作业本、复习资料等分放在自己座位的前、后、左、右，他怀着忐忑不安的心情迎接早晨八点钟第一学期第一门的考试。

起得这么早是为了占一个好位置，“高佬”黄不但自己要占个好位置，同时还得把他的周边环境布置好，尤其是他的正前方，那几乎维系到他能不能过关的最终结果，前、后、左、右的人都是他的“保兄（保证、保护他过关的兄弟）”。“保兄”这活可不好干，学习要好，胆量还得大，校规对舞弊这种行为，根据性质的不同轻则处分，重则开除，每学年学校都会贴出一张通报，上面罗列着少数的几个同学因各种各样的原因违反校规校纪，而受到的从开除到全校通报批评等处罚决定。其中，对于考试舞弊的处罚决定每年都有。

“高佬”黄第一次怀着心惊胆战的心情坐在这个教室里，一入大学，他就像从一个缺氧的山洞里爬出来，来到了一座雨后的空气清新的森林里，满目是芬芳的鲜花、遍地是带水的小草，还有诱人的绿，他把好好学习的大好时光彻底用在了“挥霍青春”这四个字上，大学里平日没有了父母的唠叨和老师的管教，强调的是学习的自觉性，他的身边又突然有了很多有趣的人，他把课余饭后的闲事当成了最主要的事充斥了他大一的第一个学期，看看，平日里怡然自得的心情换成了今天这种心情。

这个教室他也坐了快一个学期了，课，“高佬”黄倒没怎么逃过，老师在上面讲“线性数学”，他脑海里盘算着等会儿怎么“长习气(出风头)”，隔壁班的那个女孩为什么还没经过我的窗前?严厉的班主任为什么突然出现在了我的眼前?“校花”贝妮第一次走进了男生宿舍楼 4 栋，并且是走进了他们的寝室，引起了相当大的轰动，可惜，找的是王新雨，“铃铃”下课铃声响起，去文科食堂还是理科食堂吃饭呢?还是去文科食堂吧，那里漂亮女生多些……就这样课上课下一个学期过去了，他迎来了这个冰冷的孤独的早晨。

七点半，全班同学陆陆续续地来了，一人一桌，大家很随意地坐着，男学习委员坐在了“高佬”黄的正前方，并递给了“高佬”黄两个热乎乎的包子，旁边的几个位置也坐下了“高佬”黄的指定人员，成球形围住了“高佬”黄，“高佬”黄长出了一口气。

“现在，我宣布考试纪律。”监考老师威严地巡扫了一下教室里的学生。

“接校考办通知，这次的期末考试按学号来排考试座位，请同学们准备好学生证，统一按学号顺序抓紧时间就座。”

“什么！”“高佬”黄头皮发麻，他起了个大早，却赶了一个晚集。他的学号是“1299025”也就是“025”号，一组八排，三八二十四，无疑，他坐在第四组的第一排位置上。

同学们都纷纷按学号的顺序就座，“高佬”黄无奈地坐在了第一排，边坐他边向老师小声嘟哝：

“老师，我从没坐过第一排，我这么高的个，会不会影响同学……”

“没关系，这又不是上课，这位同学，赶紧入座吧。”

“高佬”黄不敢再争辩，怕还未开考之前就给监考老师留下深刻的印象。

“高佬”黄事前的精心策划全部化为泡影，他只有对着黑板和洁白的考卷默默发呆了。

“高佬”黄第一次拖着沉重的脚步从教室走回了寝室，冬雨从早晨一直下到现在，“线性数学”这门课铁定是要补考了，接下来两天后的“普通物理”对他来说又是一头雾水，想当初高三时，数学、物理这两门课他都学得不错，怎么才过了半年时间，这两门课就犹如天书呢？“真是学如逆水行舟，不进则退。”

“出大事了，知道吗？”范伟也是结束了上午的考试一回到寝室就在那大叫，丝毫没有看到“高佬”黄那张沮丧的脸。

“不知道是哪个系的一位女生给一位男生传纸条被逮住了。这下J大可要处理第一位舞弊的女生了。”范伟宣布。

“你知其然还知其所以然吗？你知道纸条的具体内容吗？”大宝推门而入。

“事情的发生是这样的，在刚刚结束的某系某班某科目的期末考试中，监考老师发现一对男女生挤眉弄眼，于是就特意来了个背转身，用眼角的余光继续监视，好，发现动机，那女孩子递过张纸条，那男生眼疾手快地正要接住，监考老师猛地一个车转身，一伸手把物证抢在手里，洋洋得意，徐徐展开。”说到这，赵大宝有意地停顿了一下。

“怎么样了？”“高佬”黄忘了自己都没米下锅，还关心起别人的口粮来了。

“三个娟秀的英文单词跃然纸上——I Love You。”

“哈哈”范伟、“高佬”黄苦中作乐的笑起来了。

“爱情的力量真是太伟大了，看来有点爱得死去活来了，这事学校还不知道如何处理呢。”赵大宝把知道的全部抖了出来，又纠正了一下范伟夸大其词的说法。

这事还是真实的，下学期开学的时候，系里给这两位作出了全系通报批评的处理。

“我很不愉快。”范伟真实地说，这句话成了以后J大一些同学表达自己心情的流行语，考完了没考好，有人说“我很不愉快”；失恋了，觉得天要塌下来了，有人说“我很不愉快”；被老师批评，有人会说“我很不愉快”；两个人闹了矛盾，两个人都会说“我很不愉快”；风头没出到反受了人的奚落，有人会说“我很不愉快”……

平时都是带着愉快的心情玩，考试的时候怎么会愉快呢？

“早上的宪法有点悬，弟兄们，你们怎么样？”范伟又在找着下一门考试的书。

“我肯定是玩完了，下一门课怎么办啊？”“高佬”黄在那发出屋漏偏逢连夜雨的感慨。

“听说了吗？有一种方式叫‘缓考’，就是学生在考试期间因病而不能参加考试的，可以凭校医院的证明而申请‘缓考’，到下学期开学的时候和补考的同学一起考，但性质和补考又不是一样的。”

“咱这身体，怎么‘缓考’呢？”范伟索性撩起衣服露出了小肚皮。

“要是校医院有熟人就好了。”范伟又在说。

一句话点醒梦中人，“高佬”黄一下从床上蹦了起来，“缓考”这事他听说过，但没当一回事，今天他体会到了考试的残酷和在考场上的无奈，还有两天，下一门课的考试又逼了过来，这门课得让它“缓考”。

迅速让身体升温的办法，“高佬”黄已经小范围的听说了，他把烟盒里剩余的几根烟全部掏了出来——碾碎，放在了自己平时喝水、漱口的把缸（杯子）里，用一瓶滚烫的开水对着把缸倒下，一杯浓浓的“烟丝水”已经泡好了。

到了喝的时候，“高佬”黄却深深的胆怯了，“尼古丁中毒”这几个字在他的脑海里打转，如果这杯水喝下去换来的是他深度的“尼古丁中毒”，这可是得不偿失了，思来想去，开水已变成了温水，“高佬”黄把这杯水泼出了窗外。

一计不成，又生一计，“高佬”黄计策的核心是围绕着“怎么搞坏自己的身体”。中午，没人的时候，“高佬”黄溜进了传达室，操起电话向校医院拨去。

“喂，请问小薇在吗？”“高佬”黄用瓮声瓮气的声音发问。

“请问你哪里啊？”电话那端在问。

“我是她家长。”

“哦，你等等。”

“她不在，今天她当晚班，六点钟以后再找她。”过了一会，电话里头传出了这样的话。

小薇是校医院的护士，是“高佬”黄前不久在食堂舞厅跳舞时认识的，通过攀谈，“高佬”黄知道了她是刚从卫生学校毕业，分配到了校医院工作，入校时间和“高佬”黄一样都是去年的9月，“高佬”黄自我感觉他给别人留下的印象不错。

下午，下了一周的冬雨总算停了，而且人们还见到了久违的太阳，大家纷纷把衣裤晒了出去，“高佬”黄也罕见的洗了一件衣服并晒了出去。

“跳下去，你就会融入在蓝天里。”“高佬”黄的寝室在四楼，虽然不是很高，但如果从四楼自由落体下去，空中可不好控制，万一头先着了地，“高佬”黄可就没有了。要是住在二楼就好了，“高佬”黄心里想。

晚八点的时候，“高佬”黄起身收衣服，衣服在他手上准确地从四楼窗户外的衣架上钻过三楼掉在了二楼的衣架上。“高佬”黄嘟哝了一句“我去捡衣服”并怀着一种庄重的心情走出寝室门，寝室的几位都在看书，也没人在意。

“4-202”，就是这间吧，“高佬”黄敲了一下虚掩的门，来到了二楼的这个寝室，寝室里也有着几位同学在看书。

“我来捡一下衣服”“高佬”黄说明了一下来意，屋里的几位校友做了一个请自便的手势，“高佬”黄来到了窗前。

他那件长袖衬衫搭在二楼的衣架上，一伸手，还真够不着，“高佬”黄“噌”的一声跳上窗台，伸手拿到了衣服，并向一楼跳去。

“哎哟、哎哟”“高佬”黄痛苦地倒在了地上，并如愿以偿用手先着了地。

这一下，“202”的人飞快地冲到了一楼，并手忙脚乱地扶起他，“高佬”黄在那大叫，“我的手断了，快送我去校医院。”

一行人架着他飞快地往校医院跑去。

“是你，黄楠南同学，你怎么了？”迎接他的果然是小薇惊恐的眼神。

未等他开口，一行人就七嘴八舌地讲了原因。

“你怎么这么不当心，我去找大夫。”小薇急急地走了。

“问题不大，应该是有点轻微骨折，明天上班的时候拍个片子再确定一下，好好养一养，几天就能恢复的。”医生检查了一下“高佬”黄的胳膊。

“这可怎么办呢？后天我就要考试了。”“高佬”黄显得很着急的样子。

“等明天拍了片再说吧，依我看问题不大，要是能坚持的话，我看你可以参加考试，你又是摔了左手。”医生在真心地宽慰着“高佬”黄。

“什么？”“高佬”黄气得不行。

“左臂轻微骨折，建议休息一周。”“高佬”黄还是用“苦肉计”换来了病假条，并吊着胳膊在医院认认真真躺了两天并得到了小薇无微不至的照顾，送“高佬”黄出院的时候，小薇还傻傻地说了一句话：“以后要是学习忙的话，衣服就拿来让我帮洗吧。”其间，不乏老师、同学、室友的亲切、友好的探望。赵大宝认识了医院里所有的六位护士，并一一记住了她们的名字。并说以后学校里有晚会的话，一定帮她们搞前三排的票。

总共五门考试课目，其他三门勉勉强强过了，另两门，一门补考，一门缓考，“高佬”黄带着这个成绩进入了寒假。

这几日，赵大宝在青年教师云集的“筒子楼”乱窜，做着考前、考中、考后的大量工作，他们系的功课没有数学系的那么苦涩难懂，考前突击还能起到一点作用，考试当中的发挥还能起到一些作用，赵大宝的记忆力不错，每场考试的时候，他就看着似曾相识的题目，认真回忆老师上课时关于这一类类似的题目反复讲过的话，并尽可能多的写在纸上，这一招还真有效，赵大宝门门都处在过关与不过关的临界点上。考后，赵大宝就带着一副“表演艺术家”的嘴脸因人而异地开始编些故事去老师家倾诉，并拿着每一门他花了一晚上的时间补抄的笔记展示给老师看以喻示着自己平时是多么的认真，去老师家前，他就回忆、收集了每一位老师平时喜欢讲的话而在老师家中，他又在不经意间提起这句话的重要性，并很老实地说，这句话对他人生成长的重要性，还有像全班同学一致反映王老师这门课上的是多么得好，连外系选修的人都这么多，像与她教同一门课的李老师就不行了，王老师会微笑或严肃地打断他：“大宝同学，可不能这么说。”大宝还要在那嘟嘟囔囔：“这又不是我一个人这么说，这是同学们的反映嘛。”

赵大宝平时对老师还是挺有礼貌的，一般碰到老师五十米开外，他都要露出笑脸，大声地“张老师、王老师”的叫着，几个着急返家探亲的老师，赵大宝竟然神通广大地搞来了火车票，老师平时搬个宿舍，换个煤气罐啥的，赵大宝圆鼓鼓的身子总是冲在第一排，系书记赵大宝他都能跟他侃上半个小时后，让系书记的心情能愉快上一天……

综上所述，赵大宝门门都过了。

大二的冬天很快又来了，这一天李志坚和李永强打了起来，这可不是因中西文化的冲突而引发的冲突，也不是因为共同喜欢一个女孩而迸发了矛盾，打架半小时后两人又“历尽劫波兄弟在，相逢一笑泯恩仇”地坐在一起商量办法了。

那一天，“托福”李第一次录完“黄昏偶拾”栏目，破例地买了一盒“红塔山”回到寝室中，大叫着：“我让你们愉快一下。”会抽烟的同学平时没烟了，就会向有烟的同学讨，但又不好意思直接说“给我根烟抽。”J大就流行起一句话：“让我愉快一下。”大家都心领神会地掏出烟来，如果是主动打烟的，打烟的人就会说：“我让你们愉快一下。”与前文的“我很不愉快”这句话一样都是校园流行频率很高的话。

“托福”李给寝室会抽烟的主儿把烟给敬上了后，他再把身上的衣裤、脚下的鞋子——“完璧归赵”了，“托福“李看寝室的兄弟们都到齐了，一改以往“卧谈会”当听众为主的角色，先把“我们台里、我们台里”那从录制到播出的事颠来倒去地说了几遍，又把“天天小吃部”的“三菜一汤”扩大成了“八菜一汤”，方芳被他演绎成了海外富商的美丽公主又对他是情有独钟。

“西装呢，西装呢？”“托福”李第二天下午在李志坚的床上、床下找了个遍后，急切切地问着刚进门的李志坚。

“又要借，昨天你就不要还吗。西装我拿去干洗了。”

“完了，完了，九十二啊，九十二啊。”“托福”李在那捶胸顿足。

“九十二，离满分只差八分吗，不要太难过了。”李志坚拍拍“托福”李的肩。

“那西装口袋里有九十二块钱，是你们大家集资打赌给我的一百块钱，昨天我买了一盒‘红塔山’花了八块钱，剩下的都在那了。”

“啊，今儿一早，有个常来我们宿舍收‘被子、蚊帐’洗的老太来我们这了，我想西装穿了快一个学期了，昨晚你又穿了一下，我没搜口袋就让那麻脸老太太直接把西装给拿走了。包洗包烫才一块五。”

“什么叫昨晚我也穿了一下？你怎么这么马虎，洗衣服前也不搜一下口袋，我看你比马虎还马虎，你是只壁虎吧，再说了，你那破西装有什么洗的。”

“破西装，破西装，你干嘛还借呢，我洗自己的衣服，关你鸟事。”

……这下好，为钱兄弟没得做了。

这事“托福”李不在理，但损失巨大，在此之前，他还一直做事比较严谨，不像一般的小伙子那么大大咧咧，丢三落四的事几乎未在他身上发生过，更别提损失钱物了，这打赌得来的一百块钱一直跟随了他一周，昨天，他肯定是被方芳的倩影搞得神魂颠倒，稀里糊涂了。

大学生的吵架像小市民阶层一样，迅速升级，双方的妈都先后跟着倒了霉，都是血气方刚的小伙，最后动起手了。

“4-402”寝室这个下午无人来干扰这一对李先生的争执和打架，也没人来劝阻，最后双方回到了“吵、打、谈”的第三个环节又坐在一块谈了。

先互相道了一下歉，两人开始研究麻脸老太的来龙去脉，麻脸老太就是学校附近村落的人，如果说方芳的《校园的早晨》“你好，我是方芳”是清晨校园里的第一声的呼唤的话，那以麻脸老太为主的几位农村妇女“有被子、蚊帐洗咪（吗）？”就是男生寝室的第一声早安了，她们勤恳地走在各个男生宿舍中，以极低的价格收着臭衣烂袜，以贴补自己的家用。

“托福”李和李志坚化干戈为玉帛地商谈着，最后，双方都认为麻脸老太是这里的老生意人，应该会讲究信誉，明后天就会把钱和西装一并交回；双方又一致认为人心叵测，见财起意，麻脸老太难免不会对这笔意外之财动心，要赚这么多钱，她得洗多少件衣服，而且麻脸老太收衣服的时候，还问了李志坚：“里头的东西都掏干净了咪（吗）？”

“托福”李一夜无眠，第二天未见着麻脸老太，接着“托福”李又过了半梦半醒的一晚，“托福”李在这一早晨醒来的第一个念头就是：如果今天还不见到麻脸老太的话，他准备去附近的村子里寻找了。

“有被子、蚊帐洗咪（吗）？”想了两天的声音由远而近，“托福”李和李志坚同时从蚊帐里探出头来，寝室的门被轻敲了几下后缓缓被推开，挤进了他们思念的麻脸老太。

“是你的咪（吗）？”麻脸老太拎着看上去笔挺的西装来到了李志坚的床前，李志坚接过西装，马上去摸上衣里的内衬的口袋，里面空空如也。

“钱呢？”李志坚问。

“一块五，哇丈了个（说好了的）。”麻脸老太一脸诧异。

“我是问西装口袋里面的钱。”“托福”李从另一张铺里杀出来发问。

“里头的钱，里头唏里都没有（里面什么都没有）。”麻脸老太显得莫名其妙。

“要老实呢，从法律的层面上来说，你是最大的嫌疑人，你老实把钱交回来就算了，否则我把你请到保卫处去。”范伟把声音变粗了说。

“你村长我很熟的，你要老实点。”赵大宝也在帮腔。

“天哪，天哪个天，我洗了葛么（这么）多年的衣服，童来（从来）毛（没）拿过衣服里的钱哦，天哪个天。”麻脸老太边号啕大哭边往地上倒。

“我们也就是随便问问，阿姨你别在这哭天喊地。”

“别来这套，我屋里兄（我哥）可是派出所的警察，我一个电话就把他招来，你老实交待，你到底拿没拿钱？”

“看那样子，可能真没拿。”

“老人家，好好想想，是不是把钱放在哪儿了，现在把钱拿出来，我们会好好奖励你的，到时候让警察给问出来了，那可就晚了。”

无论软硬，问来的是麻脸老太的声声哀嚎和不时蹦出的一句：“天哪个天。”

“‘托福’、志坚你们再仔细想想，钱到底放在西装口袋里没有？”最后，大家得出这样一个结果。

……

有时候，“托福”李会心宽地想，这钱本来就是荒唐得到的，本来就不属于自己，但这钱到底到哪儿去了呢？难道是李志坚？这不太可能吧。

反正从此以后，二李的关系有点微妙了。

吉普车缓缓地往前走着，车上的人都下来了，包括司机本人，这算怎么回事？

在吉普车快碰到3栋门前的一棵杨树的时候，一位胖胖的先生从刚刚下车的这一伙人的人群中杀了出来，以不可思议的速度拉开车门，蹿上了车，随着“吱呀”一声响，吉普车几乎是挨着白杨树停下来了。

“叫你不要‘长习气(出风头)’，看看，差点撞到树上去了，要是撞上了，我没法回所里交差呢。”说这话的是赵大宝“屋里的兄(哥)”。

赵兄在J大北路派出所工作，身份是一名片警，他比大宝大三岁，大名叫赵全宝。大宝入校那年，全宝当兵退伍回来分配在青湖分局下面的J大北路派出所工作，那一年也是赵老爷子最高兴的一年，星期天的早晨他常常放下干部的架子，拎着一篮子的菜从屋前的小巷返回，他几乎逢人就说，“养了两个孩子跟没养一样，一个读了大学，一个当了警察，工作学习忙得连家都回不了，星期天，给他们加加餐。”引得街坊四邻羡慕不已都夸老赵教子有方，有人就接话说：“老赵，货比货得扔，人比人得死。我两个孩子倒一天到晚在家等着吃饭呢。要把咱俩换换。”老赵就赶紧一摆手，生怕人家要跟他换孩子似的。连他家巷口修自行车的师傅都知道了老赵家出了两个争气的孩子，边跟老赵修车边用一句“干部的孩子就是不一样啊。”把老赵一家都夸了一下，老赵就不还价地把修好的自行车给乐滋滋地骑走了。

老赵这边在乐滋滋地骑自行车，赵全宝这边已经开上了当时看来威风八面的吉普车，并且在弟弟百般要求下，有时也会把车开到学校来转一圈，赵大宝必带着同学六七人一块挤进来，而且重点要求赵全宝把车开到3栋附近一带转，赵大宝常伸出个胖脑袋到窗外和路过的相识的不相识的同学一一打着招呼，并热情地问：“要我带上你一段吧。”赵全宝还私下里教过几次赵大宝怎么点火，怎么踩离合器，怎么启动，并在没人时候的大操场上练过几次，这一回，他耐不住赵大宝的声声请求和他同学们的一致支持，全宝就让大宝驾驶了一下吉普车，他紧张地在副驾驶上护驾，大宝的五个同学全部挤在了吉普车的后座上。

大宝从操场边的大道上起步，奔3栋门口止步，整个直线距离约二百米，大宝上车后，把车窗摇到最低，好让每一个路过的同学都能看到是他在驾驶吉普车，赵大宝屏住呼吸，又长出一口气，抛弃了一切杂念，把车启动了。

车边走过三三两两的同学，都露出惊诧的目光，并交头接耳小声地议论着，目光和“赵大宝会开汽车、赵大宝真有两把刷子”的声音鼓舞着赵大宝，赵大宝信心百倍地把车开进了3栋门前。

赵大宝不会倒车，他只得踩了一脚刹车让车停下来，车上的人都纷纷下来了，他也下来了，这两百米歪歪扭扭的直行给了他极大的信心，他准备让全宝哥哥帮他把车倒好，他再去文科食堂、开水房一带转转。

人都下了车，车却还在走。不是他全宝哥哥反映快，及时地上车拉了手刹，避免了一场事故，赵大宝将不仅损坏了公物，还会损坏3栋门前的白杨——植物。

都大三了，赵大宝他们还这么毛毛躁躁。

“大宝，3栋这儿人太多，咱们再去开水房那转转。”“托福”李说。

“开水房那有啥好转的，哦，你小子是想去开水房旁边的‘女儿楼’转吧。”

赵大宝又驾着车往‘女儿楼’方向缓缓使去，刚拐上‘女儿楼’的水泥路，迎面一辆“桑塔纳”中速驶了过来，赵大宝有点手忙脚乱，往左往右的乱打盘子，又是他哥横伸一脚刹车把吉普车停在了“桑塔纳”面前。

方芳从车上下来，嗔了一眼大宝和“托福”李，平息了方父的大怒。

在赵大宝成为J大开车的第一个学生之日起算，在往后的一周时间里，学校的自行车在这一段时间老丢，校保卫处加强了夜间巡查，又开了一个“师生联防小组扩大会议”，会上保卫处的康处长用浓重的河南口音反复强调了全校上下要打一场“让偷车贼陷入人民群众斗争的汪洋大海”之战。范伟是联防小组成员之一。

学校自行车的停放分布较广，主要集中的地方有宿舍楼前的操场和后院的停车棚，教学楼前、图书馆旁也有不少。

“各位老师和同学，今天下午，校保卫处利用课余的时间把大家都请来，主要是和大家通报一个事，学校这几年在校领导的正确领导下，在社会各界的支持下，在广大师生的配合下，治安形势那是一年比一年好，校园周边环境得到进一步治理，校内环境也是相当不错的，各类案件的案发率都是连年下降的，虽然谈恋爱的比原来多了一些，你说学生娃娃谈啥恋爱嘛？”

“哈哈……”当范伟回到寝室学着康处长的河南口音夹杂着自己的“塑料普通话”向一寝室的人传达会议精神的时候，大家都笑了。

“严肃点、严肃点，这是开会呢。”范伟又敲了敲桌子。

“但是，总有那么一小撮或是极个别的坏人、坏分子一天到晚做着不劳而获的梦，竟然把手伸向了广大学生的自行车，你说自行车对学生娃娃来说是多重要的，把学生从这个楼运到那个楼，又从那个楼运到这个楼，在上周一周的时间内有十几辆新旧不一的自行车都不鸟而飞了。”范伟背着手、夸张地迈着八字步在那一个人估计是添油加醋地说着。

“哈哈……不鸟而飞、不鸟而飞。”

“言而总之，希望广大师生群策群力，一旦发现再有偷窃自行车的现象要及时跟保卫处取得联系。”范伟总算传达完了。

“会议精神我传达完了，咱们开个‘诸葛亮’会吧，大伙一块来分析分析案情。”

“偷，是最可耻的一种行为，上次我准备骑车带我女朋友去兜风，谁料到我自行车的坐垫被别人给下掉了，搞得我们只有步行前往。”“高佬”黄在那痛苦地回忆着。

“上次大冬天的我的袜子找不着了，搞得我只有光着脚丫子上课，幸好鞋没掉呢。”

“哈哈，你这不属于被人偷了东西，这属于生活中的马虎。”

“刘康，你别拨弄吉他了，你平时不是最爱看《福尔摩斯选集》吗，发表发表高见。”

这里，唯一破过案的还就是刘康，只是大家都不知道，而且为了人家的前途，刘康也从未张扬过。

那还是大一时候发生的一件事。

刘康是吉他协会的会员了，这一天，会长通知他们十几个会员去他寝室5栋的某个房间切磋琴技。那一晚上，会长原寝室的人都不在，他们十几个会员愉快地、轻声地弹唱了一晚上后尽兴而归。

过一天的中午，会长又悄悄地找到他显得很难以启齿的样子告诉他，说自己的寝室丢东西了，某同学家里刚寄来的一个月的生活费80元钱丢了。

嫌疑对象就是两拨人，一拨是他们的室友，一拨就是这帮会员了。

刘康问大三的会长这种事是第一次在他们寝室发生吗?会长坚定地点点头，刘

康又问会长寝室的人都知道昨晚在他们寝室搞活动吗?会长又点点头,说他们寝室的兄弟挺支持他工作的,所以都出去看书了,刘康又问汇款来的事他们寝室都知道吗?会长说这就不太清楚了,应该是生活委员把汇款单给他本人的,哦,汇款单是用书压着放在他桌子上的,应该寝室里进进出出的人都知道吧。

“好,钱是失主什么时候取的? 啥时候丢的。”刘康进一步问细节。

“两天前。丢是今天早上发现的。昨晚他去上自习的时候扫了一眼钱在那。”会长看来来之前就把情况给搞清楚了。

“我们要在你寝室搞活动的事,你是什么时候宣布的。”

“也是两天前。”

“好,恕我直言,会长你那可能出了家贼,时间点还真选得不错,而且可能是一念之差,钱也就丢了不到一上午时间,有可能还来不及转移,其他吉他协会的会员你别找了,否则谁以后还来你寝室玩啊,你去找失主商量一下如此这般这般这般……”

“各位同学中午好,正好大家都在寝室呢,兵兵同学的钱掉了,有可能是自己不小心,有可能是其他的原因,但兵兵同学的钱上是有记号的,我想我们每个人都同窗三载彼此之间都结下了深厚的友谊,而且我们寝室从未发生过这种事情,我想书有拿错、碗有拿错、钱也有拿错的时候,还有可能就是兵兵不小心把钱放哪给忘记了,我想从我开始吧,大家按学号排序给每个人五分钟以内的单独时间,每个人都找找自己的钱看看是不是拿错了,我想肯定有些同学不愿意,但为了友谊,大家一定要互相帮助一下。”会长还同时是这个寝室的寝室长。

每个人都表态支持，也就都象征性地在寝室反锁上门呆了一两分钟，会长嘱咐大家在寝室稍等，他自己飞一样地跑向刘康的寝室，刘康淡淡地说了一句："你请失主床上、床下再找找。"

"乒乒，你在床上、床下找找。"会长忙忙碌碌、疑疑惑惑地把大家忙了一中午就换来这么句话，一寝室的人说烦都烦死了，报案算了，又说我们寝室从来都没出过这事，就是昨晚来了一帮鸟会员才出了这惊天大案……

"哎呀，我的钱在这呢。"乒乒在自己床底下发出惊叫。

大家把乒乒给骂了一顿，乒乒怀着一种失而复得的心情愉快地接受了大家的谩骂。

刘康没啥先知先觉，他在同一时间用一只高倍望远镜在 4 栋一个最合适的角度观察着一个一个走进 5 栋会长宿舍的室友们，突然，他看见一个人仔细检查了一下反锁的寝室的门，又朝窗户外瞅了瞅，确信对面没人注意他，他紧张地从一个自认为谁都看不到的角落里翻出了一小沓钱，并拿出一两张对着天空照了照，可能是看上面有没有记号，最后一咬牙，把这一小沓钱往乒乒床下的最远处扔去，然后吹着口哨潇洒地把门打开了。

会长对刘康崇拜得一塌糊涂，先后请刘康吃了五六次食堂，刘康都本着对那位同学负责的态度始终没把真正的答案告诉会长，会长直到毕业的时候还是带着困惑走的，他还极力推荐刘康接替他成了会长。

"自行车是集中在一个地方丢的，还是只要有自行车的地方就都丢了。"刘康回忆完大一的一幕又在那问着范伟。

范伟本来就是提一句，因为中午的时候他的菜票用完了，他就让刘康"赡养"了一顿，结果老实的刘康只吃了一个菜，他却吃了两个菜，他这一提引来了刘康细致的反问。

"我想想，"会上刘康只记得待会回来怎么学康处长的河南口音，哪几个地方丢了自行车，他确实记不住。一个星期过去了，校园里没丢车了。

在通报案情这一周的时间里，刘康拽着范伟去了趟市区的旧自行车交易市场，两人从头到尾逛了几圈，刘康都在那对着那些破旧的自行车摇头。冷不丁有个中年男人走到刘康和范伟的面前，压低声音问："要自行车吗？"

"要啊，"刘康大声说，中年男人示意他别声张。并摇了一下头请刘康、范伟跟他走。

几个人来到一处僻静的地方，中年男人从对面的巷子里推出一部八成新的"永久"牌自行车，来到刘康和范伟面前说到："一口价，45元。"

"最低多少，我们一人一辆。"

"40，不能再少了。"

"30，有几辆我们要几辆。"

"你们是干么的？"中年男人有点警觉起来。

"你卖车，我付钱，管我是干么的。"刘康边说边点了一根烟。

"不过，到时候你得说好了，我带人来买的时候，你得说40元一辆，有钱大家赚。"范伟补充到。

"你们啥时候要？"中年男人又问。

“啥时候都行，等着买这种自行车的同学多呢。”范伟又说，刘康赶紧白了范伟一眼。

“哦，是学生啊，好，我这个人最喜欢跟学生做生意了，你们是哪个学校的。”

“我们是，我说你问这么多干吗？”

“明天这个时候吧，我把车交给你们，你们要几辆？能不能付点定金。”

“我们是学生，钱我们是带了，那都是同学们集资来的，你要有现货，我们现在就提走。”刘康边说边掏出一沓十块的票子。

“好吧，明天这个时候，到时候没来，我可要带弟兄们到你学校去了。”中年男人软中带硬地说着。

“咱是不是玩大了，万一这小子是从别的地方拿来的自行车，或是手上就有存货。咱们明天又没去，他带人找到学校怎么办。”范伟和刘康先去了学校相反的地方，又转了两趟车，确信没人跟踪后，回来的路上范伟对刘康说。

“你小子就这点出息，要是有存货，这小子当时就会把‘黑车’卖给我们，你没看他见到我的钱眼睛就发亮，贼不偷生，咱们学校让他得手了，表面上看又风平浪静地过了一周，小偷一定会再次前来，万一今天晚上，他们没来我们学校作案，明天我们就叫大宝的哥哥联系那个管段的民警，一举打掉这个‘黑车’团伙，我们也是照样为民除害吗。”刘康说完摸出口袋那一摞拾元的“大团结”，只留下面上和底下的两张，往空中一撒，一摞小纸片飞了起来。这小子，伪装得真行。

晚十点宿舍熄灯后，刘康分配了行动计划，“4-402”全体寝室的同学每人拿着一个脸盆、一根棍子，裹着一件大衣出发了，教学楼、宿舍旁、连教师生活区都分配了人，果然，不久在图书馆的一个自行车车棚里，赵大宝发出怒吼："抓贼啊。"并拿起棍子敲打起了脸盆，贼慌不择路地跳进了秋水湖中，并被广大师生擒获。

保卫处一突审，果然是个惯犯，已经在J大偷了十几辆自行车，每辆车以20元的价格卖给某某某，今天他又得到某某某的要求又一次来到J大准备偷五辆自行车，装自行车的三轮他就隐藏在一堆草丛中，保卫处连夜通知了分局，分局当晚就行动逮获了某某某，彻底打掉了这个"偷销自行车"的"黑车"团伙。

某某某就是那个中年男人。

八、战斗中成长

人要尽可能学会动脑，尽可能不要动手。动手只能置人一时，动脑却可能置人一世。这是我当年走出大学校门的时候突然涌上心头的想法。

王新雨风光而又冷静的外表下也有过那么几次青春期的冲动，这冲动下的行动有的错误，有的失误，有的还是正确的。

当他在读大一的时候被动地收拾了“短脚、长毛”之流，而这件事又被“消息灵通人士”广为传播了，震动了一帮“校园坏孩子”，那些校园内“大错不犯，小错不断”的几个人平时都是耀武扬威惯了的，像买饭从不排队、借菜票从不归还、路上不管是他撞了别人还是别人撞了他必恶语相向，嘴里常常哼着“我们是害虫、我们是害虫。”的歌曲，他们通常使用着世面上流行的江湖术语，对同学之间的矛盾和纷争一般是采用人数上的优势、言语上的夸张、肢体上的夸大，伸出一拳或踢上一脚来解决问题，他们被通称为“校园坏孩子”。

因为这帮人的“威望”，凡是见到了他们的同学都得赶紧给他们赔笑脸、打烟，而他们这些人见到保卫处的和王新雨这伙人又得提前赔笑脸、打烟。这是因为王新雨在收服了“J大第一条罗汉短脚”后，在紧接下来的大一、大二的学生生涯中王新雨凭借各方面的表现，“官职”和名气已经越来越大，而且还组织、参与了校园内外的“三大战役”。还有就是大宝带着“我屋里的兄(哥)”全宝同志着警服在学校逛过几个来回。

蝉一声一声叫着,迎接着王新雨他们入大学的第一个夏天,热天对于大学的年轻人是最欢畅的季节了,尤其是对爱美的姑娘来说,她们翻出花花绿绿的裙子,嘴里说着“热都热死了”,心里却想着,可以三五天不重样的出门了。回想去年的此时,他们正挥汗如雨地在“苦夏”中挣扎,向着“心中的象牙塔”发起最后的总攻,而且心里承受着社会的责任、家人的期盼和自己内心深处深深的迷茫以及青春期的骚动,那种“困惑中的痛苦”和“痛苦中的困惑”只有我们那一代经过高考的人才得以体会。当时还有人偏激地说:“考没考上大学,可是决定将来是穿皮鞋还是草鞋。”而如今,一年时光,悄然而逝,声声蝉鸣下多的是义气奋发的身影和无病呻吟的惆怅及故作“哲人”状的思考。

校游泳池内水花四溅、欢声笑语,范伟今天是怀着喜出望外的心情在泳池里扬风破浪的,自从大一下学期起他集智慧和勇气向同班同学阿萍发出了那份“考卷”后,迟迟没有得到阿萍的答案,虽然阿萍在学习上还是像以前那样关心和帮助他,但对于范伟这种“友谊升华成爱情”的恳求阿萍没有“Yes”Or“No”的回复,而且几乎没有给过与范伟独处的机会,只有那么一次范伟装着邂逅的样子在去图书馆的路上碰上了阿萍,两人隔着几条狼狗的距离走了五分钟,范伟就问阿萍看了他给她的“考卷”以后的心情和态度如何?阿萍说“考卷”写得很好,据说她们3栋别的好几个寝室都收到了以“此封情书为模本”的信件,看了这封“考卷”后心情是怡然自得的,只是考卷的主人离她想象中有些差距,所以她的态度是模棱两可的,说着说着到了图书馆,阿萍嘱他要好好读书、争取今年期末考试消灭“红灯”……

今天的这个夏日，范伟正在林荫小道下避着酷暑向前走着，阿萍和她的一位闺中密友燕子从后面赶了上来，用书本敲着范伟的肩膀算是与他打了招呼，并随便地问问他去不去游泳，范伟不顾接下来有系队教练考察他的训练的安排，想也没想就答应了。

来回游了几趟，范伟算是明白了今天阿萍叫他来游泳的目的，阿萍应该也不是游泳的发起者，最有强烈愿望来游泳池的是他们的同学燕子，燕子今天穿了套前卫的泳衣——准“比基尼”泳装来到了J大的泳池。

准“比基尼”泳装从前面看过去跟老式的全方位封闭的女泳装差距不大，中间只露出一小截，从后面看过去比较有突破，大半个背都裸露着，燕子的长相和气质都一般，她用自己的身影反复在以“小地主”为首的一帮“校园坏孩子”的视眼中反复出现，并嘴里嘟嘟囔囔地说着：“这些男生真讨厌，老盯着人家看。”

说到第二遍的时候，那些男生有了反应，这些人没事的时候还巴不得有事，何况看着范伟“艳福不浅”地带着两位女同学游泳，他们当中也有略输文才的人，马上即兴克隆了电影《红衣少女》里的一幕。“小地主”带头唱起来了：

“不要太多情不要太在意

我看上你一眼 是因为你长得太滑稽”

唱完，他们随后爆发出一阵讪笑。并说着怪话：

“小矮子，你艳福不浅啊，带着一妻一妾呢。”

范伟前不久受过他们一次中等的冷嘲热讽，那是阿萍难得的一次来男生寝室找他要回久借不还的笔记的时候，范伟送阿萍出来，“小地主”这群人正好与他们迎面相遇，他们看了阿萍几眼，又厌恶地看了范伟几眼，并戏弄地说：

"看看，夫妻平等，连个子都是平等的。"

范伟当时就气得不行，他看看阿萍已经先他一步走了，他也就咽了口唾沫往嘴里吞。今天，范伟可有点火了，他光着上身，挺起并不高大的身躯向这群人走去。

范伟刚刚近前，还未理论，斜刺里杀出两个"小地主"的手下，飞起两脚，把范伟踹下了游泳池。

范伟泡在泳池里还不知道怎么回事呢，紧跟着池边又飞下两个人来，范伟心里想："怎么还追到水里打我。"

这两人是被王新雨给踢到水里来的，他和刘康正好刚换了泳裤进来，正目睹着范伟被踹下水的这一幕，于是，从背后偷袭了"小地主"他们一伙。这一边阿萍和燕子早就花容失色了，阿萍有点崇拜地看着王新雨，想不到平时文质彬彬的王新雨，到了球场上就生龙活虎，打起架来也毫不含糊，燕子还在叫："别打了，别打了，男生为我打架多不好。"

"小地主"这伙同学是大家在补考的时候认识的，没事他们就聚在一起闹点小事、打点小架、捣些小乱，在校园里还未有败仗，"小地主"看看身边还有四位兄弟，连自己是五个人，而面对的只是王新雨和刘康两人，所以，并不担心，他架着胳膊，咧着嘴说：

"哎哟，这不是大名鼎鼎的王新雨吗？出手可真利索。"

"不是出手，是背后出腿，哈哈……"

王新雨并不答话，他冷冷地看着"小地主"一行，又突然佯装往"小地主"身后看一眼，一个箭步上前，狠锁住“小地主”的喉咙，往下一带，“小地主”就从他们一方给拉到了自己这边，刘康也跟着上前一个直拳又把一个小子给打飞到水里去了，游在泳池边的范伟也捞住了池边一个人的脚把他拽下了水，并“嘿”的一声从池边上了岸。

“别管我，弟兄们给我上。”“小地主”被王新雨按在地上还在叫，刘康过来给了他一肘，他这才老实起来。

“小地主”这群人是真正被打得一败涂地、落花流水了。这已是王新雨他们的“第二次战役”了。还算是源自“爱情保卫战”。

军装、军帽已经在我们那个时代渐渐落伍了，王新雨他们读初中的时候，这座城市的学生还“作兴”（流行）穿军装、戴军帽，范伟就有他戴的军帽在他上厕所的时候被人抢走、搞得他边提着裤子边追的经历，如果你能穿一件海军衫上课，效果不亚于今天的貂皮大衣。

“马裤呢、山羊皮”那是我们那时的人们最“作兴”的穿着了，穿马裤呢，披山羊皮只要是着这两件行头在校园里走一圈，那一准也是校园的一个人物了。

王新雨有一件彩色的山羊皮大衣，那是妈妈在他入大学的第一个冬天买给他的，王新雨的爸爸是一家大报社的社长同时又是全国著名作家，妈妈是一所大学的院长，他们合力培养了综合素质相当全面的王新雨，并建议他学好计算机这门功课，文学和历史把它作为生活的情趣来享受，这也让日后王新雨成长为“IT 业中最懂中国文化的，文化圈中最有技术含量的”打下了扎实的基础，此是后话了，那时的王新雨穿上这件棕色的山羊皮大衣，里面再配上一条黑色的围领，王新雨的风度、气质就可以说迷死人了。

王新雨就穿着这一身迎来了他大学里的第一场恶仗。

大学的第一场雪下了，整个校园处在白雪皑皑之中，5 栋里冲出一群球衫、短裤打扮的年轻人，他们在洁白的雪地上，纷扬的大雪下踢着足球，成为了校园里最独特的一种风景，华发的教授一边裹着大衣一边跺着脚驱寒，又赞叹地看着这些奔跑的后生。

“4-402”寝室的人也集体出动了，在漫天飞舞的雪花中打起了雪仗，“高佬”黄和赵大宝满场飞奔，哪里女同学多，哪里就有他们矫健的身影，还埋怨着刘康“送子弹”的速度慢了，“啪”一个雪球飞到了一位女同学的脸上，引起了一片欢呼。

王新雨一边灵活地躲着四处飞来的雪弹，一边用雪弹轻轻地击打别人，他又不愿像大宝他们那样不劳而获地等着别人来送雪弹，得不时伏下身来做雪弹，做着、躲着、打着……当王新雨再一次做雪弹刨开一堆雪的时候，突然他发现了一张菜票。

这是一张比较特殊的菜票，与王新雨日常接触的单张的菜票不一样，它像邮票的“小四方连”一样，四张菜票连为一体，每张菜票的金额都是“陆角”，这是 J 大菜票种类中的最高金额，王新雨捡到的这张“四方连”菜票总价值是两块四角钱，黑颜色的菜票在他刨开的雪地里非常扎眼。

六角钱的菜票学生们对它熟悉的不能再熟悉，学生食堂最受欢迎的菜“大排”就是六角一份，打菜的师傅常常一勺子下去，打上满满一勺的大排肉，然后又三抖两抖去掉了三分之一，引得人常扼碗（不是“腕”是饭碗的“碗”）叹息。饭、菜票是那时每个学生必备的附属物，以J大为例，饭票一般是从一两到五两的面额，菜票是从一分到六角的面额，每个月由生活委员收集了大家的生活费后统一到校总务处购买，到食堂买饭菜必须要使用饭、菜票，学校及学校附近的小卖点也可用菜票代替现金交易，菜票在这一区域通行无阻。

王新雨有点奇怪地看着这张菜票，它怎么会四张连成一块呢，如果把它裁剪开来，这一张一张的菜票才跟他身上的菜票几乎是一模一样的。

王新雨扔着扔着雪弹，觉得这事有点不对，他抖落满身的雪花，不顾几个女生拉着他再玩会儿的恳求，一个人回到了寝室。

在雪后的阳光下，王新雨拿着自己身上一张“陆角”黑色的菜票和捡来的一大张“陆角”黑色菜票反复比对起来，初初一看，这一小张黑色菜票和这一大张当中的四小张黑色菜票几乎没有差别，仔细一看，差别也几乎没有，但是，用手一摸王新雨身上的这张菜票的光洁感比那张捡来的要好一些，而且“陆角”的字迹也要比捡来的那张要清晰，难道这是一张假菜票吗？

老实说，这张菜票是一张一张的掉在地上的，拾到的人没有一个去怀疑它的真伪？因为它以“四方连”的形式出现，所以引发了本来就严谨的王新雨的好奇和推理。

窗外的雪纷纷扬扬下了两个多小时总算停了，雪后的阳光特别清澈地照在他屋前窗外的操场上，南方成长的同学碰上这十年未遇的大雪，纵然多了几许惊醒，有欢碰乱跳的打着雪仗的，有静静的跟这“雪的校园”合个影的，这时，有两个低头在雪地里寻找的一胖一瘦的身影进入了王新雨的视野。

年轻人还是好冒险、爱冲动的，王新雨带着一种“抓特务”的心情咚咚地冲下了楼。

“请问，找什么呢？”王新雨问着低头寻找的两人。

“找……没找什么。”两人有点狐疑地望着王新雨。

“是这玩意吧。”王新雨亮了一下手里的“四方连”菜票。

那两人眼前一亮，看了看旁边嬉闹的同学并未注意雪地上的他们三人，一人就客气地说：

“朋友，快到吃晚饭的时候了，我们到校外的小酒店里边吃边聊。”

“行。”王新雨爽快地应答，有一种孤军深入虎穴的快感。

刘康正拍着身上的雪花准备回寝室吃晚饭，王新雨大声对刘康说着：

“晚上我去校门口酒店吃饭了，你别给我打饭了。”说着，用力地握了一下刘康的手。

一行三人，来到校门口的“胖瓜”酒店，那两人也不多问，只管敬酒，王新雨也不客气，一一回敬，酒过三巡，三人已称兄道弟起来。

“王哥，我们兄弟俩敬你一杯，有一单生意，我们哥俩想在学生中找个人来一块做，大家赚点酒钱喝，不知你有没有兴趣？”

“发财的事当然谁都想做，有什么发财的好事你们哥俩可得带着我啊。”

“王哥，烟没了，麻烦你去买一包‘阿诗玛’。”胖哥说着掏出一沓黑色的“陆角”菜票，数了十张给王新雨。

王新雨接过菜票走出雅间，他环顾了一下外室的大厅，见到“蛮子”刘康、“闲人”赵大宝、范伟等几人一人守着一盘炒粉正吃得满头大汗，他就用眼神示意他们先别轻举妄动。

“胖瓜”酒店的隔壁就是一家烟酒杂货店，是大学里抽烟的人们经常要光顾的地方，学生们最喜欢也买得起的是“红梅”烟，白色包装的红梅是两块二一包，黄色包装的红梅是三块三一包。王新雨本着让小杂货店少受点损失的思想用四张“陆角”的菜票买了一盒“白红梅”，小杂货店的老板愉快地接收了“菜票”并掏出一包烟和找了王新雨两角菜票。

“给胖哥省一点，来抽根‘红梅’烟。”王新雨抛出“白红梅”烟并退回找的菜票。

“刚才买烟还正常吗？”瘦子问王新雨。

“一手交钱，一手交货，有啥不正常的。”王新雨装作不解的样子。

“王兄啊，我们是第一次见面，但我感觉你是个做大事的人，有一句话，叫富贵险中求，要发财就得冒险啊。”胖哥又敬了王新雨一杯酒。

“好啊，只要两位兄弟罩着我，什么发财的事可别忘了我啊，只要能发财，什么样的险我都愿意冒。”王新雨又爽快地干了一杯酒。

“好，痛快。像王兄这样的人才，早就该出来做生意。你现在应该是学生中的干部了吧。”瘦子又在那奉承道。

“娘的，老子才混了个生活委员，检查检查卫生，帮同学买买饭菜票，跟两位大哥没法比啊。”王新雨在那发着牢骚。

“你管多少人的饭菜票啊？”胖兄又不经意地问。

“一个大班里面含三个小班，一百五六十人吧。”王新雨说。

“老子烦都烦死了，每个月要收八九千块钱，然后到总务处去买菜票，再让同学一一来领，真烦，我准备下个学期不干了。”王新雨又说。

“别，别，王兄，这可是个好差使，千万别不干了。”瘦子拉住王新雨。

几个人称兄道弟的出门，王新雨目送着这一对胖兄瘦弟离开，才和刘康他们一起回到了寝室，但任凭刘康他们问是怎么回事，王新雨就是笑笑不作答，他怕人多嘴杂破坏了自己的“打假计划”，更怕不小心伤及了宿舍的兄弟们。

胖兄瘦弟来找了王新雨几次，一来就拖王新雨出去吃饭，喜得“胖瓜”酒店的老板合不拢嘴，有几回都亲自到雅间敬酒。

这一周的晚上，J大又下了入冬后的第二场雪，王新雨与刘康、陈晓春嘀咕了一会儿，便又独自一人来到了“胖瓜”酒店。

窗外的北风夹着雪花“嗖嗖”地刮着、飘着，王新雨和胖兄瘦弟照例称兄道弟地吃着、喝着，席间胖兄起来把雅间的门上去反锁起来，瘦弟掏出一个塑料袋，对王新雨耳语着：

“这是一万元菜票，我们相信你，后天晚上你再把钱带来。”

“才一万元，二年级的菜票我也可以帮着买啊。”王新雨说。

“兄弟，这东西我们还有存货，你是学生，我们是社会上混的，所以，才没有收你任何定金，做生意可得讲信誉，要是到时候兑不了现的话，我们哥俩答应你，我们手里的家伙可不答应你。”瘦子说完解开大衣，亮了一下别在腰里的枪刺（步枪上的刺刀）。

“王哥哪是那样的人。”胖哥又唱起了白脸。

王新雨看看被反锁在屋里的自己，又看看那把枪刺，心想，这个氛围最适合翻脸，之前，他还抱着挽救“失足青年”的态度想最后一次摸清了这两个人的底细之后，做一次苦口婆心的劝说工作让这两个人彻底放弃“贩卖假菜票”的行为，现在看这架势已经不可能了。

王新雨慢慢地把一瓶“三花”酒攥在了手里，盘算着先怎么打开反锁的门，同时要第一时间制服这个带凶器的瘦子。

“我去上个厕所吧。”王新雨心里这么想着并准备把这种想法说出来，这时，屋外有一阵响动，紧接着有动起手来的声响。

胖、瘦“制造、贩卖假菜票”团伙一共四个人，这一回，他们四个也是倾巢出动，两个人在雅间跟王新雨谈着“收购假菜票”的事，另两个人在外面的大堂跟着望风，因为是大雪的夜晚，酒店外的小路上人迹稀少，酒店内灯光昏暗，只有四五个学生在大堂里吃着水饺、炒粉，看似无人注意这雅间内的几人，其实，外面所有的人都在注意雅间，这不，有一个相貌老成的青年男子突然走近雅间的门侧耳聆听起屋内的响动，望风的这位看看不对，也起身走到这位青年男子面前猛推了他一掌，大声问他干什么挡他的路，同时也是向屋里的人传递着一种信号，另一位跟他一起来望风但又不坐在一块的人也想急步上前，坐在旁边的范伟伸了一下腿，那小子就飞了出去，造成了外面桌椅翻倒的巨大响动。

胖兄示意瘦子收好黑色的塑料袋，自己并没有毛毛躁躁地把门打开而是贴着门边听外面的动静并狐疑地看着王新雨，瘦子已经在解刚刚扣上的大衣，准备解下腰里的家伙了。

王新雨看不能再犹豫了，拎起酒瓶玩了命似的往瘦子脑袋上砸去，哪知瘦子早有防备伸出胳膊往上一挡，酒瓶狠狠地砸到了瘦子的胳膊上，“哎哟！”瘦子发出一声惨叫，还是把另一只手伸进了腰里，王新雨又是狠狠的一脚踹向瘦子的腹部，并怀着“绝不能让他拔出枪刺”来的信念把瘦子压在了墙角。

胖哥迅速在王新雨背后下了手，厚实的山羊皮帮着王新雨挡上了胖子的一脚，胖子准备再来第二脚的时候，雅间的门被刘康一脚踹开了，刘康趁胖子一回头的时候，一记左勾拳打得胖子的头从一边摆向了另一边，又被“高佬”黄飞起一脚踢得眼冒金星，紧跟着是抱着椅子冲进来的李志坚用一把扎扎实实的椅子对着胖子和瘦子各狠击了一下，外间的一个已被刘康击倒在酒店门口旁，一个正被“托福”李和范伟给死死压在身下呢。

吉普车的灯光和三轮摩托车的灯光把“胖瓜”酒店的门口照得透亮，分局派出所和校保卫处的人分别在赵大宝和陈晓春的带领下几乎是同时抵达了。

“你看看你们，这是多么多么的危险啊。”保卫处的康处长背着手并没有表扬这些自以为铲除了一个“贩卖假菜票”团伙的人士。

“这都是些亡命之徒，身上都带着家伙呢，扎坏了一个，学校怎么向家长交待啊，你们发现了这些人有‘制假菜票贩假菜票’，扰乱学校的经济秩序的行为，这是好事，你们应该及时向校保卫处报案嘛，而不能自己商量着抓贼，要不是陈晓春同学及时跟我们保卫处汇报，我们联系了分局派出所一块及时赶到，非惹出大事来，你们这些娃，叫我咋说呢。”

“你们几个身上都没事吧，有事的赶紧去校医院看看，另外，这几天要特别注意，看看他们有没有余党会来报复，一有情况要立即跟保卫处汇报，等分局的审理完了再说，知道吗？娃娃们。”

“不过，我刚才这样那样说你们，是出于考虑保护同学们的安全，总之，你们这种敢于同坏人坏事作斗争的行为是值得大表扬特表扬的，但方式方法要注意，你们在这次打击在我校建校以来首次出现的制造、贩卖假菜票案的过程中，因为你们的机智、勇敢而使我们学校未受到一分钱的损失，还彻底抓获了这一帮坏人，你们个个都是好样的。”康处长最后的一番话总算肯定了王新雨他们的做法。

回到宿舍，他们兴奋得一塌糊涂，每个人都把自己当主角地说了一通自己的作用，并哼唱着“团结就是力量”的歌曲进入了甜美的梦乡。王新雨他们以正义、胜利的方式，以收拾了几个坏分子的结果，结束了在J大的“第一场战役”。

王新雨在开始“第三次战役”前还有一次未打响的“爱情保卫战”。

到大二下学期的时候，王新雨和贝妮已被J大公认为是“世界上最般配”的人了，并且让人们在心目中留下了一对“金童玉女”的形象。

这一对“金童玉女”的形象有点折扣了，也不知是陶桃老师有事没事地找着王新雨，还是王新雨没事有事地找着陶老师，还是就是两个人的正常的师生接触，反正陶桃老师像一处看得见的“风景”一样有点吸引王新雨，当然，那“风景”也在召唤着王新雨。又有一些探马来报：贝妮受不了王新雨朝秦暮楚和漂亮的女同学打成一片的行为，与一位风度翩翩的青年男教师走得很近。理由成不成立暂且不说，但事实好像有这么回事。王新雨犹如被别人夺走了一件久存的、心爱的珍品还当着自己的面赏识那样难受。有收藏爱好的朋友都知道，一件藏品只要占有了，平时放在那里布满灰尘都无所谓，而一旦不属于你，又听别人向自己念起它的种种好处，那种感受是特别痛苦的。当一次王新雨目睹了贝妮和那位男教师谈笑风生的背影，王新雨就气炸了五脏六腑，准备纠集一些哥们儿用血气方刚的形式解决自己的心头之恨，让短暂离开他的贝妮永久地驻扎在自己身边。王新雨当时拥有班团支部书记、系文体部长、校学生会副主席等一串学生身份中响当当的头衔，同时大家还把他认为是J大的第一条好汉。

目标锁定在这位青年男教师的身上。这位男教师不在成人的世界里寻找另一半，却到我们学生队伍中侵占指标，而且是寻找“名花有主”的“校花”，这种行为我们青年学生是绝不答应的。把行动方案商订好后我们准备夜袭青年男教师。

王新雨他们的保密工作太差了。下午王新雨正在寝室昏睡，准备为晚上的行动贮存体力，贝妮就突然推开了“4-402”的门。

“这一个礼拜你过得好吗?”贝妮和王新雨有一周没在一起了，那是上个礼拜的一个晚上，王新雨和她在一起的时候，被赵大宝及他的哥们儿逼得没办法要贝妮帮着问问两位跳爵士舞的文科系的女孩她们的年龄、系别、恋否等具体情况，贝妮拂袖而去了。

“我也想让你尝尝你和别的女孩谈天说地时我心里的感受。”贝妮边说边打开一个纸袋，一件精美的毛衣出现在我的面前。

毛衣的颜色、款式和贝妮身上的一样，纯白的，上面绣了一只卡通狗。

九十年代刚刚流行的，女友编织的“温暖”牌的情侣毛衣。已经出现在我们这个城市颇有品味的青年男女身上。

“我熬了一个星期的夜，为你织了一件毛衣，来试试合适吗？”贝妮柔起来更似火，把王新雨一周的烦恼，很快燃烧成一股烟，迅速飘散掉了。

“听说你还准备为我打一架，从好学生的标准来看这是校规校纪所不允许的，从男人的标准来看还不错，至少待我白发苍苍、回味人生的时候想到有一个男人为了夺回他的爱为我打过架，为我冲动过。可你想想，这样做的后果有多严重，殴打老师，轻则处分，重则可是要被学校开除的啊。”贝妮前半句像一位深情款款的知心恋人，后半句像王新雨班上那位经常语重心长的班主任。

“没有啊，你听谁说的。”王新雨赶紧狡辩。

“还说呢，晚七点，趁老师走在去巡视晚自习的路上，你们几个人都装着喝多了酒的样子骑车撞向老师，并以此为由，用言语激怒那位老师，然后上去每个人都给个三拳两脚，再交替掩护撤退，打敌人一个措手不及。你们还凑钱买了一瓶‘三花’酒，准备每人喝一口后，再全撒在自己身上，这样破了案也好有借口。”贝妮把会议内容说了个彻彻底底。

当时与会的有七八号人，至今，也不清楚是谁泄的密，是谁挽救了王新雨，而且，从那以后，王新雨和贝妮的感情天衣无缝了。

二战的同盟国里对下一步盟军的行动有些不同意见并由此产生了激烈的争论。过后，丘吉尔意识到了自己有些不妥，就向最高统帅部写了封信，表明了自己的看法。对于上一次的争论，他特意用希腊语写了一段话叫做：“情人间的争吵，是恋爱的一部分。”

这个周日，王新雨带着爱情失而复得的喜悦回到了家，一家人其乐融融地吃完了晚饭，都被王新雨“报喜不报忧”的学校表现感染着，父亲嘱他好好读书，要分清主次，既要投入到火热的学校组织的活动中，为校、系、班争夺荣誉，全方位地锻炼自己，又不要让太多的学生活动干扰了自己的学习，妈妈要他注意身体，吃饱睡足，哪怕儿行一里母亲也是担忧的。

王新雨刚推着自行车，走出自家门前的小院子，迎面碰上了自己的发小、同学、邻居集三种身份为一身的马革同学。

“嗨，你好。”王新雨热情地与马革打着招呼。

“你好，新雨。”马革也招呼着新雨。

“新雨，我都快毕业了，什么时候到我学校去玩玩。”马革对王新雨说着。

马革的家住新雨家楼下，马革从初中到高一都是王新雨的同班同学，高二的时候马革读了文科，而王新雨却选了理科，高考的时候王新雨考取了省内重点大学，而马革只考取了一所中专，所以，王新雨大二的时候，马革也就快毕业了。

“好啊，我们都已经互访好几回了，有空我一定去转转。”王新雨说完一偏腿上了自行车，朝马革点点头，准备飞车而去。

车行出几米，王新雨似有意无意地听到一声叹息，这一声叹息也让王新雨“战斗”生涯中的“滑铁卢”马上来临了，王新雨为此饱受了一顿身体和心灵上的痛苦。

“怎么了？”王新雨翻身下车，又回到上车的起点。

“哦，没什么，我这个礼拜正好得了一笔实习费用，下周吧，把你经常吹的你们寝室的那些个能人一块叫来，大家聚一聚吃顿饭，也让我见识见识。”马革说。

“行啊，吃饭你就不必破费了，到你的食堂就行了。”王新雨说。

“那就这周三。”

“好，一言为定。”

周三的下午五点，王新雨和寝室的四个兄弟准时出发了，“托福”李、李志坚、陈晓春他们几个有事，剩下的五人分乘三辆自行车，在5月的晚风中，哼着愉快的歌曲，沐着夕阳的余晖，快乐地飞出了校园。向坐落在远郊离J大七八里远的马革所在的S中专出发了。

“马革这小子，看着老老实实的样子，可是一肚子的花花肠子，我听他们文科班的同学说，这小子拙朴的外表下可隐藏着一颗骚动的心。请俺们吃饭，别酒无好酒、宴无好宴呢。”“高佬”黄路上调侃着。这句话还真让“高佬”黄给言中了。

“哈哈，请你吃饭，你还说别人别有用心，你说说你除了一个傻大个，一张什么肉都吃的嘴，还有啥可利用的，你说说我，我还有一身泡泡肉让人可利用呢。”赵大宝边说边在王新雨自行车的后座上抖了抖自己圆圆的身子。

“哈哈……”大伙一块笑。

“快，有警察。”赵大宝一挥手，范伟赶紧从“高佬”黄的车上跳下来，一不小心踩到柏油路边的一堆牛屎了。

“哈哈……”大家笑作一团。

“好啊，大宝你小子敢戏弄本官，戏弄本官就是戏弄朝廷，我说这大郊区的哪来的警察，原来中你小子计了。"

"快擦擦。"憨憨的刘康从后面赶上来，递给范伟两片大芭蕉叶。

一行人说说笑笑，打打闹闹不到一个小时就来到了S学校，马革在门口正翘首以待呢。

"众位，众位，辛苦，辛苦，快请坐。"马革在校门口正对面的小酒店里早就订好了包间，并掏出一盒"黄红梅"烟来一一给大家敬着。

"高佬"黄"啪啪"点着烟，突然大叫，"我在路上说什么来着，我说马革拙朴的外表下隐藏着一颗骚动的心，你看看，这回是'黄红梅'的烟盒里躺着'白红梅'的烟。"

为啥要"黄红梅"的烟盒里躺着"白红梅"的烟呢，我们前文已述，"黄红梅"的烟比"白红梅"的要贵一块一呢。

"哈哈……"大伙又一阵乱笑，因为这种事在J大的学生烟民中已是多次上演了。

"拿错了，拿错了。"马革笑了笑。

马革先恭维了王新雨、"高佬"黄这两个中学校友一通，把他们两人的中学往事及好事放大了十倍给说了出来，又大谈了一番大学与中专的差距，普通大学与重点大学的差别，说自己学校的女生做梦都想找J大的男生做男朋友，搞得赵大宝和范伟都有了自己是"超级帅哥"的感觉，马革又说要把自己班上的"班花"介绍给赵大宝认识认识，搞得赵大宝连敬了马革几杯啤酒。

席间，在欢快的气氛中马革又微叹了三次气，第一次叹气谁也没注意，第二次叹气以为是马革喝过了啤酒之后的回味，第三次叹气，赵大宝发现了，就豪爽地把

筷子一拍,说:

“小马兄弟，是不是快毕业了有些惆怅，有什么烦心事说来让兄弟们分担分担。”

“兄弟们相聚是高兴的时候,不说也罢,来,喝酒喝酒。”马革说着又要和兄弟们喝酒。

“说,说,但说无妨。”一群人本着喝了马革的酒就要解决马革的烦恼的态度,不知不觉跌入了马革的陷阱。

从上周日晚的第一声叹息声起到今晚的最后一声叹息声止，这四声叹息全部是马革的精心策划,马革在这中专的两年的学习生涯中全方位、立体化的与班上的一位姓张的男同学在各方面进行了竞争,而且都处于下风,学习上他比不过人家,班干部他没人家官大,上一周“班花”拒绝了马革的表白投入了张先生的怀抱,平时,言语的交锋中他时时被张先生噎得无话可说,马革就起了要揍一顿张先生的不良念头,马革也没啥朋友,思来想去他想起关系不错又是外校的中学同学王新雨,他想如果直接开口请王新雨帮他打架,王新雨一定会断然拒绝并会规劝他,就是万一王新雨他讲哥们儿义气去了,自己也欠他一个天大的人情,而且还不好收场,于是,他就谋划了找由头请王新雨和他的哥们儿喝酒,席间再用奉承、叙述自己的不幸来挑动大家的情绪,哈哈,一个中专生要用智商戏弄一群大学生了。

果然,随着马革声情并茂、夸大其词、夹叙夹议的叙述,同班同学张先生已被他描述得像个恶霸地主那样穷凶极恶了,王新雨他们已经带着一颗“匡扶正义、铲除S中专首恶”的心准备奔赴战场了。

一行人在酒精的作用下，在马革的带领下沿着不大的校园找了一圈，终于，在一个不亮的角落里，他们揪住了正与“班花”在月色下耳语的张先生，他们毫无道理地把张先生从“班花”的身边拽出来，三拳两脚地给揍了一顿。

S中专很小，有人打架了，这一消息迅速在学校传播开来，再加上王新雨他们对这所学校的地形也不熟悉，而且向导马革在黑暗中指认了张先生后就迅速消失的无影无踪，当他们“修理”完张先生后，推着自行车大摇大摆地往校门口来的时候，已有七八个学生堵在了校门口，几十个S中专的学生呐喊着从后面赶了上来。

不好，几个人在夜风中醒了酒，这一回，他们的打架性质可是一点也占不住理的在校外无理取闹和酒后滋事了，这下被逮住了，送回学校去，可要惹出大事来。

“冲出去，弟兄们，到前面的李庄会合。”王新雨轻轻地嘱咐一句，又叫刘康开路，他负责断后。

几个人各自上了车，校园大门已被锁上了，只留下一个小门和一个必须从传达室进出的侧门，刘康一马当先，突然把自行车加速起来，冲到了小门门口，自行车头一个上扬，守在小门口的几个学生赶紧让开，刘康又用车头撞开小门，先杀了出来，后面的“高佬”黄也不示弱，他带着范伟一并向前冲，范伟解开裤腰带一阵乱挥，他们俩也冲出了学校。

赵大宝呼呼喘着气往前跑着，王新雨骑着车断着后，小门外被驱散的七八个学生重新又聚合起来，赵大宝已经很难从正面突破了。

“走侧门。”王新雨说了一句，就用自行车对着小门撞过去。自行车撞开了小门摔在了校门外。

赵大宝一个拐弯，奔传达室的侧门而来，他用胖胖的身子撞开了两个学生，一下冲进了无人设防的传达室，赵大宝也算顺利地突围了。

“快走”王新雨疯狂地喊着，他的正面、后面、侧面已经围满了学生，刘康还想反突围，又听到王新雨高喊一声“快走”，他们也没办法，赵大宝捡起王新雨的自行车向着李庄方向而去。

“这是咋回事啊？”人群中还夹着马革的声音。

王新雨头上和背上挨着无数的拳头，王新雨已感到自己的头肿胀起来，他深吸了一口气，把力量都集中在自己的腿部，在人群中双手一撑一个矮个子学生的肩膀，双腿一发力，他蹿上了校门的铁栅栏，他再腰腹一发力，两下就跃上了校门的顶端。

铁校门的顶端是十几个朝上的尖铁叉，夜色中，王新雨带着满身的伤痕还算轻盈地翻过了尖铁叉，他从铁门高处一松手跳到了铁校门的中部，并用双手抓牢了铁栅栏，再一松手就跳到了地上。他也向着李庄方向奔去。

大晚上，又在远郊，S中专的学生也就打开了门咋咋呼呼了几句，七嘴八舌地议论了一番、心满意足地回去睡觉了。

王新雨狂奔了将近一千米，就累得有点气喘吁吁，以他运动健将的素质不可能会是这种局面，这跟他受伤的身体和心情有关，夜色中，他看见了“高佬”黄他们正小心翼翼地向这边慢慢摸着返回，然后欣喜地把他抱住了。

王新雨他们在与从S中专回J大的路线相反的李庄潜伏了半个小时，确信外围没有啥风吹草动，一行人战战兢兢地护着王新雨在茫茫夜色中往市区返回了。

借着月色和路上偶尔开过的车的车灯的映照，王新雨那张原本清新、俊朗的脸已经肿得有点变形了，“高佬”黄思索着得往医院去，他想要是校医院的小薇在就好了，刚一提议，马上招到了大家的一致反对，往校医院送，那不是不打自招吗？赵大宝突然大叫：

“有了，李志坚的中学同学不是分在市第一医院实习吗，上周还来寝室看了李志坚，就是不知道她当不当班，好像她叫小丽。”

“先不管她当不当班，我们就往第一医院去，当晚班这活，实习生排得多。”“高佬”黄拿了主意。

几个人分了一下工，等会儿到了市区，把自行车锁到最近的停车场，又共了一下身上的产，五个人加起来有一百五十元左右的人民币，范伟和刘康回学校负责找到李志坚并争取再多集一点资来，“高佬”黄他们架着王新雨直奔第一医院，为了节省时间，所有行动都打的士，最后大家又指天发誓这事打死也不说。

几个人飞快地到了第一医院急诊室，刘康和“高佬”黄扶着王新雨在椅子上坐着，赵大宝满楼找小丽，一个有点面熟的护士闯入了赵大宝的视野，一问，果然是李志坚的中学同学小丽，小丽就忙着找医生，不一会儿，李志坚、“托福”李、陈晓春等一并赶到了。

大家忙了一通，医生作了个全面检查，认为问题不大，基本上是皮外伤，但王新雨还得躺在病床上“留院观察”。

三天，王新雨就基本上消了肿，再加上王新雨本人又年轻，体质也还不错，所以恢复得很快，他又在父母都探亲去了的刘康家静养了三天，刘康的大哥、二哥都听从刘康的吩咐在厂区的集体宿舍暂住不回来。赵大宝、范伟还摸了两只鸡，这摸鸡的过程还进行了两天，学校的家属院有个别住在一楼的教工在院子里搭了个棚子，养了几只鸡，赵大宝和范伟第一个夜晚潜伏在院外准备行动，突然看到两个外教"叽里咕噜"的走来，为了不损"中国人的形象"他们当时就撤了，第二天晚上他们得手后，范伟还捂着鸡嘴多扯了几根鸡毛在地上伪造了"黄鼠狼偷鸡"的现场，他们连夜敲开"胖瓜"酒店的门，好说歹说让"胖瓜"老板亲自下厨对这两只鸡在"胖瓜"酒店进行了精加工，两个人又脱下自己身上的衣服，包着"胖瓜"老板那只不保温的保温桶，光着上身骑车穿越了大半个城区(好在那时的城市的夜晚，不像现在这样繁华，十点过后，街面上几乎无人)，带来给王新雨补养，这期间，小丽还帮忙开了张病假条，不知谁给贝妮透露的消息，她竟然连请假带逃课了一周，全方位精心护理了王新雨一周，还每晚都回家带各色各样的补品来给王新雨，并自始至终没问王新雨受伤的原因，王新雨周六回家的时候，老妈又出差了，老爸要开两天会，所以，这一次王新雨除了身体受点伤害外，未受到学校和家长的关注，还算顺利地过了这一关。

马革一直未曾露过面，也从没来看过王新雨，只是听说帮他打完架的下下周，马革就实习去了，而且在暑假的时候他们家也搬了，并从此与王新雨再也没碰过面。

"第三次战役"以王新雨他们的惨败而告终，王新雨他们从那以后再也未与人打过架，"战斗"中他们逐渐成长起来，失败常让人有时出奇的冷静、思索，甚至流泪、哭泣、忏悔。

忏悔，在清晨，用石块赶飞惊醒自己虚梦的鸟雀；忏悔把问路的老人指点进公共厕所；忏悔蹉跎时光却在烟雾中自我陶醉；忏悔在潇洒青春里做的一些极不潇洒却自以为是潇洒的事情。

编些疙疙瘩瘩的臭事去赚取父母手里的血汗钱，用巴掌很响亮地盖在轻碰了你一下的行人的脸上，用一串串刻薄的语言去攻击把你抛弃或者被你抛弃的女友，哦，这一幕幕像高浓度的硫酸灼伤你复苏的心灵。

羡慕夜晚掩盖了白天的许多清澈，看大雪纷纷扬扬让这世界洁白无瑕，雨后清澈的大地让人激动不已。忏悔应该像一把扫帚扫去人们心灵上的灰尘。

如果说良药是躯体的救星，那么忏悔则是心灵的补偿，真诚的忏悔就是告别昨天的错事。

九、校外的风景

“哗啦”一声，一只酒杯被范伟狠狠地砸在了地上，紧接着是“高佬”黄“算了、算了”的劝声，再又就是两个人“呜呜”的哭声，并夹杂着“《宪法》，《宪法》这门课怎么会补考呢，这可是我国的根本大法啊，我将来怎么当法官啊？”的自问没有自答的质疑声。这一幕发生在大一上学期结束的“胖瓜”酒店内。

“胖瓜”酒店原名叫啥酒店，因为年代久远，有点记不住了，好像是叫啥“春福”酒店还是“春香”酒店，“胖瓜”酒店的名字是J大的一些好吃之徒根据这个酒店老板的身材形状给取的，这位姓方的老板的体重应该是赵大宝的1.5倍，整个人圆滚滚的，和蔼可亲，他有着冬瓜样的脑袋、南瓜样的腰、西瓜一样的屁股，还迈着两只北瓜腿，所以大家干脆叫他“胖瓜”，他经营的酒店也顺理成章叫做“胖瓜”酒店。

“胖瓜”酒店坐落在J大北路的顶头，离J大校门只有一步之遥，顺着这个酒店数下来，有杂货店、小吃店、发屋等，以后，又陆续有了桌球店、电子游戏机房等。

J大北路是一条让人们流连忘返的路吗？J大北路是一条让人们挥霍青春的路吗？我们快乐的摸不清方向的时候、我们悲伤的找不到北的时候，我们就去J大北路。

“胖瓜”老板应该是J大附近村里的人，大家都搞不清他的真实年龄，只知道他有一个儿子在J大附中读书，学习相当不错，今年已经读初三了，范伟他们毕业那年，就是“胖瓜”之子入校之时啊，他经常在结账的吧台那里就着台灯和店门口的路灯读书，一看到是大学生模样的人来店里吃饭，就会露出特别羡慕的表情。“胖瓜”老板特别怕老婆，但又要面子，名义上是他在酒店当家作主，但实际上是他老婆说了算，店里有两个小雅间、一个大堂，总计有八张桌子，一个厨师，一个服务员，“胖瓜”老板在生意火的时候常常自己端菜送汤，忙并幸福着。

“胖瓜”酒店的一个经营特色是小范围的允许赊账，这一点对于清贫的又要面子的学生来说显得尤为重要，学生证、借书证、医疗证有时是他们结账时出示并压在那里的一种方式。

“不错了，你还只有一门补考，看我呢，一门补考，一门缓考，真不知道怎么过年啊。”“高佬”黄安慰着泪流满面的范伟，又活动了一下刚刚撤掉绷带的左手。

“我对不起父母、我对不起老师、我更对不起阿萍啊，在学习上她给予了我那么多的帮助，可我还是补考了，我，我一生气就得多吃饭，老板，来一蓝边碗米饭。”范伟大叫着。

“好，好，饭来了，酒杯打了就打了，我不要钱，两位小兄弟要想开点，酒要少喝点。”“胖瓜”老板好心劝阻着。

“你说说，一寝室八个人，有文有理，大家一样的玩，怎么就咱俩补考呢，王新雨比我们还会玩，可人家玩又玩出了名堂，成绩门门都是优秀，我们俩玩又没玩出啥名堂，学习又不好，下学期不好好读书是X崽子。”“高佬”黄很不服地说。

“王新雨咱就别比了，他学起来的时候那可是比谁都用功，而且他天分极高，你就说赵大宝吧，这小子比我俩还会玩，可人家门门课都过了，真是厉害啊。”范伟也不服赵大宝。

两人在寒风中相搀着出了门，带着一种深深的后悔的心情去迎接寒假的到来。

在两人离开后不久，赵大宝带着一种涉险过关的心情来到了J大北路的“琳琳”发屋，他要好好地“休个头子”（理发）来给自己庆祝一下，他指着贴在发屋橱窗的一串港台男明星的照片，要老板娘琳琳给他来个“费翔似的飞机头”发型。

琳琳的发屋开了也就一个学期，主要是为广大师生做“顶上文章”，过去，大家一个月理一次发也就对付了，现在可不一样了，尤其是青年人，都要做发型、烫发、拉丝、吹风，这些琳琳都一一精通，她专门在广州学了半年艺呢。

王新雨的发型应该是“琳琳”发屋的广告。

那还是开学不久的时候，王新雨要代表学校参加南部地区辩论赛总决赛了，学校统一给他们发了西装、衬衫，每位同学还发了二十元钱的洗理费，要他们把自己的发型都要收拾得干干净净、漂漂亮亮、一尘不染，这可是代表学校良好的精神风貌，发洗理费这可是J大学校历史上的头一回，由此可见，校方对这次辩论赛的重视程度。

王新雨是哼着歌于决赛前一小时第一次来到“琳琳”发屋的，琳琳调动了十八般武艺照着“小虎队”中“乖乖虎”的发型把王新雨的头发吹剪得帅气极了，王新雨在漂亮的发型下也发挥的甚佳，第二天，“琳琳”发屋的客流量就猛增，以后，王新雨也成了这里的常客。

琳琳建议根据赵大宝这种头型最好是换一种发式，可赵大宝执意要琳琳做成“大飞机头”式发型，琳琳也没办法就尽可能根据赵大宝的头型与发型怎么搭配好

看怎么吹着赵大宝的头发，不多久，赵大宝的大头像顶着一颗蘑菇一样出门了。

赵大宝又来到了位于“胖瓜”酒店和“琳琳”发屋之间的卖烟酒的小杂货店，小杂货店经营着高、中、低三档香烟，像“红塔山、阿诗玛”之类的烟是校园中极个别的贵族或是哪个同学有了特大喜讯才会买来抽，一般大家抽“黄、白红梅”，还有低档的“飞马、奔腾”之类。最近，小杂货店又到了一批外烟，像高档的有“箭”牌、“555”、中档的有“希尔顿、良友”等，赵大宝抖光了身上的钱和菜票买了一盒“希尔顿”，心情愉快地往学校返回。

赵大宝想着大学的第一个学期就这么过去了，尤其是这考试的最后一个星期，对他来说简直是叫惊心动魄，还好，他总算勉勉强强地都过了关，再想想自己的外语听力考试，考试的时候，他的耳机就一个单词都听不见，他一查是自己的耳机没电了，好在听力测试占 15 分全部都是判断题，他就全部填了“C”上交，期末考试的时候，他早早地给耳机换上了新电池，可他的耳机还是听不到一点声音，他只得又全部填了“B”上交，事后，他一检查是自己把电池的正、负极装反了，赵大宝为此自己都感到颜面扫地，还好，他的笔试成绩还凑合，英语考试这门课他刚好得了个“60”分。

赵大宝约了“托福”李一块坐公共汽车回家，他和“托福”李同一趟线路，都是从 J 大门口坐 7 路车一直到终点站，到了终点站，赵大宝步行一段时间就可以到家了，而“托福”李得从终点站再转一趟开往县城的公共汽车才能到家。赵大宝从巷口到巷尾的家的这一段路约百来米，这段路对于赵大宝来说是个“愉快的旅程”，每次他都热情地和街坊四邻打着招呼，人家都回应着“大学生回来了”。赵大宝就把别在胸前的校徽挺得高高的，嘴里还自言自语地说："学校规定，要戴校徽。"这次，他又和"托福"李都戴了校徽上了7路汽车，看见两个中学生模样的女生羡慕地看着他们，他们俩就"我们学生会、我们系里、你们系里"的说开了，引得两名女中学生一脸的向往。"4-402"寝室的人都怀着各种各样的心情迎接了大学的第一个寒假、第一个新年。

"高佬"黄过了一个既看书、又去学习好的同学家补课的这样一个有意义的寒假，他顺利地度过了"补考、缓考"这一关，又在开学的第一个星期认真上了一星期的课，马上"老毛病"就犯了，他喜欢上了跳交谊舞，可学校里每周只安排一次，他于是就约了小薇来到了离学校几里远的玻璃厂的工人俱乐部舞厅，这家舞厅倒是天天开放，门票也只要五角钱。

"高佬"黄计算着成本，两张门票要一元钱，再加上有可能在跳舞的过程中要买两瓶汽水要四角钱，怎么着预算不能超过一块四，想着想着，自行车后轮"崩"的一声响，坐在后座的小薇发出一声怪叫，并惊慌地跳下了车。

"高佬"黄心想又失算了，他知道自行车可能是因为没气而破胎了，这都怪他一是平时太懒，二是他有点心痛那一角钱的打气费。这下好，补次胎，得六角钱呢。

车胎有气，车况良好时是"人骑车"，车胎破裂、车辆受损时就是"车骑人"了。

路边正好有个自行车摊正要收摊，"高佬"黄立马推车上前，不一会儿，小薇又成了"高佬"黄车上的"拖斗"了。

玻璃厂的工人俱乐部人头攒动，来跳舞的人以本厂的干部职工为主，也有为数不少的附近高校的一批喜欢跳舞的学生，那年月，跳舞之风盛行，卡拉OK在当时属于贵族活动，电视台也就五六套节目，电影在走下坡路，基本没人看，网吧、洗脚屋那是很多年以后的事，所以，热爱生活的人们跳起舞来了。

今天是“三八”妇女节，所有女士免票，门口的一张告示让“高佬”黄高兴起来，他想起了一句话“失之桑榆，收之东隅”，这句话应该能代表“高佬”黄此刻的心情吧。于是，“高佬”黄舞步轻盈地搂着小薇旋转起来。

转着，转着，“高佬”黄不见了小薇，过一会儿，小薇手举着两瓶汽水跑了过来，“高佬”黄又怀着有意外收获的心情喝起了汽水。

小薇几乎一个舞都不歇，而且对“高佬”黄有意无意地靠近她，也不太反感，他们从舞曲一开场一直跳到了曲终人尽，才尽兴而归。

“我们走一会儿吧。”当自行车驶进J大北路的时候，小薇从“高佬”黄的自行车上跳了下来，对着“高佬”黄说。

“好啊。”“高佬”黄和小薇并肩走在了这条离校门口约有五百米的路上。

“黄楠南同学，本来今天你不找我，我也想去你们寝室找你的。”

“哦，是吗，本人还是拥有一定的魅力的。”

“明天，我就要去北京了。”

“好啊，到伟大首都去，是出差吗？”

“院里有个指标，去北京的一家大医院学习深造两年，我报名参加考试了，上午，院领导通知我说我考取了。”

“哦，那我祝贺你。我怀着一种喜悦的心情，不，我怀着一种复杂的心情祝贺你。”

“我也是一种复杂的心情。”

“明天，我去送你，你几点车？”

“不用了，明天你还有课呢。”

两人再不说话了，顺着路，默默地往校门口走着。那一年，他们一个十九，一个十七。连手都没握一下就这么分别了，二十年间从未再次相遇过。在过去的这段时间或将来的时间里，黄处长（过去的“高佬”黄）在出差到北京的日子里，有几次在几家大医院门口徘徊，幻想着他心中的小薇就突然出现在他的面前。

那时候，他们什么也不懂，他们还以为已经懂得了全世界。

过了两天，范伟又酩酊大醉在“胖瓜”酒店的雅间内，刘康哆哆嗦嗦地找到阿萍，这还是刘康生平第一次单独找女同学，他按照范伟教给他的几句话，结结巴巴地对阿萍说着，他醉了，他嘴里喊着“萍、萍”的名字，他在校园门口的小酒店里，刘康反反复复说完这几句，阿萍就大体知道了刘康的意思是说：范伟因为思念阿萍，一个人在小酒店内喝醉了酒，他想请她去帮着看看。刘康看着阿萍放下书，跟着他从教室出来，才长出了一口气，因为范伟教他去教室找到阿萍后，先说这几句，如果阿萍不动声色，就再说一句：“你赶快去看看他吧，再不去，恐怕要出人命了。”还好，这句话总算没说出来。

阿萍接到范伟那封情书已一周了，这封信她几乎都能背下来了，每晚，她还要打着手电筒在被窝里读上一阵才能入睡，《九色鹿的梦幻》的每一处字里行间都给人以无限的想象空间，范伟说认识她以后，失眠就是范伟的生存状态，阿萍其实这一周也翻来覆去没睡好，范伟啊范伟你怎么写得出这么有华彩的情书，你要是王新雨就好了。

刘康和阿萍一前一后来到了“胖瓜”酒店，范伟正侧着身听屋外的响动呢，他一听推门声立刻闭上了刚才半睁半张的眼睛。

刘康大出一口气，赶紧说：“你们谈，你们谈。”立即释负而去。

范伟的头上洒满了两瓶啤酒，嘴里也喷了不少，但流进肚子的酒几乎没有，阿萍也没见过这架势，非常担心，她就反复对着范伟说：

“别喝了，你快回去休息吧。”

“我的信你收到了？”范伟装着断断续续地样子问。

“嗯。”阿萍点点头，这封信本来就是范伟当面给她的。

“你的态度是什么？”范伟又问。

“我，我们都还小。”

“难道要很多年以后，我逢人就问，你在哪里？”范伟这次是真实地喝了一口酒。

“这，你快别喝了。”

两人经过约半小时的交谈，范伟总算听到了阿萍低声喃喃的一句：

“我考虑考虑。”

大一的寒冬和大二的苦夏里的伤感很快就过去了，他们又信心百倍地迎来了大三的春天，在春光烂漫的4月，他们一群意气风发的男女大学生相约着一块骑车几十华里，穿过无边的田野，闻着垄上飘过的油菜花香，去梅岭郊外看满山的红杜鹃。

“春游”应该是学生时代记忆最深刻、最幸福的时光吧。

女同学们在一块那可是争奇斗艳，贝妮穿了一件她亲手织造的绣有卡通狗的白色的情侣衫，下着一条深蓝色的牛仔裤，足蹬一双白色的“耐克”运动鞋，双肩背着一个大红色的旅行包，一头长长的大波浪头发在朝阳的照耀下熠熠生辉，好不朝气和靓丽；思佳走的是清纯的路线，一件白色的衬衣下罩着一件绿色的羊毛衫，一条贴身的黑西裤，脚上穿的是一双干净的北京布鞋。好嘛，这两位校花都要跟随“4-402”寝室的人们去远足、野炊、踏青。

阿萍和方芳两位也都盛装出行，丽丽也把自己打扮得花枝招展，她们在赵大宝的张罗下，表面上装着坐谁的车都无所谓，心里却暗暗窃喜地一一上了自己男友或准男友的车，只有阿萍在范伟的几番邀请下，才别别扭扭地上了他的车，赵大宝还要在那大叫：

“如果谁带不动的话，姑娘们可以坐我的车。”

“另外，刘康你负责背全团的伙食，你的吉他给‘高佬’黄背，陈晓春这几样炊具归你，李志坚，录音机挂在你的车把上，范伟，这把气枪你可得背好了，永强，这几瓶水可别洒了，这照相机你别看轻，可放在你们谁身上我都不放心，还是我来拿吧。”

“哈哈。”大家还是愉快地接受了赵大宝的分工。

“大宝，你说今天一大早有四五个‘校花’级的人物会过来同我们一起去春游，怎么一个都没来啊？”陈晓春问。

“唉，别提了，今儿一早我去3栋门口堵她们，她们一听说贝妮去，都坚定了自己不去的信心，"赵大宝这回是实话实说。

"当然，还有思佳、方芳等众多红粉佳人了。"赵大宝又补充道。

"哈哈。"大家都笑了。

今天的你骑车带她去远足，明天的你开车带她去看海。这一群欢快的年轻人带着梦想，朝气蓬勃地"铃儿响丁当"地向着远山出发了。

王新雨他们从一开始就车容齐整、着装整洁地前进了，每一位带着姑娘的主儿的骑车速度比平时一个人快多了，车后座的女孩就像是一个个发电机，他们在保持好平衡的基础上又增添了速度，看来爱情的力量是伟大的。

汗不一会儿就从青春的脸上流淌下来了，贝妮从口袋里掏出了一块芳香的手帕给王新雨擦着，王新雨就很惬意地享受着，一瞬间还想起了自己读幼儿园的时候有一条蓝手帕，妈妈用一根别针把它漂亮的别在胸前，他留鼻涕的时候，幼儿园的阿姨总是帮着他擦……当王新雨笑着把这件童年趣事告诉帮他擦汗的贝妮时，贝妮就要王新雨叫她阿姨。

随着时代的发展，有情的手帕渐渐地被淘汰了，代之的是无情的各色各样的餐巾纸，也不知是什么原因。

王新雨把那件贝妮打的情侣衫脱了下来，无论是把它搭在肩头，还是系在腰间，都挡不住年轻帅小伙的勃勃英姿，贝妮又以安全为由，牢牢地抱住了王新雨的腰。

"新雨，这个春天一过，夏天开始的时候，我就要结束这无忧无虑的学生时代了。"贝妮把脸靠在了王新雨的背上，在这无限春光中，自己却充满了毕业生的伤感。

“贝妮，你还是要考托福出去吗，不再准备考研究生或者直接上班参加伟大祖国欣欣向荣的建设？”

“还是想出去再学点东西，去大洋彼岸见识见识。”

“‘两脚踏东西文化，一心著宇宙文章’，贝妮，凭你的聪慧，拿下托福，跻身‘洋插队’是没有任何问题的，你要趁着青春年少，好好领略一下东西方文化之间的魅力，我提前祝你西学成行，并希望你学以致用，学成归来，报效祖国。”

“新雨，你说得人家热血沸腾，那你呢？”

“贝妮，从你个人发展的角度看，我当然应该全力支持，从我个人的情感角度出发，肯定是舍不得你的离去，不过，有一句话是‘何时共剪西窗烛’。”

“却话巴山夜语时。”贝妮对了一句。

“我的梦想也是去美利坚读书，到时候我们一起呼吸加州的海风，一起沐浴加州的阳光，再一起回来为祖国的繁荣昌盛添砖加瓦。”

“哇，凭你的才情那是一点问题都没有的，到时我考完了把托福资料全部转赠给你，希望不久的将来我俩还在大洋彼岸的一所学校读研，我还是你的师姐。”

“OK ，不过别一年以后，你以师母的身份接待我这大陆来的穷小子。”

“讨厌……”笑声从车首向车尾传去。

一路欢歌一路喜 铃声构成进行曲

豆蔻年华正来临 青春朝气伴花香

弯弯小路多坎坷 吾辈更应显风采

梅岭山下车聚拢 会合一声齐上山

引吭高歌在山头 心旷神怡心顿喜

这是李志坚高二的时候第一次游览梅岭后写下的一首幼稚的小诗，那是五年前一个濛濛的春雨的早晨，李志坚他们全班也是集体骑车去梅岭春游，他们那时带着高中生特有的迷茫和困惑，老师和家长给了他们一天春游的时间，就像给了他们多大的恩赐似的，李志坚从头到尾都没找到“心旷神怡”的感觉，他奇怪当时怎么会写下心旷神怡的字眼，心旷神怡应该是五年后的现在的心情。

“乌溜溜的黑眼珠和你的笑脸，怎么也难忘记你容颜的转变……”李志坚车把上挂着的录音机发出了罗大佑先生的《恋曲 1990》的歌声，歌声在路边的梧桐树下打转，最后汇合成“醒来时的清晨里是你的哀愁”的男女声小合唱弥漫在绿色的田园里。

田野边的小溪下长着不知名的野花，一簇簇、一团团竞相开放，把大自然的春天点缀得五彩缤纷，蓝天上朵朵白云飘过，映照着地下一群欢快的少男少女。

“高佬”黄一路哼着歌愉快地前行着，路上凡是思佳问他不知名的植物，他都用他所知道的园林知识来回答，实在答上不来的，他就卖弄起了小聪明。

“呀，这些花真漂亮，黄楠南这是什么花？”思佳傻傻地问。

“哦，这是野花。”

“哦，这是野树，这是野草。”“高佬”黄包罗万象地回答。

“哈哈，那，那些不知姓名的农民伯伯还有你这个人是什么？”

“那就叫野人。”

阿萍是怀着一种“也无风雨也无晴”的心情出来和大家一起踏青的，因为范伟再三强调了是集体活动，她才参加，都大三下学期了，她和范伟还是一种若即若离的关系，人家问她范伟是她的男朋友吗，她既不点头也不摇头，平时辅导范伟她并不厌烦，还有一种成就感，可要和他在大学里谈一场轰轰烈烈的恋爱阿萍却还没找着感觉，而相对一般同学，阿萍对范伟又多了一丝牵挂，两个人就这么不咸不淡地处了两年多，阿萍也说不清为什么，前两天她看到一本青年杂志里的一篇文章说：“有一种情感，它比亲情淡一点、比爱情少一点，但又比友情多一点，这种情感称作‘第四类情感’。”阿萍想，她对范伟就属于第四类情感吧。

情绪总是被氛围感染，车从始发到行了一段，阿萍的心情就去掉了“风雨”像今天的天气一样阳光灿烂了，她还是第一次同范伟寝室的哥们儿一起出来，一路上，她和其他姐妹一样不一会儿就被他们你来我往的幽默给深深地吸引了，这可不是贫嘴，他们的对话有点像刚刚热播的电视剧《围城》里的对白，无论是互相吹捧、还是互相讽刺、互相揭短，都有一种“文化型的幽默”在里面，这一点，很适合像阿萍这一类的带点浪漫幻想的知识女性享用。

远行的车组成了一条抛物线，显然车队已进入弯弯的山路，又行进了一会儿，大家等着刘康背着全团的伙食有点吃力的赶到了，就一致决定在一个山腰平坦的岔路口的一棵大樟树下稍事休整。

赵大宝连人带车搭了一段手扶拖拉机已先行抵达了大樟树下，他向一个路过的牧童问路，牧童听不懂他的“塑料普通话”，他又听不懂牧童的山林俚语，两个人只得互送了一下笑脸。

“松下问童子，言师采药去。只在此山中，云深不知处。”李志坚用诗描述了一下当前的景象，又叫大家都快到树阴下休息，同时说为了让大家更好地休息，他给大家讲三个故事。他看丽丽和那些女生都在注意他，他就开始了精彩的讲述：

“从前，一只兔子和一只乌龟赛跑，跑着跑着，兔子睡着了，等它醒来一看，乌龟早就爬得没影了，兔子就赶紧追，一不小心碰到路旁的一棵大樟树给撞死了，树下，正好有个农夫在睡觉，醒来一看，捡到了一只兔子，于是，他就不太种地了，天天来这棵树下捡兔子，结果他发现自家地里的禾苗比别人家的矮，他就把地上的禾苗都往上拔了拔，结果禾苗都死了。这就是龟兔赛跑、守株待兔、拔苗助长这三个故事。”

“哈哈，哈哈。”大樟树下爆发出爽朗的笑声。

“据历史考证，撞死兔子和农夫睡觉的大樟树就是我们身下的这棵大樟树。”“托福”李很认真地补充。

“真的啊？”刘康很吃惊地问。

“哈哈。”全体同学又一次大笑，笑声惊飞了树上的一群鸟雀。

“啪……”与此同时，一声枪响，范伟扣响了气枪的扳机，连个鸟毛都没打着。

“都怪你们，人家瞄了半天，你们一笑把鸟都笑跑了。”

“哈哈，不好，有毛毛虫。”赵大宝又在大叫。

“啊……”一帮女孩花容失色地在那乱叫。

“童子不用问，那里有路碑。”王新雨指了指不远处的一块路碑。

一行人重新整装，不久，就沿着弯弯山路上到了梅岭主峰，放眼望去，哇，好一派祖国春色，那真是山河锦绣、江山秀丽、风景如画啊。

“一个高远的视角，能把宇宙浓缩。”王新雨望着山下对贝妮说。贝妮深深地点了一下头。

“一个崇高的选择，会把世界走遍。”王新雨又在最高峰上发出无限感慨，贝妮挽着王新雨的胳膊，把头轻轻地靠在了王新雨的肩上。

这一幕以后还常常出现在美国加州洛城的贝妮的小屋和梦中。

“我提议，我们一起对着大山许个心愿，喊一句话，好吗？”方芳举起了小手。

“就喊‘你真可爱’，反正你喊什么，大山就回应着你什么。”王新雨说。

“真的吗，我先试试别的话。”范伟还真有点不相信。

“赵—大—宝—是—一个—大—坏—蛋。”范伟攥着拳头，憋足了劲喊。

“赵—大—宝—是—一个—大—坏—蛋。”“大山”粗着嗓子回应。

“哈哈。”大伙一块笑。

“这下好，搞得整个山区人民都知道我是大坏蛋了。”赵大宝装着害怕的样子说。

“咱们一起喊，123 开始——”

“你—真—可—爱。”

“你—真—可—爱。”

假如生活是座大山，同学们会怎样呢？别人对你如何，先看看自己对别人如何。

大家纷纷品味着这眼前的春色，享受着人与自然的和谐，人说纵是如此美景，没有心爱的人的陪伴，那也是毫无意义的，如果和喜欢的人在一起经过一番跋涉，来观赏满目春色，这种生活不是相当有意义的吗？

欣赏着景色，漫步在花前，大家以青山绿水为背影，以山花烂漫为衬托，以青春的靓影为主角，向青青世界留下一个又一个灿烂的微笑。

陈晓春挥舞着那架“海鸥”牌照相机，一会儿“广角”、一会儿“长焦”，一下是“五朵金花”的小组照，一下是“八大金刚”的正面照，一下是“全家福”，一下是“组合照”，大家都把最美的笑留给镜头前。

范伟几次暗示、明确、要求、请求跟阿萍两个人合个影，阿萍就是置若罔闻，把范伟急得团团转，这时，王新雨走过来了，他请阿萍、范伟一块合个影，阿萍这一次愉快地听到了，当快门按下的一瞬间，王新雨“忽”地一下跑开了，陈晓春捕捉到了精彩的一瞬间。

范伟是如愿以偿了，阿萍有点小怒，但也不是太生气。

这张照片以后就夹在范伟的笔记本的封皮里，只要他碰到嘴不太严的人，他就把它展示出来，还叮嘱人家别到处乱说。

大家像鲜花一样开遍了原野山冈，内心又是那样欢畅，如同蓓蕾初放。

赵大宝高喊着“一切行动听指挥”布置着野炊的现场，自己又抓起两块午餐肉往嘴里塞着，从山涧打来的泉水“咕咕”地在小锅里发出被烧开了的声音，一块大大的塑料布整洁地铺在草坪上，女同学们这个主刀，那个择菜，不许任何男士插手，还说他们越帮越忙，最好别添乱，范伟端着气枪忙了半天又是空手返回，嘴里还说本来想给大家添点野味的，刘康不声不响地摸到了两条鱼，然后靠着一棵树坐着，拨响了六弦琴，一曲“野炊中的进行曲”唱响了。

“你到我身边，带着微笑，带来了我的烦恼。”刘康把流行歌曲一首一首往外出了，高潮时，大家按以往在寝室的惯例一起合唱。

“哦，他比你先到。”

“我很丑，可是我很温柔，外表懦弱、内心狂热……”

“驿动的心已渐渐平息，疲惫的我是否有缘和你相依。”

“刚才那几首歌是我们的‘庸俗歌手’刘康先生给大家热着场呢，下面，请各位美丽的女同学暂时放下手里的伙计，与我们一起聆听‘更庸俗歌手’‘高佬’黄先生演唱一首他自己填词的歌曲，歌的名字叫做《我们拥有一个目标要及格》，大家掌声鼓励。”赵大宝说。

刘康弹了一段过门，“高佬”黄看男、女同学都围了上来，就清了清嗓子唱了起来：

一张考卷约束了千万个你我

小题不会做 大题更别说

多少年的考试是束缚你我的枷锁

折磨你 折磨我

我们拥有一个目标要及格

再严的考场 我们都经过

再难的考题 我们都抄过

这是我们的传统 从来没变过

手牵手 什么也别说

哪怕老师眼前过

因为,我们拥有一个名字——要及格

“哈哈,哈哈,哦,哦!”山丛中的这一群人发出淋漓尽致的青春的呐喊。

“先生们,开饭了。”野炊的乐趣又即将开始了。

“先生们,见到你们,我知道了什么是藏龙卧虎,你们真是太有才了,你们个个都是才华横溢啊。”思佳对着这群男生敬了一杯可乐。

“女士们,先生们,不知刚才大家登高望远的时候,有没有这样的同感?”陈晓春看大家都席地而坐了,开始发言。

“啥同感,说出来,让大伙增加点快感。”范伟今天有点妙语如珠了。

“人生就如一幅巨大的油画,只有站在远处才能欣赏她那壮观的‘全景’,走近了反而会因只看清局部的‘败笔’而懊丧。”

“对,深有同感啊。”“高佬”黄边吃边点头。

“‘高佬’黄同学是我们的才中俊杰。”李志坚边吃边说。

“李志坚的特点知道吧,写文章特别漂亮。”“高佬”黄回端(转身奉承)道。

“是有一回他在校报发表了文章吧,好像是赵大宝端着一摞校报站在3栋门口见人就发,笑死我们这些女生了。”丽丽笑着说。

“哪里,他那篇小说处女作《雨季的校园》刚刚在校报上连载,李志坚说了管我晚饭,我才把校报通讯员的工作给接过来,为了省时省力,我就直接站在了宿舍门口发报纸。”赵大宝很认真地说。

“细雨悄悄地飘下

带着秋天的祝愿”

丽丽停止了咀嚼，一字一句地背着《雨季的校园》中的那首《在雨中》的诗，女生们一起停止了咀嚼，开始了女生集体诗朗诵：

“徘徊在我的窗前

倾听滴雨的声响

想起我们相识的时间

地上捡起一根树枝

在雨幕写下思念和期盼”

“哇，全3栋的女生都会背啊，诗真像火，燃烧了一栋楼的女生。”范伟吃惊地说。

“哈哈，丽丽，李志坚的特点你知道吗，他是人没到，歌声先到，有一回，他边唱着歌边推开寝室的门，发现我们寝室的人正呈半椭圆型围着看他新发表的作品，最后李志坚在门口和大家互相对视几秒，双方都笑得喘不过气来。”赵大宝又透露了一个细节。

“哈哈，你们啊，也不知谁在作弄谁，唉，我问你们，落夜熄灯后4栋是谁在吹响一支长笛，那笛声悠扬，引人断肠，特别是那一首《送别》响起，每一回夏天的晚上都让好多毕业班的大姐默默流泪呢，一转眼，我也大二了。”思佳有点伤感地说。

“我们这些少年不识太多的愁滋味，也别赋啥新词强作啥愁，笛声是谁响起的不太重要，琴声我们都知道是思佳拉响的，那一曲《梁祝》勾起了我们4栋男儿的多少向往。”陈晓春回答了这个问题。

“这汤不错。”久未发言的“托福”李有滋有味地品了一口汤，并往临时用几块砖搭起来的小灶台里又加了一把松树枝，火苗愈发得烧旺了。

“大宝，像咱们这样的贵族喝汤是不发出声响的。”

“哈哈……”赵大宝配合着把汤喝得“啧啧”乱响。

“托福”李一看自己的话像石头一样扔进湖面有了反应，顿时来了精神。

“同是一碗鲜汤，像大宝这样蛇一样的人喝了就变成了毒汁，而像我这样牛一样的人喝了就变成了牛奶。”

“哈哈，哦，哦，升华，升华。”李志坚补充了两句“升华”。

“什么升华？升华什么？”阿萍笑过以后有点不解。

“这句话是鲁迅说的，原话是，原话是，永强原话是怎么说的来着？”李志坚有点想不起来了。

“我也记不太清，是啥喝了一桶水，蛇怎么样了、牛怎么样了。”“托福”李也在抓耳挠腮。

“真的勇士敢于正视淋漓的鲜血，敢于直面惨淡的人生。”范伟认真地说。

“这哪跟哪啊。”阿萍白了一眼范伟。

“那就是‘横眉冷对千夫指，俯首甘为孺子牛’，这句总没错吧。”范伟这一次是站起来庄重地说了。

“哈哈。你踏实地坐下吧。”阿萍拉了一下范伟，范伟也就愉快地坐下了。

“有虫。”范伟又大叫，并一把抓住了爬向阿萍脚上的虫子。

“哎哟，快扔了。”阿萍吓得手足无措。

“也许我不是最好的。”范伟看此一刻大家都静下来了，就背着手起了另一个话题，大家都不解地望着范伟，不知怎么回事。

“但我是最适合你的。”范伟又对着阿萍说。

“哈哈，哦，为范伟最适合阿萍干杯。”

“新雨，你说说那句话鲁迅先生是怎么说的。”贝妮无限柔情地削了一个苹果给王新雨，并说，别着急每个人都有一个苹果，她一个一个来削。

“嫂子万岁。”赵大宝带头，大家齐声呼喊。

“其实永强已经基本说出了这句话的全部内容，并把这句话结合现场的情景引用到他和大宝身上，说得很好，也就是我们志坚说的‘升华’，但如果永强能自嘲一下，效果就更好。”

“对，对。别的人我肯定自嘲了，就是大宝咱俩谁跟谁啊。”“托福”李连点头带解释。

“鲁迅先生说：‘同是一泓溪水，蛇喝变成了毒液，牛喝变成了甘乳。’”

“哈，好，我们共同干杯，共同喝了这杯，一致变成甘乳。”

“早晨，是方芳把我唤醒的，来，方芳，我敬你一杯。”闲不住的赵大宝又对着方芳说。

“We too.（我们也一样）”男生们又一呼百应地敬方芳。

“对不起了，惊扰了各位的好梦。”方芳满心欢喜地回应大家。

“你和永强的《黄昏偶拾》的双语栏目，让我们耳目一新啊。”范伟又在说。

“注意用词，如果是电视直播可以说‘耳目一新’，这电台直播应该是双耳一新。”李志坚纠正道。

“哈哈……”

“每一个清晨，我们在方芳的召唤中觉醒，每一个落夜，我们在思佳的琴声中入睡。”陈晓春擅长总结。

“梦里还有贝妮、丽丽、阿萍追随。”这句话是一语不发的刘康说的。

“哦，哦，太全面了。”大家又一次发出最大声的呼喊。

“红尘啊滚滚，痴痴呀情深，至少梦里有你追随，何不潇洒走一回。”大家又纵情高歌。

王新雨又一次检查了一遍他们刚刚野炊的地方，确信没有留下任何火种，全团人马高兴而来，尽兴而归了。

“映山红”一把一把地插在车架上，迎着晚风灵动飞扬，夕阳用黄昏的形式和人们告别，路两旁的农舍飘出了城里罕见的炊烟，真是“又见炊烟升起，夕阳照大地”的诗情画意的真实写照。“动人春色不须多”“春在枝头已十分”，踏春、寻春，“年年岁岁花相似，岁岁年年人不同”，真正的春天并不随季节的更替而离去或再一次来临，她从来都潜伏在人的内心深处，在某一瞬间跳出来，温暖着我和你。

十、青春的眼泪是甜的

书一本一本的念着，课一节一节的上着，其实生活中不可疏忽的一课是：常常安静下来，听听自己内心的声音。

如果您还未有过这一课，请补上这一课，什么时候都不晚。

雨纷纷的清明到来了，贝妮还有几个月就要大学毕业了，她们整个那一届毕业生当中的佼佼者正在紧张而忙碌地排着一出话剧《象牙塔下的故事》，这一出戏是作为"五四"青年节时，献给母校毕业大礼时的汇报演出，同时还将在省内各高校巡回公演。该剧通过描述一对青年男女在火热的大学里相遇、相知的大学生活和爱情故事，展示了改革开放后一代青年知识分子"身在学堂、心系天下"的理想和斗志。

这部话剧的体裁是杂糅的。有幽默的相声似的对白；有清新的散文诗；有动感的青春圆舞曲；有时尚的流行音乐……这部话剧汇聚了J大艺术方面的顶尖人才，省内两位知名的艺术家也应邀加盟，J大著名的两位学者、教授也客串了其中的两位角色，一位是还其本色，出演剧中一位桃李满天下的教授，一位角色反差极大，出演一位穷困大学生的家长、连火车都没见过的山里的农民，赵大宝演一位食堂大师傅，出场两次，没一句台词。范伟出演门卫就一句台词："同志，你找谁？"为此，他还借了一副老花眼镜，用镜腿挂住耳朵，眼镜和眼睛成四十五度角，说这样做的一切都是为了更好地刻画人物形象，一大堆跳健美操的毕业班的"老姑娘"为谁排第一排，谁排第二排吵得不可开交。朗诵诗的李志坚每次彩排都用自来水把头发和皮鞋擦得水亮，若是赶上下着濛濛春雨，他就不打伞从宿舍步行至礼堂，有一回在大家排练时，大礼堂的顶部的不知什么地方藏着一只老乌雀，他声情并茂地一句“啊”，老乌雀对应地叫一句“啊”，如此反复五六次，整个礼堂都笑开了锅，贝妮当仁不让地出演了女一号。

另起一行，王新雨是这部剧的编剧之一。

演出获得空前成功，每场演出下来，比预定的演出时间都要超出二三十分钟，这主要是观众鼓掌的时间和次数太多了，这其中还有赵大宝和范伟的临场发挥的原因，赵大宝事后说是为了更好地配合打饭的动作，自己给自己加了句台词，“孩子，多吃点，你们可都是祖国的花朵啊，毕业后，祖国的花朵就要成为祖国的栋梁了。”说完这句话，不光台下笑，台上也笑，大家得出的一致结论是：这位食堂大师傅的形象和言语严重地脱离生活；范伟在说完“同志，你找谁？”后又加了一句“请一下登记（应该是请登记一下）”，好在参演的其他同志都没有乱发挥，剧中所阐述的求学的艰辛、青涩的爱情、同窗的友谊、教师的风范、火红的青春、美好的生活这一切的一切，都引起当时的广大师生深深的共鸣和思索。

现在很多栏目都强调与观众的互动，其时，王新雨算是最早涉足这一领域的鼻祖之一，话剧的结尾部分他们设计了男女主人公的几种结局：有天各一方，就此分手；有有情人终成眷属，共同创业；有爱情、友谊之间的互相转换……观众可以上台来结合剧情的发展，自由评述，此举一出，总是把整个的演出推向一个更高的高潮，观众们对由贝妮饰演的女一号的演出印象颇深、赞不绝口，认为她美丽而又智慧、善良却不软弱。同时又对剧中的男女主人公的命运非常关心，大家都上台来献计献策，为人物命运的走向做了缤纷多彩的安排。常常引得热心观众乙不能苟同热心观众甲的意见，热心观众丙又全面否决甲和乙的意见，台上争完，台下还要辩个不停。

剧中的人物我们可以来安排他的结局，生活中的人谁来安排他的走向？

从“五四”公演起，到往后的两个月的时间里，各大高校的操场上、宿舍内、饭桌前，谈得最多的话题就是话剧《象牙塔下的故事》，只是每每有人谈到“演得真是太好了”，只要王新雨他们寝室的人在场都会加上一句“关键是写得太好了”，如果有人对这个话题感兴趣，他们就一定会围绕着编剧的才华、创作思路谈得昏天黑地。直到被人认出或识破为止。

老王卖个瓜瓜，还得自卖自夸呢，王新雨写个本本，也得让他自写自夸吧。

最后一场演出的时候，贝妮下台了。

下台了？怎么回事？亲爱的读者莫急，听我娓娓道来。

这场演出是在省内文学艺术方面最负盛名的高校——艺术学院演出的，本来人家学院的很多节目通常都是在省里各个高校庆典和重大活动的时候才应邀前来演出的，从来没有过邀请省内其他院校来他们学校演出的先例，他们院校的节目还常常在首都北京获奖，过去、现在、包括将来的很多文艺界大腕都出自他们院校，可他们学校耐不住广大师生的强烈反映，还是请J大的这个剧组走进了他们的艺术殿堂。

带着一种“二流学者进北大搞讲座”的心情，J大来到了艺术学院。

由于此前该剧的强烈反映，整个大礼堂座无虚席，演出一开场就把观众带进了一个全新的视听空间，笑声、掌声此起彼伏，王新雨在一个角落里看着艺术学院的几位泰斗级人物也发出了由衷的笑声。

“你不能这样，”这是贝妮的台词，她背着身向台前走去。

“每个人要到达心中的目标必须有坚韧的毅力和正确的方法。”贝妮在安慰失意的男主人公。又背着身向台前走了两步。

“如果方法错了，我们会离自己的目标越来越远。”贝妮按照设计好的台词和步伐连走了四步。

坏了，艺术学院的演出舞台看上去挺大，可纵深并不长，本来这是王新雨精心设计的台词和动作，贝妮每每走七步都会在观众的惊叹声中在舞台边立定，起到“悬崖勒马，回头是岸”的喻意。

可这一回，贝妮的步伐太大，再加上有前面十几场成功的演出经验，她一不留神从舞台前沿掉下去了。

“哦，啊！”观众一声声惊叹，到底是大学生，素质都不错，并没有什么人起哄，可王新雨就非常担心了，一是贝妮的伤势，二是演出只进行到一半，他们又没有什么A、B角的配置，这如何是好。

一分钟后，贝妮拒绝了任何人的搀扶，踉踉跄跄地回到舞台中央，用手掌擦掉了嘴角的血迹，整了整头发和衣服，眼里淌着眼泪，一字一句、斩钉截铁地对着男主人公说：

“如果你一意孤行，你将来的生活就会像我现在一样摔得很惨。”

全场为贝妮的机智爆发出一阵掌声。

掌声稍停，贝妮又是惊人一语：

"即使跌倒了也没有关系，你一定要像我一样，要有重新回到舞台、面对生活的信心和勇气。"

全场再一次爆发出雷鸣般的掌声。好一个机智勇敢的贝妮，她的伤势不会有问题吧，现场反映这么快，这与长期跟王新雨在一起受到的感染和熏陶有关吧。

接下来的演出依然精彩纷呈，很多男观众看贝妮的眼光都有点灼热了。

刚一谢幕，王新雨和很多人一样等着贝妮的返场，让她再一次接受掌声和鲜花，艺术学院的院长在台上和王新雨握手的时候告诉他，贝妮已被他们校医院的人给接走了。当然他还握着王新雨的手说：

"小伙子，不简单啊，年纪轻轻，写出这么大的一部剧啊，才华横溢、才华横溢。"

贝妮卧床半月，第一次体会到了"艺术的道路是坎坷的"这句话的深刻内涵。

人生的道路何尝不是如此呢？

贝妮带着身上浅浅的伤和满心的愉悦和四年的大学风光，静静地告别了象牙塔，台上的夺目和深夜的苦读交相辉映在她的脑海里，她的大学是美好的，众多男士的追求，出类拔萃的学业，丰富多彩的大学生活，万人瞩目的舞台形象，和王新雨"金童玉女"的最佳组合，她的大学好像没有什么遗憾，人家都为毕业分配而急得心急火燎，她却怀着美丽而有点复杂的心情等着签证，大洋彼岸的五光十色吸引着她这颗年轻的心，妈妈的不舍和对新雨的牵挂不时地又跳出来构成了她美丽的等待心情中的复杂成分。

汽笛声声，声声汽笛仿佛在催促这一对离别的人们，深深的夜色和车站独特的离别的氛围包裹着王新雨和贝妮，子夜的火车就要把贝妮和新雨的思念一起带走，火车将载着贝妮去往北京，她再从那飞往美国洛杉矶，在加州的一所大学里攻读“比较文学”。他们分别的时间就在新雨读大四时的深秋。

深秋初冬的月亮是离别的月亮，在皎洁的月光下，在冰凉的月台上，贝妮和新雨一次又一次地告别，珍重说了千遍，想念叙了万语，面对面的倾述，眼与眼的交流，心与心的感悟，这一切都是可望而不可即的奢望了……

原以为赴美的征途是漫长而遥远的，可这一刻就在眼前，泪水已模糊了贝妮的眼睛，并让王新雨也泪满前襟，青春怎么会有眼泪呢?青春何曾有过眼泪，青春的眼泪不是甜的吗?

许多年以后，王总听到了一首歌，歌名是《秋天不回来》。

那一晚，贝妮的妈妈辗转反侧，难以入眠，贝妮是她的宝贝女儿，女儿从“哇哇”啼哭的第一声起到读完大学时止长至22岁的光阴中，从未与她分别过，特别是在贝妮读大学的日子里，她的儿子在外地工作，她的市长先生整天忙得不可开交，基本上回来是倒头就睡，每天贝妮妈妈都是守着电视度过，每周六晚上她都要依在家属院门口的栅栏上等着贝妮伴着晚霞一块回来，那也是贝妮妈妈最幸福的时光，女儿调皮地评着她做的菜肴，欢快地述说着校园的所见、所闻、所感，三句话不离“新雨”这个小伙子的所作所为，而如今，这一切都将过去，女儿就要一瞬间从她身边飞走，而且一下是万里之遥，将来的日子里，贝妮都要在月圆霜冷的早晨或深夜里想家、流泪、思乡。

为了实现自己的梦想，当然就有各种各样的痛苦，女大不由娘，让她开心地去吧。

这一周，王新雨对其他事情是用“心不在焉”的方式来度过的，上课他有点提不起精神，下课他感觉浑身乏味，打球，他怎么样也使不上劲，晚上，他很久很久才能入睡，这也难怪，王新雨从对贝妮在时的对贝妮信息的全了解，到对贝妮现在离开后的对贝妮的一无所知的“信息真空”，这其间的反差实在太大，王新雨常会想：“贝妮飞抵洛杉矶了吗？”“她已经办好手续上课了吗？”“她会被一个黑人欺负吗？”“她应该一切都好吧。”“她已经在一间温暖的小屋里，开始写好一段思念新雨到极致的话并发出了出国后的第一封信”……

王新雨和贝妮的相识也是在祖国的秋天，那一晚，王新雨深深的沉浸在他获得“最佳辩手”的喜悦中，这是他在J大的第一次隆重的亮相，想不到是这般出彩并获得如此巨大的成功，热烈的掌声几乎是他每一次发完言的必然结果，散场后的为双方参赛代表献的鲜花几乎都塞到了他的手里，连那个高傲的主持人贝妮都捧了一束献给他，“掌声和鲜花”自始至终地缠绕着他，“出名要趁早啊”，他想起了张爱玲的一句话，并体会到了其中意义。

王新雨在秋水湖畔伫立了一会儿，在月夜下独享了一下成功的喜悦，抬起腕来想看一下时间，他那块“庐山”牌手表却不在它常工作的手腕上，王新雨想起来了，开赛之初，为了更好的看清时间，他把表摘了下来放在桌前就再未戴上它，现在离比赛结束有一刻多钟了，不知图书馆报告大厅锁门了没有，这块表可是妈妈高一时买给他的，一直陪伴着他度过了整个的高中生涯和大学初始的这段时光，得想办法把它找回来。

王新雨从秋水湖畔的一侧起身，上了秋水湖畔的“晓月”桥，准备往图书馆去，另一个靓丽的身影也上了“晓月”桥的另一端，看样子准备往男生宿舍而来。

“王新雨，你好，我正准备找你呢。”二十分钟前在台上的贝妮的身影和声音一并向他走来，传来。

“你好。”王新雨有点不太好意思叫贝妮的名字，还想往前走，去找他那块表。

“这是你的表吧，我看你比赛的时候把表摘下来了，比赛结束了，你好像不记得了，我就替你收了。”贝妮把那块暂时离开了王新雨的手表物归原主了，月光下，带有夜光功能的“庐山”牌手表熠熠生辉。

“谢谢。”王新雨还真有喜出望外、喜上加喜的感觉。

“本来是想明天给你拿过去的，可怕你晚上找不着表了一是不方便，二会影响你此刻的愉悦的心情，王新雨，你的表现太好了，简直可以用‘完美’来形容，我们学校得了冠军，你个人又是整个南部地区高校的‘最佳辩手’，王新雨，你真棒。”

“谢谢啊。”王新雨有点不好意思地说。

“怎么在台上妙语如珠的你，在台下就这一句‘谢谢’。”贝妮有点娇气地问。

“让我怎样感谢你呢，当我走近你的时候，我原想收获一缕春风。”王新雨开始发言了。

“怎么讲？”贝妮很想独享一下王新雨的口才。

“你却给了我整个春天。”王新雨背了一首《感谢》的诗。

“哇，真不错。”贝妮说。

“在秋夜里你给了我整个春天，还给了我一块手表。”王新雨又说。

“哈哈……”贝妮笑弯了腰。

“光谢还不行，要请客啊，既拿了大奖，又拾回了手表，一定要请客。”

“行啊，你看什么时候？”

“实话告诉你，本姑娘现在连晚饭都没顾上吃。”

“Me Too.（我也一样）”

“Let's Go.（走吧）”

两人并肩向校外走去。

“胖瓜”酒店还在营业，“胖瓜之子”正在看书，那时候的酒店不像现在的酒店这样开得很晚，有的还通宵营业，J大北路的店基本上晚八点一过就打烊了，因为这么晚出来吃饭的老师学生较少，如果店开着生意又少的话，加上电费、人工会很不划算。“胖瓜”酒店可跟别的店不太一样，因为“胖瓜”的家就在酒店后面的一室一厅，“胖瓜”的孩子常常温课到较晚，“胖瓜”一合计，干脆让孩子在酒店的大堂看书，他自己兼任厨师、服务员、收银员一职，总能把电费赚回来吧，他这一招还真不错，晚上还总有一些人在那进餐。

贝妮和王新雨进了雅间，王新雨还是第一次和女同学单独吃饭呢。

“贝妮，”王新雨是第一次叫贝妮的名字显得有点难以启齿。

“嗯，”贝妮大方地答应着并鼓励王新雨说下去。

“你今天的主持真棒，场上、场下，观众、评委、选手全部被你调动了，打一个不恰当的比喻，你真像一位一流的大厨烹制了一桌精美的菜肴。”

“哈哈，见物说物，真是厉害，来吃饭，就把我比作一流的厨师，厨师再好还得仰仗你这个最出彩的主菜呢。”

“贝妮，听说很多男生排队请你吃饭，你怎么会没吃晚饭呢？”

“这可是咱们的主场，像你们这些辩手都发挥得这么出色，我这个主持人可得好好准备准备，别一片乌云破坏了整个蓝天。”贝妮并未回答王新雨的这个问题，接着说辩论场上的事。

“哈哈，应该是一朵白云给蓝天增色不少。”

“哈哈，我就一个劲地在那结合现场，发挥自己的想象力在那准备台上的串词，一下就发现时间来不及了，连妆都是马马虎虎画的。”贝妮说着轻抚了一下自己的脸。

“无论你是着妆还是不着妆都是一样的美丽，不着妆时是先天的‘天然去雕饰，清水出芙蓉’的自然美；着妆后有一种后天的‘欲把西湖比西子，淡妆浓抹总相宜’的高贵美。”王新雨把辩场上的风采延续到了饭桌上。

“哇塞，是真的吗？新雨。”贝妮已经把王新雨简称为新雨了。

“你跟每一个女孩都这么说话吗？”未等王新雨回答，贝妮又追问。

“老实说，长这么大我还是第一次这么单独和女生说话。”王新雨笑着说。

“哦，你这样的才华横溢，这样的风流倜傥，哦，新雨你才大一呢，我负责任地说，明天你的名字将响遍J大，刚才我来的路上，一路都是听着女生议论‘王新雨、王新雨’，到时候你可别不记得你贝妮姐姐了。”

“咱俩谁大还不知道呢？”王新雨说。

“当然是我大，我是70年初的，我大二，你大一，学姐我是当定了。”贝妮有了点母爱的样子。

“我也是70年的，不过是年尾的，好吧，我敬学姐一杯。”王新雨举起了茶。

“这还差不多。”贝妮也举起了一杯茶。

“同在70年代，贝妮，我们应该有许多相似的生活经历和共同的感悟啊。”王新雨站在时代的高度开始说话了。

“对啊，新雨，我们应该接受的是共性的教育，你怎么这么有个性，还有你是学理的，怎么看了这么多的书，而且运用的特别到位，你看，在辩论场上，你对许多问题都有着那么独特的见解，有一种‘透过现象看本质’的感悟，现场那么多掌声正是因为你的发言引起了大家深深的共鸣。”贝妮一口气说完这通话，仿佛又回到了刚刚结束不久的辩论赛赛场，眸子里有点闪闪发亮了。

“本是同年生，有话漫漫叙。”王新雨稳重地说。

“哈哈，听君述衷肠。”贝妮双手托腮，又添了一份清纯。

“多看了点书，多了一点思考。‘窗前明月枕边书’是我过去、现在和将来的生活意境。”

“哇，再加上‘红袖添香’，就十全十美了。”

“你这个‘红袖’也添点菜给我吧。”王新雨笑着举起了一只碗。

“哈哈，新雨，你坏死了。”贝妮添了一大勺菜给王新雨。

“我记得是初中快毕业了的时候，春风越吹越暖，我和小姐妹们明明早就心里痒痒了，却硬着头皮按兵不动，互相观望，最后都快放暑假了，实在熬不住了，才约好第二天同时穿裙子，谁说话不算数谁是小狗。"贝妮天真地说起了她还是小女孩时的想法和举动。

"哈哈，你们应该是最后一拨这样的女孩了，就像我们是最后一拨穿白衬衫、蓝裤子过六一儿童节的男孩了。"

"想起了过去，又喝了第二杯。"王新雨笑着又一次举起了茶杯。

"哈哈，美酒加咖啡，一杯再一杯。"贝妮也举起了茶杯。

"作为学生时代的你我，除了清风，就是明月，美酒加咖啡那是以后的事。"王新雨说。

"哈哈，那现在呢？"贝妮又问。

"茶水加口水。"王新雨看着自己的茶杯说。

"哈哈，一杯再一杯。"贝妮又一次举杯。

"有一句话是这么说的：'伟大与平凡之间，原本没有惊天动地的界限，只是一个普通人在普通的生活中，有了独特的思考，有了大量的阅读，有了美轮美奂的妙笔。'"

贝妮单手托着下巴，听得已经入了神，雅间里的灯泡闪了几下，彻底地暗了下去，贝妮大叫一声扑在了王新雨的怀里，她并不慌张，黑暗中她用手勾住了王新雨的脖子，粉嘴寻觅到王新雨的嘴唇，他们学着电视上的样子接了一个天长地久的初吻。

这一次停电是正合时宜、恰到好处啊。

这"胖瓜"酒店的四处漏风的雅间应该第一次聆听这么精彩的对白、第一次掩护这么缠绵的初吻，第一次见证这么美丽的爱情吧。

这一幕刚刚才下王新雨的眉头，又一幕却上了王新雨的心头。

足球场上龙腾虎跃，足球场外人山人海，南部地区高校联赛的总决赛在J大与K大之间进行，王新雨大一的时候，两个高校就在辩论赛上交过手，结果J大稍胜一筹，获得了冠军。这回，人家来势汹汹，放出风来，要用“腿上功夫”教训教训J大的“嘴上功夫”。

由贝妮领衔的J大女子健美操队，把现场气氛点燃到了沸点。贝妮着红色健美衣，黑色健美裤，长长的波浪头发随风飘扬。随着动感的旋律，刷的一声静止，场下爆发出了一阵又一阵的掌声。胖胖的校长，在一群人的簇拥下，来到了球场中央，为决赛开球。一抬腿，球未踢着，眼镜却掉到了地上，引起一阵友好的大笑。校长边退场边说：“我年轻的时候……”

K大着白，犹如水银泻地，J大穿红，好似火龙出海。王新雨的臂腕上挂着队长的袖标，那一年王新雨大三了。

一交手，对方果然实力不俗，后卫防守剽悍，中场组织严密，前锋速度奇快，一上来就反客为主，对J大实施压迫性打法，开场十分钟，K大趁J大立足未稳就进了一球。又过了十分钟，对方打J大的反击又进了一个。才二十分钟，K大就取得了“梦幻开局”，刚才还人声鼎沸，锣鼓喧天的赛场，现在已鸦雀无声，赛场上静的有点可怕。难道J大就要在自己的主场与冠军擦肩而过？

“加油、加油，J大加油、王队加油！”贝妮率领她的女子健美操队，率先打破了场上的沉寂。紧接着震耳欲聋的加油声，此起彼伏地响了起来。六面大鼓同时擂响，有震天动地的感觉，J 大这时也迅速地稳住了阵脚，全力地向 K 大的阵地进行反击。

这时候球星的作用开始体现了。

J 大后卫的一记大脚解围，胡乱的飞到了王新雨的附近，他要停住球非常困难，于是，王新雨因地制宜抬起右腿，伸到左腿膝关节的后面，用右脚外侧一垫，再一个转身，对方一前一后夹击王新雨的两名中场队员，被王新雨轻松地晃过。拿好球，新雨向对方禁区奔袭，有三名后卫队员呈丁字形布局，正虎视眈眈地候着新雨，一名健壮的上来阻截，两名高大的一左一右协防，新雨只能把球传回自己的后场了。

"要诱迫他铲球"，王新雨作出了这样的想法和举动，当新雨带球离防守他的正面队员还有五米时，新雨故意把球蹚大了一点，那小子果然上当，奔着球一个卧铲，在他倒下的一瞬间，新雨把球往左边轻轻一拉，让他和草坪亲密接触去了。一左一右两位高大的后卫有点慌了，这种类型的后卫，正面是很难突破的，新雨把节奏一调整，上身两个虚晃，躲掉左边后卫的防守，用右脚一记穿裆，把球从右边后卫的两腿之间穿过，面对守门员，新雨从容地一记重炮，将球射进了网窝。

关云长千里走单骑，过五关，斩六将，也不过如此吧。

所有的欢乐犹如海啸般爆发，王新雨冲到角旗区附近摆了一个很酷的造型，现在的说法叫 POSS，他有一种自己在主宰青春命运的骄傲，队友们冲过来把新雨拥住，新雨远远地看见贝妮和那一群姑娘在欢呼雀跃。

战场形势瞬间万变，J大围着K大的球门，狂轰滥炸，可光开花不结果，K大在全力死守，时间在一分一秒地过去，最后，J大的攻击越来越没章法了。

还有最后一次机会，禁区前J大获得了一次任意球的机会，王新雨凝神定气，用“黄金左脚”打出一记“世界波”，终场前，J大逼平了K大。

连一向稳重的校长都从主席台上站了起来，举起双手，大声欢呼，“与民同乐”了。

加时赛在考验双方的意志中过去，窒息的点球决战来临了，前四轮大家都是射进去三个，最后一轮出场的是双方队长，K大的队长集万千压力于一身，一抬腿，放了个高射炮，全场的注意力全部集中到王新雨身上，新雨一身汗水，英姿勃勃，迎着春风，带着全校师生的重托和希望，一记推射，几乎把所有静止的人都从场外引领到了场内。

饭盒全部扔掉了，身上的毛衣或外套全部抛向了天空，还有一部分同学的眼镜不知去向，新雨被几名队员架在肩上绕场一周，所到之处，全是热情的掌声，灿烂的拥抱……

青春啊青春，美好的时光。

举起奖杯，迎接暴风雨般的掌声，一种“我与天公试比高”的豪迈荡漾心间。

这样的大学有多美啊，这样的一天让新雨终生久久回味。

一些同学的眼镜找不着了，朦胧地过了好久，许多同学的饭盒摔得不成人样了，个别的找不着碗的，只能到食堂去吃“手抓饭”了，贝妮的那件由她亲手编织的与新雨对应的毛衣，在那一瞬间抛向天空后也不知去向，新雨沉浸在无比的兴奋中，竟从未好好地安慰她一下，还说“衣不如新，人不如故”嘛，我永远都在你身边。

世上有永远吗？

拥有时我们不知道珍惜，年轻时我们不懂爱情。

王新雨在回忆与贝妮的往事中过了两周，这一天的中午，王新雨躺在自己的小铺上正用一本席慕容的书盖住脸庞以挡住折射进屋内的阳光，班上的生活委员把一封信塞到了他的手里，王新雨一个猛子跳起来，又迅速地落下蚊帐，展信读了起来。

我心中的雨：你好吗，

提笔给你写这封信的时候是洛城的晚上，我想此时应该是故乡的早晨，离开学校几月，离开你几日，离开生于斯长于斯的故乡了，在人生的长河里，我把青春的一段流向了这里，再回首去捧掬她，22年的故乡时光竟然全部静止在今天这个呼啸寒风的异域的夜晚。不是说，忧伤和思乡是在客乡的第一夜开始的吗。

昨晚我又做梦了，梦里全是母校的轮廓和你的音容笑貌，真是“梦里不知身是客，醒来依稀故园中”，我的母校，我的雨，你们都好吗？

洛杉矶，我想国人对她是有感情的，新中国参加的第一次奥运会就是在这座美国的西部城市举行的，这座城市曾给了我们一个无比欢畅的少年的暑假，新雨，还记得我们聊儿时趣事吗，你说那时每天早晨起来的第一句话就是：“今天又得一枚金牌。”我也深有同感，我还记得你背给我听的那句广告词呢：“国手进军奥运会，海鸥飞往洛杉矶”，雨，你快点飞来吧。

时令虽已入秋，初次抵美几天，我还是感受到了加州阳光的温暖，洛城的辽阔和我们加州大学的风采，洛城由很多的卫星城组成，看到洛城的第一眼，除了繁华、整洁、有序外，那就是洛杉矶的树了。

这座城市是树的博物馆，棕榈树直入云天，亭亭玉立；桑树冠盖如云，叶大如斗；柏树排列如墙，看家护院；我屋前的橘树花繁叶茂，果实满枝。让人产生“城市之大，树为灵魂”之感。可这一切，没有你，对我来说又有多大意义呢。

新雨，什么时候我和你驱车沿着海岸线，在一边是山一边是太平洋的高速公路，走过整个加州；在太平洋的浩瀚声中，在一处风光旖旎的地方，肩并肩看落日的余晖许下傻傻的心愿；什么时候我们去好莱坞在日落大道下观景，在星光大道上数脚印，在影城里一起尖叫看假的鲨鱼血淋淋地向我们袭来；到时候你要丢掉我不管，我就立马嫁给救我的老外……哦，对了，还有芝加哥的夜色，旧金山的海港，快来吧，王新雨，快来，新雨，快，雨。

当然，这一切都要等你在家里好好完成学业，新雨，凭你的智商和才情我想也是很快、很简单的事，我在这里自作多情的想，你要把想我的有限时间换做无限的学习时间里去，就像我一样想你的时候我就读书，读书以外的时间我就想你。

别忘了我们初识时的约定，我还要在加州大学当你的学姐呢。

我在这一切都挺好的，时差我已倒过来了，入学手续已经办好，昨天我还见了我的导师，班里有一个上海姑娘，全班男生没一个有你帅的，这下你该放心了吧。可我不放心的是你身边那些纷飞的女孩，无论是谁乘虚而入，你都要以一个“HUSBAND（丈夫）”的高标准、严要求来约束自己，好吗，新雨。

天凉了,要多穿衣,冷暖时时记在心头,吃完饭不要马上去踢球,踢完球不要马上去洗澡,洗完澡不要马上在操场上走,听话,新雨。

好了,就写到这儿,记得给我回信啊,信里除了不许说想我,必须要有三件事:一、你对发生在自己身边的一件事的独特看法;二、你原创的一句精典的妙语格言;三、一本大陆最流行的小说的内容简介。哎,新雨,我连你的回信都提要求是不是让你烦?烦就烦吧,烦恼的女生肯定会给你带来女生的烦恼。

向你的兄弟们问好,他们一声一声"嫂子",叫得我心里好不喜欢。

但愿是:你心里的妮

匆匆草于 即日 美国 洛城

整个下午没课,那一天又是周末,寝室的兄弟或归家、或访友皆一一不在,平时喧闹的寝室今天有点静得出奇。王新雨把这封信从中午读到黄昏,又从黄昏读到深夜,他入校快四年了,好像是第一次没有吃晚饭,不吃晚饭的原因不是因为悲伤,也不是因为欢喜,他也不知道是为什么?王新雨一次次从床上坐起,在桌前摊开一摞稿纸写下片言又撕掉,写下几行又扔了,平时如泉涌的文思今天怎么总难浮起,"美利坚,等着我","贝妮,等着我"这两句话时时的撞击着他的胸口,直到他思绪万千的蒙蒙胧胧地睡去,睡梦中他又被贝妮的哭声突然惊醒,醒来一看还是自己孤身地躺在自己的斗室中。

贝妮离去的一个月时间,大学里最后的一个圣诞节火火地来临了,过圣诞节已经在九十年代的初期开始在中国流行起来了,大学是引领流行元素的一个地方。

圣诞夜也称平安夜，这是耶稣诞生的那一晚，一群在旷野中看守羊群的牧羊人，突然听见声音从天上传来，向他们报耶稣诞生的喜讯，这就是“报佳音”。

这一天，千千万万的欧美人风尘仆仆地回到家中，圣诞夜必不可少的节目是PARTY或聚会。许多人聚在家中，享用丰盛的晚餐，然后围坐在炉火旁，弹琴唱歌，共叙天伦之乐，当子夜时分的大弥撒在午夜结束时，此时，正好圣诞节来临，常常伴随着教堂的钟声，敲响了对世界的祝福。

王新雨躲开了班上、室友等人的邀请，他在平时火暴，今晚却很冷清的图书馆的角落里看书，文科大楼的教室里不时传出热烈的掌声，那是很多班在搞“圣诞晚会”，王新雨眼前的书上的字一个都进不了脑海，他索性合上书，往寝室走去。

4栋门前的梧桐树下站着一个人，等王新雨慢慢走近的时候，她从树影下闪了出来，充满爱怜地叫了一句“王新雨，是你吗？”

“是我。陶桃老师，怎么是你？”王新雨在夜色中有点吃惊地问。

“我在文科楼、文科食堂，你的宿舍找了个遍，都没发现你，你怎么这么用功，今天还去图书馆看书。”陶桃老师看到了王新雨手中的书。

“随便翻翻，陶老师，有事吗？”王新雨看着陶桃老师。

“哦，也没啥事，陶老师想让你陪着去文科食堂看看，不影响你看书吧。”

“哦，好，那我们去看看。”王新雨把书塞进了大衣口袋，两人往由文科食堂临时组装成的舞厅走去。

舞厅门口树着一个火红的“圣诞老人”，舞厅内外张灯结彩，整个舞场是平时客流量的三倍，形成了人满为患、步履维艰之势，全校会跳舞的可能是都出来了吧。

疯狂的“迪斯科”开始了，舞池里少了许多人，陶桃老师拉着王新雨下了舞池，王新雨也脱去了大衣，两人随着动感的节奏拼命地摇摆起来。一会儿，王新雨就汗流浃背了，但一种从未有过的舒畅和通透浸满了全身。

“暂时的离别意味着永久的相聚。”陶桃老师透过震耳欲聋的声响对着王新雨说。

“思念可以换一种表现形式，比如说快乐也是一种思念的方式。”陶桃老师又边蹦边说。

“我，我们要看到以前的王新雨。”陶桃老师对着他的耳朵叫。

一行眼泪又湿透了王新雨的眼窝，这行甜甜的眼泪取代了青春里所有苦涩的眼泪。

十一、光阴的故事

“发黄的相片、古老的信以及褪色的圣诞卡，年轻时为你写的歌，恐怕你早已忘了吧，流水它匆匆带走了光阴的故事，改变了两个人，就在那多愁善感的青春。”刚才为我们声情并茂地演唱这首《光阴的故事》的同学是物理系三年级的同学刘康。

这首歌，刘康唱了三年，第一次演唱是他在系里举行的迎新晚会上代表他们班的新生上台演唱的，刘康因为初次登台，再加上他本身比较胆怯，等他脸红脖子粗、自始至终没往台下望一眼的自弹自唱完这首歌回到台下的时候，边上的同学就问他是怎么回事：怎么抱着吉他上去，过了一会儿又抱着吉他下来？原来他唱歌的声音太小了，刘康的吉他弹唱是在自弹自唱的基础上还多了一个“自听”。

因此，刘康不敢报名参加他入学第一年的校园“五四”歌手大奖赛，第二年他在赵大宝他们的张罗下经过了3栋门口的“练兵”，顺利地通过了预赛，但在决赛时他弹唱这首他平时熟得不能再熟的《光阴的故事》竟然紧张的忘词了，那些熟悉的歌词怎么也从他嘴里蹦不出来，搞得他只好用“啦啦啦啦”的这种旋律结束了第三段，幸亏主持人贝妮帮他解围说刘康同学弹的吉他旋律优美，第三段不唱歌词，就是让同学们在旋律中静静地体会光阴的故事，光阴的可贵。

这一回，可是歌声优美、旋律动听，如潮的掌声已经说明了这一点。“歌声中我们品味着光阴，光阴中我们要有歌声，感谢刘康同学为我们带来了这首维美的《光阴的故事》。"这是接过了贝妮的话筒的新任主持人思佳的点评。

"蛮子"刘康因为长相凶狠，头发较秃而得这一外号，长相有点凶，那是先天所造，不能怪谁，头发较秃就怨他自己后天的"努力"了，那是高三暑假的时候，他把家里洗手间的一瓶"洁厕剂"当成洗发水对着自己的头洗了半个月，而且洗完后，他的头发发出了很好闻的味道，直到有一回他妈妈跟保姆吵架，怪她打扫卫生"洁厕剂"用得太多了，他才反应过来，可他都已用了半个月，这也就造成了他头发较秃的结果。

刘康是家里的老小，上面有两个哥哥，均间隔两岁，这是按年龄排序，如果初来他们家的人赶上他们三兄弟都在家的话，一定会把刘康认做老大，二哥还可以确定的认成二哥，大哥则要认成小弟了，刘康父母都是本市大型厂里的工人，现已退休。老大、老二都接替父母的工作，先后进了厂，刘康是家里唯一的大学生，一家人宝贝似的宠着他呢。别看他在学校做不了啥主，可在家里，一家人都经常等着他拿主意，碰到邻居家有啥事，他妈妈常挂在嘴边的一句话就是："我崽是大学生，等我回来问茄(他)。"

刘康同学绝大部分时间很老实、很本分，只是在这书生满目的菁菁校园长得有点另类，有点让人畏惧三分，刘康偶尔凶狠的时候是谁无理取闹的欺负了他的同学或室友，尤其是他的"心中偶像"王新雨时，他才会"凶相毕露"。刘康学习很勤奋，成绩在系里数一数二，又有点艺术才能，平时也爱不声不响的热心助人，所以，他的人缘不错。

"再来一首，再来一首。"赵大宝领衔鼓完掌后，又再那大叫，刘康竟然在台上站定了没有下去，按规定主持人点评完他唱的歌后，他朝台下一鞠躬就可以体面地离开了。这可是“五四”校园歌手大赛的总决赛，每位参赛选手只能按照自己报送的歌曲唱一首歌，并由评委现场打分，全部总决赛的十二位歌手一一唱毕后，再评出“一等奖一名、二等奖两名、三等奖三名”等六位歌手，剩下的歌手则全部获得“校园优秀歌手奖”，刘康要是加唱一首歌，评委怎么评分呢?这后面的比赛都不知怎么进行了，这就得看主持人思佳的现场调配了。

思佳看着愣愣地站在台上的刘康也有点愣，一边是台下高呼“再唱一首”的观众，一边是还想再唱一首的刘康，她用什么方式让刘康潇洒而不是尴尬地下台呢?思佳脑袋里想着招，嘴里已发出了音：

“同学们，我们欢迎刘康同学在即将到来的毕业晚会和不久的明年举行的‘歌手’大赛上再来一首，好吗？”

“好。”赵大宝看自己闹得有点大了，赶紧转场，并带头叫好。

只有刘康还傻傻地站在台上，对着他唱歌的话筒说了傻傻的一句，

“真的吗？”

“哈哈……”全场爆笑。

“当然。”思佳一笑，并对着刘康侧点了一下头，刘康才恋恋不舍地告别了舞台。

“好，下面请评委亮分……”

坐在后排的贝妮轻轻地点了一下头，她为思佳的机警而赞叹，同时，内心有了一种“长江后浪推前浪”的欣慰。

丽丽和方芳自那次春游后，成了无话不说的小姐妹，用“4-402”的一句话来

说，是兄弟们跟兄弟们在一起玩，“媳妇”们跟“媳妇”们在一起玩。这一天，她们相约来看演出，一年一度的“五四”校园歌手大奖赛那可是J大每年上座率最高的一场赛事，你可以不爱哲学、不喜欢文学、诗歌、不愿看闹哄哄的球赛，你总不能不热爱唱歌吧，年轻的学子谁不在课余饭后哼上两首，以泄心头之闷、以解心头之快。

刘康“赵传式”的登场以他低沉、浑厚的男中音把整个大奖赛一开场就推向了高潮，并引起了在座的学子对“光阴蹉跎”的感叹，“流水它匆匆改变了一个人，流水它匆匆改变了两个人，流水它匆匆改变了我们。”每个人是主宰着光阴，还是光阴的奴隶呢？

学生时代大家还想得浪漫，走向社会后，我们是主宰着金钱，还是金钱的奴隶呢？

光阴流逝中，方芳长到了二十一岁，打她小时候，晚上家里的客厅就老聚着左邻右舍一拨人看电视，她们家可能是方圆几里第一个买电视的，《加里森敢死队》每周只播一集，那一集播出的时候，街面上可以说基本上看不到一个人，连路上偶尔行走的人都飞快地往家里跑，那时她的父母都在外贸部门工作，老能买到世面上稀缺的一些物品，晚上、周日的家里老是来些亲朋好友，拿着丝袜、录像带、外烟、打火机之类的东西眉开眼笑地的离去。

方芳小时候唱着“我爱北京天安门”在家属院的门口跳橡皮筋，那扎着蝴蝶结在两根橡皮筋上飞来飞去的身影成为了“小院里的一景”；她还会“踢房子”，把一块小石头可以高难度地从“1”号房间一口气踢到“7”号房间，而且能不踩一下线；“丢沙包”更是她的强项，她还有一个绝活是“海底捞月”，就是在跑着躲“沙包”的过程中突然回身把“沙包”给接住。方芳的成绩小时候一直很好，“双百(语文、数学都是一百分)”她从一年级到五年级一次都没落下过。方芳一直是院子里其他家长教育自己的孩子时，必须举出来的正面的典型形象，“你看看人家方芳。”这句话常在家属楼里飘过。

芳香的手帕、工整的作业本、好闻的橡皮，这些都是她的附属物；男生流行的纸折照相机上，画的是以她为蓝本的头像；“为革命，保护视力”是她在领着全班同学做眼保健操；每天校园的广播里会传出她“升旗、降旗”的甜美的声音；每年秋季的9月1日是方芳站在主席台上代表全校同学发出“做一个‘五讲四美三热爱’的好学生”的倡议，方芳充实而风光地度过了她的初中时代。

方芳进入高一的这一年，父母先后被派往国外，她就跟着姥姥和小姨生活，开始了她多思、拼搏、有点迷茫的高中时代。街角的老字号照相馆里摆出了一张那时还比较少见的她披着纱巾的彩照，下面还有一行落款“少女的心思”，常常有街上的小混混围着玻璃橱窗在那七嘴八舌的猜什么是少女的心思?少女会有什么心思?她收过好多男生递过来的小礼物，有一回，一个隔壁班的男生还悄悄地塞给她一本红色封皮的笔记本后，扭头就跑，方芳羞涩地翻开笔记本，扉页上题了一首诗：“你像天上的太阳、星星、月亮……”

“扑哧”一声，方芳笑了起来，直到大三的这个晚上，听着《光阴的故事》她才想明白，太阳、星星、月亮恐怕是不会一块出来的，所以他们也不可能在一起。坐在旁边的丽丽有点莫名其妙地看着她，因为台上、台下没有啥好笑的东西，丽丽就悄声地问：

“方芳，你怎么了？”

“哦，没啥，说来话长，丽丽，咱们看节目吧，王新雨怎么还没登场？”

“哦，那还早着呢，他是上届的冠军，按惯例应该是最后一个闪亮登场，上届的二等奖得主黄楠南还没上呢。”丽丽显得对演出的套路非常熟悉。

“哦，你别说思佳的主持还挺好的，与贝妮不相上下啊。”方芳看着台上流光溢彩的思佳说。

“就是妆化得不好，一只眉毛高，一只眉毛低。”丽丽有点酸的说。

“这么远你也看得出来。”方芳有点吃惊。

“哪里，思佳在寝室化了一个下午的妆，我都帮她参谋了一个多小时，我说了粉底不能打得太厚，天气又热，灯光一照，汗流下来你就成了‘五花脸’了，看看，思佳听了我的，轻饰粉面，这效果不错吧，还有，我让她把睫毛刷长来，你看这灯光一打，是炯炯有神啊，眉毛这事我没把好关，就给弄成这样了。”丽丽像一位首席美容师一样。

“哈哈，整体还不错。”方芳小声说，因为她看到前排有人回头了。

一首首歌轻轻唱过，在我们年轻的岁月中，歌声纷扬，又把我们拉到了刚刚过去的昨天。

“南风吹了，玫瑰红了，会考的季节又来到，妈妈要我考会考，考上大学把门楣光耀，会考我会好好考，可是我如果失败，请你千万不要怪我，亲爱的妈妈，听我说句真心话，成功的路儿不止一条……”

“当我们幸运地坐在象牙塔内，幸福地聆听这动人的歌声时，我们都要知道成功的道路千万条，只要不懈的努力，成功就在不远的前方等着我们，感谢图情系的歌手给我们带来了这心灵深处的回忆。”思佳的点评相当不错。

当一位图情系的歌手唱起了这首《成功的路不止一条》，方芳的思绪又回到了她不愿回到的高三。

高二的时候，方芳选择了报文科班，同桌的男生是一个大眼睛的男孩，叫王华，王华的学习成绩在班上是数一数二的，他们也像当时所有的男、女同学一样在桌上划了一条“三八”线，谁的胳膊过界，谁就会被痛击之。方芳痛击过偶尔过界的王华几次，可王华对屡犯边境的方芳从来都没阻击过，连提醒都没有，搞得方芳后来有点不好意思了，每一次轮到他俩值日，都是王华包揽了主要工作，打水、扫地，把教室打扫得几乎一尘不染，而方芳只要配合一下王华把每一组的桌椅对齐就行了。方芳的成绩和一些女生一样，到了高中就有些下滑了，特别是数学，平面几何方芳是学得不错的，但到了立体几何、解析几何她就有点困惑了，她脑海里只有“长、宽”的平面概念，常常会漏了“高”这个立体概念。

王华就常常帮她，在课间十分钟的时间里，王华耐心地、细致地讲着她没太听懂的例题，剖析着曲里拐弯的难题，巩固着数学基础知识，方芳也确实长进了不少，学习也重新赶超上来了。

高三的上学期一开学，方芳就没有看到王华的身影，一些同学来问她王华的去向，她也反问着同学，一周以后她听老师说，王华因为父母工作的调动，转学到了另一个城市。

一句告别的话都没说，到现在为止，王华和她互无音信快四年了，不知这个“五四”的属于青年的夜晚，王华在哪一座象牙塔下或读书、或歌唱、或遐思。

高三的那个学年，班里也没重排座位，也没转来其他的同学，方芳就一人一桌地有点孤独的读完了整个高三，并在热得喘不上气的“黑色7日”参加了高考，她离录取分数线差了十分。

方芳的父母在高考前夕都从国外赶了回来，当公布高考分数线后，全家人围绕着她的何去何从开展了轰轰烈烈的大讨论，是复读？是当兵？是参加工作？还是随父母出国？这时候有个好消息传来，政策规定对离分数线十分以内的应届高考生，可以自费上大学，而且费用也不是太贵，毕业以后与公费生一样都是干部身份，国家包分配。父母问方芳的意见，方芳当然是想早一步跨进大学的门槛。

入了大学，方芳满心喜悦，学校里对待像她这样的一小批自费生的待遇和公费生是一模一样的，只是宿舍没有安排到3栋，但学校还是给她们提供了租金很便宜的“女儿楼”，方芳在住进“女儿楼”的第一个晚上就喜欢上了这栋宿舍，她在这里住得很开心，“女儿楼”虽没有3栋的群芳争艳，但也没有3栋的良莠不齐，她们这里的不到二十位女生，个个精致漂亮，互相见了都有一点自卑感。

在这里，方芳也算是收获了她的事业、爱情，她入学的第一周，就在“女儿楼”前的通知栏里看到了一则校广播站的“招聘广告”，广告的内容和3栋门前的如出一辙，都是讲校广播站要招聘一名普通话标准、嗓音甜润的女播音员，希望广大女生积极响应、踊跃报名。语文课朗读范文是方芳从小学一直干到高中的事，高一的时候，她们班的语文课面向全市的兄弟学校搞公开教学课，老师指定她朗诵课文《荷塘月色》中的一段，在安静的教室中，背对着后面满满一排的市教委领导和前来听课的教师,方芳毫不怯场,索性是在那背诵,当方芳悦耳的女声把"这几日心里颇不宁静,傍晚在院子里坐着乘凉,忽然想起日日走过的荷塘来了,在这满月的光里,总该另有一番样子吧……" 的意境念得美得不行的时候,那一瞬间一教室的人都醉了。当然,方芳也毫无例外地当上了J大的女播音员,渐渐地她都是台柱子了。

方芳每周都要去"英语角",一是爱好,二是为自己将来的出国打下语言基础,一来二去她注意到了有一位经常耸肩、用"哼哼"的鼻音来回答问题,其实不是大舌头,但常卷着舌头说英语的人,一了解,他是外语系的李永强,"考托福,国外有个富商伯父"是他经常说的话,见到他后,方芳有了一个创办"双语栏目"的想法,在这种想法得到校方的支持后,她大胆地找到了李永强,并在工作和学习的接触过程中,产生了革命的爱情。

光阴如流水,一去不回头,故事不算多,宛若平常一段歌。

"《明天你是否依然爱我》这首当前最最流行的歌今晚也要在我们的J大上演了,为我们唱响这首歌的是去年的'银奖'得主数学系的黄楠南同学(一阵热烈掌声),楠南同学,Will you still love me tomorrow?(明天你是否依然爱我)"思佳对着正在台上对台下频频招手的"高佬"黄真情地发问。

"哈哈……哦,哦。"台下在鼓掌、欢呼。

"Of course(当然)."“高佬”黄对着话筒向大礼堂的观众回答。

"哦,哦"全场掌声响起。

"No,还不够,我要你'Will you still love me tomrrow'(明天你是否依然爱我)"说到这,思佳做了一个全场停顿。

“And long long long(直到永久、永久、永久)”

“哦,哦,哦。”全场掌声雷动,又众声齐呼。

“Long long long”现场互动和欢乐的氛围达到了极致,连一直对思佳有点不服的丽丽这一回都口服心服外带佩服的鼓红了掌,叫破了嗓。

“午夜的收音机,轻轻传来一首歌,那是你我早已熟悉的旋律,在你遗忘的时候,我依然还记得,明天你是否依然爱我。”

明天他还爱我吗? 今天我们爱着吗? 昨天我们是怎么相爱的?

丽丽是在小县城长大的,但人家问起她是哪儿的,她一般只报出管理她们小县城的上一级的市,现在好了,一句“我是J大的”就把所有人的来龙去脉通通掩盖掉了。

丽丽出生在一个“医生之家”,父母都是县医院的主治医生。他们是医学院的同学,大学毕业后,响应“面向农村、面向基层”的号召被一块分配到了小县城所在的乡医院。丽丽的童年确切地说还是在“稻花香里”的童年度过的,直到她读小学的时候,父母才双双被调到县人民医院,可是“英雄莫问出处、红颜莫问来处”。丽丽从初三起,就有这一辈子要当个“女强人”的世界观和人生观。女排刚拿世界杯的时候,她盼望着自己快长个,好早一点接“郎平”的班,实在不行她当“孙晋芳”打二传也行。后来她学了生物知道自己的身高和父母的遗传有关,她就打消了这份念头。不久,报上传来“马艳红”夺得世界体操冠军的消息,丽丽又一天到晚搬自己的腿,看它们的柔软度怎么样;张海迪的事迹报告让她彻夜难眠、刚学化学的时候她又无限崇拜居里夫人;学校包场看电影《火烧圆明园》意在培养大家的爱国情操,她却有点羡慕那个过去的玉兰从秀女成长到“慈禧太后”的过程，当然还有点嫉妒当时就已红得发紫的“刘晓庆”阿姨。

可能是医生的孩子吧，丽丽从小就对人生有着别样的认识，她不像其他小女孩那样喜欢扎堆，叽叽喳喳跟在别人后面议论着长短，没有主见地说着看法，《追捕》一上映，大家羞涩地说着喜欢“杜丘”，丽丽大大方方地说为什么不可以让“杜丘”喜欢她，女孩子们都笑话她，说她在班上长相和成绩都没排在前十名，怎么可能让“杜丘”喜欢她。丽丽就问什么排名，人家就告诉她男同学“黑蛋”那里有个排名表，女班长排名第一，女学习委员排名第二，你连小组长都不是呢。丽丽当即就找到“黑蛋”，要他立刻修改排名表，或者是撕掉排名表，否则，她就立刻告到老师那去，吓得“黑蛋”赶紧当她的面掏出排名表，一撕了之。这是丽丽读小学五年级的事。

丽丽的长相和学习也像一个男孩的成长过程，她起先真是个“黄毛丫头”，人见了还有点嫌，到了小学毕业的时候长得不讨人厌了，到了高中毕业的时候在全县城考上大学的那拨女生里面，她算是长得最标致的了。她拿到录取通知书那天，县长还接见了他们县里考上大学的这批人，县长鼓励他们要好好读书，毕业后争取回来支援家乡建设，其他同学都被县长的讲话感染得热血沸腾，纷纷表态毕业后要回来发展家乡。丽丽坐在座位上想：“大学毕业后，我一定要争取留在省城。”

丽丽的学习也是这样，小学时中等，初中时中等偏上，初中毕业时，家里还差一点让她报考“小中专”卫校，因为那一年她父母的医院正好有个照顾职工内部家属的降分指标，他们医院有几个医生的孩子也面临这一情况，大家都为这事把院长家的门都踏破了，丽丽一开始不知道这个情况，中考临近填志愿的头一天，父母和她进行了一次长这么大以来的第一次正式谈话，历数他们抚养她和求人的艰辛——院长总算是把这个指标让给她了，希望丽丽报考“小中专”，家长本指望平时看来很听话的女儿爽快地答应下来，谁知丽丽放声痛哭，哭过后深刻地指出家长的错误有三：“一是抚养她长大是家长的责任和义务，不应该掉在嘴边说，就像爱孩子是母鸡也会的；二是为这件事求人是傻子，他们两人的资历、职务、职称都比那几个医生强，院长如果要把这个指标给别人都还得跟她父母商量，怎么还范得着他们去求院长，白白的欠人家一个人情；三是太不相信女儿的实力，连一次考大学的机会都不给她。”

她这一番哭诉把她父母都说得惊呆了，半夜她起来方便，看见父母的房间还亮着灯，父亲语重心长地说：“丽丽说得对，我们都没考虑这么多啊。”

高中的时候，丽丽的成绩上来了，尤其是数学，她是班上唯一一个和几个尖子男生抗衡的女生，高二分班的时候，老师都鼓励她报理科，可她却义无反顾地报了文科，丽丽知道自己的数学好、还有就是记忆力好，而物理、化学却一般，数学好正好在文科班里可以显出优势，她多拿点时间对付对付外语、历史、地理，事实证明，她的选择又一次是对的。

踏入国内知名、省内著名的高等学府——J 大，丽丽才知道了“山外有山、花外有花”，那些缤纷的都市女孩，一个个集“美丽、智慧、气质”于一身，尤以在她就读的外语系，那简直是“鲜花的海洋”，她们寝室更是“名花齐聚”，丽丽还真有点不太相信自己了。

很快，丽丽又找到了自信，因为她虽然是从小县城来的，但她绝不是“小县城里的智慧”，可以说她是“小县城里走出的思想家”，她想一个知识女性的综合素质应该有美丽、智慧、勤劳、气质几个方面，“美丽和气质”她暂时还差一些，那就靠“勤劳和智慧”来弥补吧，学生时代大家不用比，比学习、比打扮、比谁舞跳得好、比谁歌唱得好，比谁的男朋友帅，比谁的男朋友更有钱，比谁对爱情更忠贞……比这些，都是傻傻的、靠不住的，要比的是五年、十年以后，谁在小汽车里想着去什么地方美容、等会出席晚宴穿什么衣服；谁在骑着车一身臭汗地往回赶，等会到菜市场买什么样的菜。丽丽脑海里常有一副这样的画面，毕业一些年后，她跟思佳在街角的拐弯处邂逅了，她正雍容华贵的享受生活的滋润，而思佳却面容憔悴地承担生活的煎熬呢。

在光阴的成长中，女人要越来越美丽，最后过一个诗情画意的晚年才没有虚度光阴啊。

这个晚上，丽丽怎么把昨天、今天、明天的事都想了个遍呢。难道歌声使人怀旧、让人面对、催人遐想吗?

“在光阴的故事中，我们渐渐地成长，在成长的道路上，我们知道成功的路不止一条，对爱情我们坚定明天你一直爱我，并希望在橄榄树下逢着一位丁香似的姑娘……”思佳的一席话引来了此起彼伏的掌声，这鼓动的掌声一方面为思佳的妙语，一方面是献给准备出场的王新雨。

“去年的橄榄树不知还留在人们的心目中吗?反正这棵橄榄树已在我的心中生根、发芽、开花、但还未结果。”思佳正在煽情热场。

“哈哈……”全场笑声、掌声此起彼伏。

“因为我和同学们都在等着他再回首，掌声请出我们的王新雨。”

“哦，哦”赵大宝把双手合十举在空中像打蚊子一样的鼓起掌来。

“主持的真棒，现场调动气氛也是一流的，窜词温馨而幽默，说话煽情而不艳情，又让人浮想联翩，‘我们的王新雨’说得多好啊。”贝妮由衷地赞叹。

“再回首，背影已远走；再回首，泪眼朦胧，今夜不会再有难舍的旧梦，曾经与你有的梦要向谁诉说，曾经在孤孤单单反反复复中追问，才知道平平淡淡从从容容才是真。”

平平淡淡从从容容是真的吗？风风光光紧紧张张是假的吗？那为什么人们要放弃唾手可得的平淡从容？紧紧张张追求虚假的风光呢？

那一日远足归来，丽丽把“4-402”寝室的兄弟们作了一个比对，王新雨太出彩，而且他尽可能低调，但骨子里躁动的才情让他身边的每一个男人都相形见绌，让他身边的每一个女人心猿意马，这号人物将来一定能像学生时代那么风光无限，所向披靡。王新雨让男人会有一种“是男人都嫉妒”的感觉，可他又能迅速地把这种“嫉妒”转换为友谊和威望，他年龄应该不是他们寝室最大的，可大家无形中都把他当“老大”，你看看他的说话、表现和举动几乎是无懈可击的，在阿萍面前衬着范伟，补着赵大宝的台，不时还照顾一下沉闷的刘康的情绪，说着黄楠南和思佳的好……少年而又显得自然的老成，他的将来一定会飞黄腾达、前途不可限量；黄楠南是个“花心大少”，手里捧着如花似玉的思佳，眼睛还在贝妮、阿萍身上扫来扫去，更气的就是看了我一眼，又看了方芳三眼，情场太花哨的人不可能有太大的出息；陈晓春太精明，说话办事基本滴水不漏，连开玩笑的话都要在肚子里转几圈再说出来，但陈晓春的精明都在脸上，而且智慧是属于“小巷里的思维”，他的将来应该是出道很早，起步很快，但官做不大，钱赚不多；再看看赵大宝以后顶多是个“玩得转（各方面都有熟人）”的人；李永强很小气，难有大的作为；刘康太内向木讷，这以后可是个竞争的社会；范伟有点马虎、显得很不成熟。当然，人都是一分为二的，把他的缺点堆起来，他可能是只苍蝇，把他的优点摞起来他就有点像雷锋叔叔了，这些人的本质都挺好的。

丽丽看人还有三分准呢，只是有点偏激，要知道除了人尽皆知的王新雨，她与这些人也就活动过两回，一回室内、一回室外。不过这两回，丽丽长二十岁加起来的笑声总和都比这两回笑声的一半还少。

跟他们在一起开心死了。

4 月 1 日是西方人过的愚人节，在此之前，丽丽去过“南华文学社”听过两次讲座，文学社的社长李志坚的风度吹开了丽丽紧闭了二十年的少女的心门。早春的 2 月，李志坚穿着黑呢大衣，戴着蓝格子围领坐在主席台主持活动的形象让丽丽一瞬间觉得她见到了心目中的“白马王子”，如果有一天，她挽着李志坚在生她养她的小县城走上一圈，见见她的父母、过去的老师和同学、七大姑八大姨们，还不把大家给羡慕死；阳春的 3 月，穿着蓝色毛背心、白衬衫的李志坚坐在第一排的背影把紧坐在第二排的丽丽看得有点魂不守舍，更吸引人的是丽丽已经装作无意、实则有心地打听到的李志坚的身世：父亲是一名位高权重的厅长，妈妈是一家大公司的副总，李志坚是家里的独子呢。当然，丽丽可不是势利的女孩，她不是冲这些喜欢（现在只能说单相思）上李志坚的，有了这些“光环”当然更好。

愚人节之后的几天又是丽丽的生日，在3月最后一天的小雨里，丽丽鼓动了全寝室的女生，精心地策划了在“愚人节”这天，贴出结交“友好寝室”的小告示，男生宿舍向女生宿舍征集“友好寝室”的事情屡见不鲜，女生寝室向男生寝室发出召唤的在J大还是头一回，告示一发，应者云云。果然，丽丽在众多应征寝室中喜出望外地等到了李志坚这位信使，并说出“王新雨”就在这间寝室而让全体姐妹们一致要求立即签约“4-402”寝室。她自己又通过晨遇、Party(聚会)，郊游和李志坚的友谊进一步加深了。

“我们校园歌手大奖赛的帷幕即将落下，就像开场夜幕降临时，我们晚会的序幕即将拉开，我想在座的同学们和我一样，谁都不愿让这委婉动听的旋律戛然而止；谁都不想让这绕梁三日的歌声结束 。可生活总是一幕接是一幕，美好的时光总是短暂的，但它不可能是静止的，让我们相约等到明年的这一天。”

十二位走进决赛的歌手一一返场，一起拉起手来向老师和同学们深深地鞠了一躬。

在观众阵阵的掌声和恋恋的目光中，思佳用小提琴拉起了一首动人心弦的曲子《友谊地久天长》，全场开始了深情的大合唱。

“老朋友怎能忘记那过去的好时光……”

“祝各位老师、同学们晚安。”思佳的处女作主持表现得相当好。每一个人都怀着有点依依不舍的心情告别了校园大礼堂。

校园大礼堂始建于王新雨他们入大学之前的二十年，是全校师生举行盛大集会的地方，每年一度的迎新生大会和毕业生大会都在这里举行，磨得发亮的椅背上不知坐过多少轮男男女女，它见证着憧憬和惆怅。另外还有像英模报告会、先进表彰会、学校大型的文艺演出等等都在大礼堂进行过，每周六晚它那里还会上映一部电影，像最近播出的电影《一半是火焰、一半是海水》当中的男主角的故事得到了“高佬”黄等人深深的共鸣。

今天的校园大礼堂又一次成了思佳、王新雨、黄楠南、包括刘康等人的舞台，大礼堂年年依旧，上面的角们“各领风骚三五年”，过去的学姐可能比她们还出彩，将来的师弟可能比他们还出色，但这有什么关系呢?青春过，辉煌过，并且在辉煌过后的暗淡中还不嫉妒别人的辉煌，这就够了。

当帷幕落下，偌大的舞台上只剩思佳一个人的时候，思佳流泪了，虽然这里不是“CCTV”的舞台，但也是万千学子争相渴望踏上的地方，而且她的表现根据现场反应和她的自我感觉来说是非常好的，简直可以说大放异彩，虽然她的出彩比王新雨、贝妮来说要稍晚一些，像他们在大一时就已名扬全校了，可思佳也还刚刚大二吗。今天她的登场还要好好感谢贝妮姐姐呢，一开始主办方校团委一口咬定要贝妮主持整场的“五四”青年校园歌手大奖赛的总决赛，让她站好“毕业前的最后一班岗”，贝妮反复推荐了思佳，校团委说场面太大，派思佳这个新人压不住阵，贝妮就坚持认为思佳行，说新人总要有锻炼的机会，而且她马上就要毕业了，学校以后总要启用新人，几番工作，校团委终于拍板让思佳主持，正是贝妮的急流勇退和鼎立推荐，才有了思佳这青春伊始中最灿烂的一晚。

思佳刚上场时，腿肚子直打哆嗦，声音有点发颤，事先准备好的几句台词不知被她扔到什么地方去了，几千双眼睛都望着她呢，一开场气氛的好坏可以说决定了整场演出的一多半，她努力的平静了一下自己“砰砰”乱跳的心，又轻抖了一下小腿，一瞬间“敬爱的老师们、亲爱的同学们，今晚的夜空是如此的璀璨，今晚的校园是如此的美丽，这一切都是因为我们即将陶醉在美妙的歌声中……”脱口而出了，而且嗓音由第一句的微颤自然过渡到圆润、甜美。

“哈哈……”台下一阵讪笑，思佳想自己的说话没有任何问题啊，坏了，是不是自己的裙角飞扬了，她用余光一扫发现自己一身红得像火一样的连衣裙完美的包裹着自己青春的胴体，裙角自然贴在膝部，没有任何问题啊。思佳选穿这一套款式比较前卫的连衣裙登场，目的就是要用“火辣”的青春形象来区别于贝妮留给J大人民一贯的“清纯”的形象。她的眼角的余光这一扫，思佳发现刘康已经冒冒失失地扛着吉他上场了。

思佳和参赛的十二位选手之前有过彩排，这十二位选手的出场顺序是按预赛和历届比赛的成绩由低到高排定的，按照他们彩排时的约定，只有当思佳报出歌手的名字或参赛曲目时他们才逐一登场，尤其是第一位选手，他要等思佳念完开场白，把场子热一下后再登场。可对第一个登上决赛场的刘康来说他却有点急不可耐了，在他候场的地方，他的耳边老是回响着“下面请刘康同学出场”这句话，当此语回响到第三次的时候，刘康仿佛真听到了思佳说出了这段话，他把吉他一背，就雄赳赳地从思佳身后出场了，观众也没明白是怎么回事，可刘康走到距离话筒一半位置的时候，吉他的背带又突然脱落了，刘康怎么扣也扣不上去，他只有一手扛着吉他，一手托着背带来到了立式话筒前，也由此带来了观众的一阵嬉笑。

丽丽的开场白才起了个头，她还要介绍一下到场的嘉宾评委呢，这恐怕得要几分钟的时间，总不能让刘康在台上傻傻地站几分钟吧，评委等刘康唱完了歌再介绍，自己准备的台词要根据台上、台下的现场情况来调整，思佳立即做出了决策。

“我们的歌手和我们的观众一样，都想马上唱起和聆听这美妙的歌声，连他的吉他都挣脱了这背带的束缚，想和我们一起分享这动人的歌声。”思佳手持着话筒边说边来到了刘康的身边，一抬手“卡达”一声很自然地把斜挎在刘康面前的吉他给扣上了。

全场一阵热烈的掌声掩盖掉了刚才不大的嬉笑声。

“请跟着他的歌声一起回到从前。”思佳把舞台交给了刘康。

歌手和歌名都不介绍，思佳干脆把悬念留到刘康唱歌结束的时候。

“这次开场策划得真好。”一些不明真相的人小声议论。

“思佳的现场反应真行，可以说是临危不乱啊，而且舞台造型、嗓音都不错。以后全校大型会演的主持人就是她了。孔明之后有姜维，贝妮之后有思佳，江山代有人才出啊。”校团委的负责人心里想。

“‘春寒’不觉晓。”“高佬”黄把一件带有烟草味的薄衫披上了思佳的肩头。

思佳偎依着“高佬”黄走在刚刚还被退场的人群搞得喧闹无比，而此刻却是寂静幽雅的小路上，他们迈着求索的脚步，一语不发，都在体会刚才成功的喜悦。

“来杯加啡（不是咖啡）。”

两人在校园的小路上走了个来回，最后都心有灵犀地走进了“蓝鸽咖啡屋”，“高佬”黄先幽了一默。

“哈哈。”服务员和思佳都笑了。

“来，本方丈祝贺你这个‘主持’首持成功。”“高佬”黄端起了咖啡。

“哈哈，别出心裁、妙语如珠的祝贺啊。”思佳也端起了咖啡。

“一任群芳妒，思佳，今天晚上你太出彩了，如果把我们学校的姑娘们喻作百花，你就像一朵菊花，有一句诗怎么说来着，‘待到秋来九月八’，下半句是：菊花和别的花比怎么样、怎么样了。”“高佬”黄想把溢美之词一个劲地往外蹦，但在古诗词这块卡壳了。

“待到秋来九月八，我花开后百花杀。”思佳是有几分诗词底蕴的。

“对对。思佳就具备这种能力。”“高佬”黄连连点头。

“那是赞赏菊花，不许用来说思佳。”思佳纠正道。

“思佳，我注意到了你在台上有三次会心的微笑。”“高佬”黄很严肃地说。

“哦，是吗？哪三次？”思佳很认真地问。

“一笑倾班、再笑倾系、三笑倾校。”

“哈哈。”

“四笑倾黄。”“高佬”黄说着装作往后倒去。

“哈哈，好了，楠南同学，我们不聊今天晚上我俩所谓的‘辉煌’，因为它离得太近了，就在二十分钟前吧，我们还来不及咀嚼它，更别着急地回味它，这样吧，一周以后，此时此地我俩再聚，好好分析一下台前我们还有哪些不足，幕后我们还要怎么准备，好吗？”思佳看来是想平静一下自己的内心，省得一经吹捧，忘了自己是吃几碗饭的。

“好啊，谢谢思佳给了我第二次握手的机会。”“高佬”黄赞许道。

“现在离打烊还有半个小时的时间，我们聊聊小时候，聊聊那时的山、那时的水、那时的人、那时的事，这样吧，本姑娘出一个命题作文，作文的题目叫《记一件难忘的事》，作文的叙述中要囊括自己的家庭、成长、初恋、感动这四大要素，说一说光阴流逝中自己的感动。”思佳看来思考这个问题很久了，她也一直想和“高佬”黄之间互相增进了解。

“啊，这不是文章的四要素吧，写文章应该是‘时间、地点、人物、事件’，行，我就依思佳的，那凭我的才气，再看看我‘数学家的思维’、‘文学家的底蕴’，那我是张嘴就来啊，我就先抛出我自己这块‘砖’，再引出你思佳这块‘玉’吧。”“高佬”黄一口气没歇就说了一大通。

“我出生在一个万恶的旧社会，”“高佬”黄用低沉的声音开了头。

“哈哈……”思佳笑得差点把咖啡喷到“高佬”黄脸上。

“哦，不对，是我的父母出生在旧社会，我，我经历的难忘的事太多了，让我好好想想啊。”“高佬”黄在思考。

“还是我这块薄‘玉’先说吧，到时候好引发你这块厚砖。要不这样，咱们一人一段，夹叙夹议，分‘童年趣事、中学时代、大学你我’三个段落怎么样？”

“那可就不是记难忘的一件事了，而是难忘的N件事了。OK，女士优先，请开始吧。”

思佳开始了敞开心扉的叙述：

“本世纪70年代初，我出生在一座大山里，但我并不是一个农民的后代，我的父亲、母亲都是‘三线厂’的，那可是特大国有企业，厂区里有一万多人，占地面积可能有J大的两倍还多呢，里面医院、电影院什么都有，我就是出生在那里的厂办医院的，你可比小看我们那厂办医院，它比市级医院还要有名呢，方圆几百里解决不了的疑难杂症，可都是往这里送。小时候，天是那么的蓝，水是那么的清，像我们这种在‘农村中包围的厂区’当中成长的童年，在睡梦中既听过‘稻花香里’的蛙鸣声，又听过车床里马达的轰鸣声；儿时的玩伴既有厂长、高工的孩子，还有鲁迅先生笔下‘闰土’似的伙伴，就在我和这些伙伴玩得忘乎所以的时候，爸妈突然在我三年级暑假快结束开学的前两天，从邻居红红家找到我，并让我坐上那辆我爸上班时用的‘伏尔加’牌小汽车一路风尘地往省城驶来。在我印象中，我还是第一次也是唯一一次坐我老爸的车呢，这是怎么回事啊？两天前，我刚从省城的外公家回来，还是老爸的同事去省城出差带我回来的呢。路上，妈妈跟我说，要我去参加一场转学考试，如果考取了就要转到省城的重点小学去，她说，思佳啊，别看你是厂子弟学校的第一名，考省城的重点小学可不是闹着玩的。我一听‘呜呜’大哭起来，妈妈赶紧说万一考不取那也没关系，但女儿，妈妈相信你。我说是不是我考上了就不回厂里了。妈妈点点头，又说没关系，我和你爸会经常来看你的。我说我着急的是我有很多‘糖纸’放在了红红那里，这下可怎么办啊。”

“哈哈，你考取了吧，那些‘糖纸’红红最后还给了你没有，思佳。你的倾诉勾起了我并不遥远的回忆啊！我童年最愉快的一件事就是把收集到的香烟盒摊满一竹床。一个人或一群玩伴在那欣赏、遐想呢。我最羡慕的就是我们家巷口摆烟摊的那个老头，我想我是他就会把香烟盒里面所有的香烟都扔掉，把香烟盒全部铺平展开摆在水泥地上，让院里的小孩都来尊重我。”

“哈哈，小时候我们都不知道牵挂人，只知道想着物啊。”思佳感悟道。

“对，每次我一回家还没到门口，奶奶就会说‘楠南回来了’，要知道她的耳朵可背得很啊。有一次，我吹着口哨骑着车往学校去，无意中回了一下头，看到了阳台上奶奶那双慈爱的眼睛，要知道我奶奶行动不便视力模糊啊。”“高佬”黄是少有正经地说。

“到了我们老的时候，应该是只想到人，万物皆空啊。”“高佬”黄也发出感悟。

“我考上了省城的重点小学、重点中学。我经过激烈的思想斗争让妈妈把糖纸转赠给红红了。我平时就住在外公家，外公是师范大学音乐系的教授，在他那里我学会了拉小提琴。”

“难怪你的小提琴这般委婉悠扬，原是系出名门啊。”

“该你了。”思佳点着“高佬”黄。

“啊，我已经说了不少了，好，跟你说说我惨不忍睹的过去。”

“哈哈，要实事求是，不能拔高自己打击别人。”

“我出生在一个搞文艺的家庭，父亲是文联搞创作的，母亲是剧团的演员，都在本地有点名气。我还有一个妹妹在文艺学校，算是接他们的班了。从小我就能说会唱，模仿什么像什么。有一回，当时我也就六七岁吧，我模仿我们那院里一个孩子家长的声音，在那大叫：“细毛，死回来，细毛，死回来。”吓得那个叫“细毛”的屁滚尿流地跑回家去了。

“哈哈，你这么淘，干嘛搞这种恶作剧呢。”思佳笑着问。

“‘细毛’和几个孩子在一个小朋友家玩‘我们都是木头人’的游戏，我不知啥原因跟‘细毛’吵了起来，‘细毛’的爸爸是剧团里的武生吧，打起孩子的凶狠闻名全团，我就用这招戏弄了‘细毛’。”

“哈哈，不应该，哎，楠南，那个‘我们都是木头人’的游戏我小时候也玩过，我们重温一下吧。”

“好，我想想啊，好，预备开始。”“高佬”黄发出了指令。

“我们都是木头人，不许说话不许动。”

两分钟后，“高佬”黄撑不住，先动了，他就被罚继续讲故事。

“你说我都有这水平了，可父母就不让我接触文艺，在我依稀的童年记忆中，父亲因为写东西母亲因为说错了台词都写过检查，现在我才明白过来，这可能是他们不让我接触文艺的原因吧。当然，这跟他们处的时代和环境有关，小妹比我小三岁，也是先天的骨骼清丽，爸、妈也没怎么反对她学文艺，小时候还经常让她登台呢，可这也没什么，我就上了J大最老牌的数学系，说不定以后，‘一个文艺家倒下去，一个数学家站起来呢’。”

“哈哈，陈华先生，我敬你一杯。”思佳举起了咖啡。

“陈华？”“高佬”黄有点不解。

“你将来可能是陈景润和华罗庚先生的结合体啊，文艺家有‘艺名’，我想将来的数学家一定有‘学名’啊，所以，我就预先帮你想了个。”

“哦，取得好，我敬陈夫人一杯。”“高佬“黄也庄重地举起了咖啡。

“哈哈，讨厌，我要讲一段‘月朦胧、鸟朦胧’的爱情故事来气气你。”

“好啊，我洗脚恭听。”“高佬”黄佯装要脱鞋。

“我想唱歌可不能唱，还有多少复习题没做，高三了。还有时间唱？老师每天都要这么讲，我就是带着这种心情走入高三的。外公虽然对我百般疼爱，可毕竟没有父母的关爱直接。父亲是厂里的党委书记，母亲是处长，一天到晚都忙得不可开交。琼瑶的《聚散两依依》和张贤亮的《早安，朋友》把我弄得胡思乱想，我喜欢上了我们班那个现在在首都体院的跑短跑的张小庆同学。那时候，每天一放学，我都要跑到校田径场看他训练，看他奔跑的英姿，我的心里就会乱乱的，一天没见着他，我的心里就空落落的。有一回，他代表我们学校去参加市里的田径运动会，我竟破天荒逃了半天课去市体育场看他的比赛，我说这些，楠南，你可别生气啊，我那时还是一个无知的少女呢。”

“我，我不生气，我生啥气，我为啥生气，生气与我何干。”“高佬”黄咚咚地喝干了咖啡。

“哈哈，我看该给这位先生来杯醋。”思佳满怀心喜。

“我从那时起到现在没跟他说过一句话，后来，我听中学同学说，他在他们体院找了个女朋友。”

“哦。那就好，那就好。”“高佬”黄长舒了一口气。

“天气不热，你怎么一头的汗啊。”思佳想递给“高佬”黄一张餐巾纸，想想，索性起身帮“高佬”黄擦了擦额头上的汗。

“我这可使的是‘美人计’，你的风流往事我可是略知一二，你说说吧。主动坦白和组织上查出来，可是两种处理结果。”

“我在中学时代还是一个一无所知的顽童，我，还有那拉着长长的身影，晃去那沉默的年华、逝去的年华……”

思佳深情地为“高佬”黄继了一杯咖啡。

“高二的时候吧，刚刚大学毕业分配来的语文老师，叫蒋敏，是个漂亮的大姐姐。那时，每半个月我们都有两节连堂的作文课，蒋老师教了我们一段时间后，把我的作文两次当作范文在全班包括在她教的另一个文科班点评过，搞得我一上语文课就精神焕发，每次蒋老师一提问题，我就把手举得比天还高。有时候，我看着蒋老师板书的背影会想入非非，有一次上作文课，只大半节课我就把作文写完了，蒋老师巡视到我身边，就捧起我写的作文看了起来，那满身的芳香把我少男的心搞得都要醉了，正在我沉醉在这芳香中的时候，蒋老师要全班同学暂停一下笔，说她巡视了整个教室，看到有的同学写了一小半，有的同学写了一半，只有楠南同学把这篇800字的议论文《莫让年华付水流》写完了，文章结构严谨、立意新颖、例证详细，结尾很有说服力，是一篇‘豹头猪肚虎尾巴’的好文章，文章的不足呢，是有几个错别字，蒋老师就拿起我的笔改起了错别字，改到第三个错别字的时候，蒋老师跑出了教室。”

“哟，怎么了。”思佳在那替古人担忧呢。

“我平时的特点是爱思考，思考的过程是咬笔帽，那支钢笔的笔帽上大概有我一年多的口水味，我的复杂的口水味把爱干净的蒋老师给熏跑了。”

“哈哈，这下好了，大才子成于钢笔、毁于笔帽啊。”

“后来，蒋老师在高考前送给了我一支钢笔，在高考后送了我一包喜糖，她结婚了。”

“太好了，蒋老师嫁人了。”思佳有点莫名其妙的高兴。

“在我的大一、大二时，确实约过不少女同学，主要的目的是展现自我，约会的方式是散步，谈话的内容是谈人生，真正有过那么点感觉的是校医院的护士叫小薇，跳过那么几次舞，她还帮过我的忙。她在我大一的时候校医院选派她去北京学习两年，在未认识你之前的3月份，我还约着赵大宝以看病的名义去医院打听过她的行踪，听说她被北京的医院留下来了，然后我就认识了冰清玉洁的你，我可以确保不会再有别的女孩来打扰我了，因为她们见到了你以后，知道什么是相形见绌。”

“哈哈，省略了好多重要细节，呀，要关门了，改天再聊这光阴的故事，或是在说故事中度过光阴。今天，只是开了个头，来为你我迄今为止最华彩、最真实的一天干杯。”

“买茶蛋波(吗)?”“高佬”黄走进男生宿舍的过道，模仿起有时混入宿舍的小贩在过道里的叫卖声，就像儿时他模仿“细毛”的家长的声音一样。

“在哪有茶蛋卖，哪有蛋卖，买茶蛋的你等一下。”七八个寝室中响起了回应的声音。

光阴流逝中，童年打下的基础还是那样扎实。

一二、今宵别梦寒

大学四年,寒来暑往,小草绿了,叶儿落了,像这四季:春夏秋冬,特点分明。

夏日的时候踏入沸腾的校园,热情如火,喜欢欢天喜地地说笑,喜欢光溜溜的脖子上套根仿造的项链,总觉得下雨的天空都是蓝色的,总觉得烦闷的午后都是舒畅的,总觉得是我们青春的热情让这个世界生机勃勃,是我们年轻人的冲动让人感到生活有一股新鲜血液在流动。我们的幻想,让黎明来得更快,我们的谈情说爱,让生命融入到七彩的生活旋律中,我们当中有悲剧吗?老迈浮士德的悲剧源于想获得青春,而我们的悲剧在于滥用青春吗?

然而青春也是不持久的,就像季节里永不是春天一样。即使春天,也并非百般美好,花鸟相鸣、蛇虫相伴;阳光明媚、烦人梅雨。春,一面让物万象更新、生机勃勃,一面让人意气风发,也有时使人昏昏欲睡,在这懊恼与欢笑交织的春光里,秋风起了,丝丝乱发在风中颤动,就有伤感的学子把自己喻作树下的落叶,还不曾芬芳,就让一条扫进垃圾堆里,只有那难得的枫叶依然红得可爱,算是对这肃杀凄凉的秋天的一点慰藉吧。

在冬天(心里的冬天),也就是告别象牙塔的时候,带着"人生过处皆成悔"的论调,希望自己像那宿舍门口那永不长高的女贞树一样,牢牢地守着我的大学,和图书馆合个影吧,又突然想着,人为什么要长大呢? 我该带着怎样的一种心情投入这外面的大千世界呢。

大学不是梦，春去又秋来，容钵依然如此，里面的汤汤水水换了不少，而季节的炭火会越烧越旺。

一熄灯，男生宿舍区一片此起彼伏的唏嘘，女生宿舍楼一阵无可奈何的叹息，个别用功的会点亮一支蜡烛，聚精地阅书，会神地听门外的脚步，以防学工委的查夜。古老的短笛和着现代的吉他，悠扬的小提琴、穷酸的口琴声毫不礼让地汇合在一处，有点喧喧闹闹的声浪给这寂静的校园的夜晚添了点响动，最终，声音都渐渐平息下去。

李永强却在这夜色中久久不能入睡，“4-402”的寝室空得只有他一个人，在过一周，他就要彻底告别这养他、住他的大学和寝室了，同学和校友们都在为毕业、找工作、离别、分手而忙碌着，寝室的兄弟们可能也在为上述内容而奋斗，这个大四的6月的最后一个周末的晚上好像是为他孤独准备的。

其实，周末不周末对于他们这些大四下学期的学生来说已经显得不怎么重要了，下学期上了一个月的课，整个大学的理论课程就全部结束了。毕业生要做的三件事：4月份开始实习，5月份上交毕业论文，6月底前拿毕业证，7月1日之前必须离校。交回证件、退回借的书籍、转户口、领分配的报到证等手续和未尽事宜均在“校毕业分配办公室”进行。

“托福”李又一次借着月光看了看自己刚发下来的毕业证，这张毕业证算是对他还算含辛茹苦的四年大学生活的慰藉，可他身上的学生证、借书证、医疗证这三

证都被押在了校门口的"胖瓜"酒店。这几年来,他在"胖瓜酒店"那合计欠账一百二十元了,这些证件不归还,他可是拿不到报到证的,当然还有一种方式是花十块钱登报挂失这些证件也行,但这可是道德品质问题,何况他们寝室全体弟兄已经相约好了离校的最后一天要从祖国的四面八方赶回来,在"胖瓜酒店"举行大学里"最后的晚餐",并在"4-402"寝室中聊到天明。

在他和方芳谈情说爱的日子里,吃吃喝喝成了他们恋爱生活的一部分,这其中大部分的账还都是方芳结的,"托福"李也那么付过几次账,结果就把"证件"给付进去了。"托福"李几次想找方芳借钱去还账,可想想实在开不了这个口,寝室的兄弟们他至少让每个人都"赡养"过N回,唉,人是英雄钱是胆,没有钱你就惨。"托福"李不知是该为自己的清贫还是虚荣悲伤。

"砰砰"门被有礼貌地敲了几下,这肯定是"外人"了,"托福"李想准是哪个毕业班哥儿们睡不着的过来串门吧?还是学工委的查夜?他高喊了一句:

"请进。"

一束电筒光照进了"4-402"寝室,托福李借着门口的亮光一看不好,"胖瓜"酒店老板的儿子有点不好意思地站在了门口。这下好,债主上门了。

"这是你的吧。""胖瓜之子"哆嗦地抖开一张报纸,摊开里面几个暂别了"托福"李本人的证件。

"哦,我还说过几天去把这些玩意赎回来,再过两天,我家的汇款就到了。""托福"李说到,又想,还好寝室里没有别的人啊。

"大哥,我不是这个意思,我,我特别喜欢英语,你那些大学里的英语教材能不能折个价卖给我，有多的话，我可以再出钱。”“胖瓜之子”紧紧张张地说。

“好啊。”“托福”李喜出望外，他示意“胖瓜之子”用电筒照着自己的床下，他搬出整整两大摞书籍，这些都是他大学里的专业书籍，有大学英语的精读、听力等等，陪伴了“托福”李整整四年。这几天，“托福”李把大学四年的东西都想了个遍，就是没想到他床底下的书，不是“胖瓜之子”的要求，他几乎已经忘了它们的存在。当然，那些考托福的教材就在“托福”李的枕边，是和这些书籍严格地区分开来的，“托福”李奋力地拖出这些专业书，长出了一口气。

“够吗，不够我再回店里拿。”“胖瓜之子”又从口袋里摸出三张“大团结”，总计30元钱。

“够了，够了。”“托福”李把证件和30元钱紧紧地捂在口袋里，他算了一下月底聚餐的份子钱是15五块，还有15块对付这几天是绰绰有余了，真是天助我也，“托福”李有了刚才还一筹莫展，现在却海阔天空的感觉。

“我帮你拿下楼吧。”“托福”李随着“胖瓜之子”走出暗暗的寝室，穿过有灯的走廊，来到了“胖瓜之子”停在4栋门前的自行车前，“托福”李看着“胖瓜之子”推着自行车渐渐远去的背影，而后，“胖瓜之子”又在一处明亮的路灯下驻足，就着灯光翻看着“托福”李刚刚卖给他的书，“托福”李本已背着手往宿舍门口走了，他又回了一下头，忽然看到了“胖瓜之子”这样的一个剪影，也不由狠狠地握了一下口袋里的钱。

这也是一种交换吧，这是一种精神和物质的交换吧。

“知识是无价的。”“托福”李想起了这么一句话。

第二天，"托福"李起了个大早，整个宿舍走廊还有点静，他已经有快一个月没吃过食堂的肉包子了，大学食堂的饭可是吃一顿少一顿了，今儿早上，说什么他得吃它七八个大肉包。

在3楼的楼梯拐弯处他和急冲冲奔上楼的李志坚撞了个满怀，两人定睛一看，都有点慌了，他们俩倒没撞出个啥好歹来，拐角处趴着一位老太太，几件衣服散落在一旁。

老太也不是他俩撞的，按道理他们俩打声招呼，去吃饭的吃饭，回寝室的回寝室。这年头，这种躺在地上的老太可不是那么好救的，弄不好会摊上一大堆的事，但年轻人善良的本性和几年高等教育的培养还是驱使他俩来到了这个老太太的身边。

"好像是常来我们宿舍收衣服洗的那个麻脸老太。"两人同时得出这一结论，看着她，两人都想起了以前的不快。

李志坚还是立即把老太背在了身上，"托福"李帮着，两人飞快地往校医院奔去。

一通忙碌后，"麻脸老太"躺在了病床上输液去了，医生检查得出的结论是老太太因身体虚弱又过度劳累而引发的晕厥，问题不是太大，输输液，补充一下营养，静养两天就好了。

李志坚和李永强在值班室的长椅上聊着，李志坚这么一早赶回寝室来是为了拿一份诗稿，他跟编辑说好了星期天一大早给人家拿过去，李永强就叫他快去，他一个人在这里就行，李志坚说算了吧，等会抽空给编辑打个电话解释一下，要是老太太等会醒了在那闹，讲是他们把她撞昏的，他们两个人也好互相作个证。

醒来的麻脸老太对着走进病房的“两李”从床上爬起来深深地鞠了一躬，又过了一分钟，麻脸老太久久地凝视着他们，她从床上下来，“扑通”一声跪在了“两李”面前。

看看，我们把劳动人民的素质想得太低了。

“八元，考虑到你们是乐于助人，检查费、挂号费、床铺费我们都免了。另外，你们俩是哪个系的，医院会把这件事情向你们系里报告。”医生说。

“托福”李心想好事做到底，况且他大学期间虽然没做过什么坏事，但好事也没做过什么，就当他为人民做一件好事吧，他爽快地付了这八块钱。至于什么系的，就不用说了吧，还有几天他们就要告别这所大学了，做好事，咱们就不留名吧。

下午，一个胖胖的中年妇女提着个保温桶来到了“4-402”，向着“托福”李等人的碗倒出12个热乎乎的煮鸡蛋，说她是麻脸老太的女儿，“糖泡鸡蛋”是他们乡下人待客、感谢人的最高礼遇了，她又掏出一张新发行的百元钞，塞到“托福”李的手里，“托福”李说我们做好事不是为了钱，你要给钱，就把八块钱医药费给了就行，胖女人说：

“我代我娘赔个不是，这钱本来就是你们的。”说完，胖女人哭着、红着脸跑了。

“100减8是92啊，92、92，那是我几年前放在志坚西装口袋里的九十二块钱啊。”“托福”李恍然大悟，难怪书上说：“一个人崇高的行动可以感染很多人！”

我还怀疑了半天李志坚，我是多么的狭隘、渺小啊。

青春是一坯泥土，就看你如何塑造了。

作家说："一本书，可以翻翻开头，翻翻结尾，而青春这本书，只能自己一页一页翻过。"

艺术家说："排戏可以一场一场的彩排，错了你就重来，而青春是只有一次的正式演出啊，错了，特别是大错特错的话，那就注定是个悲惨的结局。"

小错呢？哲学家给出了答案："年轻人犯错误，上帝也会原谅的。"

正午的阳光有些慵懒，《萨特传》盖在陈晓春的脸上，他在草坪上舒舒服服地晒着太阳，脑海里闪过古希腊英雄说过的话："请别挡住阳光。"陈晓春就挪开脸上的书，他躺在操场上看到飞过身边的两只蝴蝶，就想："蝴蝶经过茧的束缚、蛹的挣扎，最后也飞不过几层楼的高度。"看来，后天的努力固然重要，但先天是什么"种"更重要啊。

再一想，陈晓春又纠正了自己的想法，说起"蝴蝶"，人们肯定会想到它的美丽、它的花哨，断不会有人把它和"飞翔"联想起来，用"飞翔"的高度去衡量蝴蝶的水平，那肯定是找错了评判标准和尺度，"蝴蝶"和"蝴蝶"在一起就是比美丽；"大鹏"和"大鹏"在一起才比谁飞得更高、飞得更远。

高中起，陈晓春的父母就不断给他带来，他们的熟人、亲戚、同事、同学的下一代的去向："谁谁谁的孩子考上了哪所大学、表哥都出国了、堂姐被学校保送了……"当然，他们在向陈晓春传递这些消息的同时，自己也在横向着和他们同一代的熟悉的人比，谁涨了工资，谁又提了一级，比着比着神情要么得意、要么失意。连陈晓春乡下的娘家舅舅每回来，都要把自己的几个孩子和村长家的几个孩子仔仔细细地逐一比较呢。

中国人最大的苦恼之一是熟人比自己混得好，陈晓春由此得出这一精辟结论，为了自己的苦恼少，就应该尽可能比熟人混得好。达官显贵、世界富豪这些离自己太远，比来比去就是身边这些人。眼看，四年大学即将逝去，大学里的风光只是些技能上的风光，犹如过眼云烟，现在，大家都处在同一起跑线上，五年后，十年后，二十年后呢，是谁在人前显胜、风风光光，是谁还在为生活到处奔波呢？

智者吗，总是比别人多考虑几步。

林语堂先生写的《中国人》告诉了陈晓春人文主义的精髓：第一，对人生目的的确切认识；第二，为实现这一目的而行动；第三，实现的方式是心平气和的，即中庸之道。

陈晓春的大学没有得罪一个同学。他有意地结交着他认为日后会有一定作为的人，与他们他都保持着中等偏上的关系，而且奉行“团结可以团结一切的力量”这项原则，与人交往要有“人情留一线，日后好相见”的关系，而他的情史在校内几乎是空白的，临毕业的这段时间，学校速成了好多对，有热心的同学张罗着帮他介绍对象，他都用“保持晚节”来应对过去，陈晓春心想都大四的女生了，还没找男朋友，不是自身条件太差，就是自身条件太高或是要求对方条件太高。他也不是清心寡欲到了一定境界，而源于他的动机不是寻觅爱情而是制造爱情，而且他的保密工作做得相当好。

“哪个少女不善怀春 ，哪个少男不善钟情。”脍炙人口的话，古人讲那是“功夫在诗外”的结果，陈晓春的爱情在校外。

大二上学期的一天晚上，他推开寝室的门又立刻被里面的烟雾给呛回来了，铺上倒着平时欢天喜地不知愁的“高佬”黄，床底下对应地躺着一个空酒瓶，旁边立着赵大宝和范伟，寝室里往日的欢笑氛围被异常的沉闷所取代，地板上全是烟头，陈晓春笑笑说：“今晚可以不用点蚊香了。”

“天涯何处无芳草，”赵大宝说。

“失恋吗，又不是失去恋爱的权力。”范伟也在劝。

失恋？失恋的结果是这样的，“高佬”黄不是号称“博爱”吗？怎么会失恋呢？他和谁失恋了？他失了谁的恋？

陈晓春“透过现象看本质”的在心里问？

子夜时分，“高佬”黄逐渐清醒过来，开始了他五次“失恋”的倾诉：

“我因潇洒的外形、动听的歌喉、不俗的谈吐（都这时候了，还不忘自夸）博得了一位姑娘的芳心。正当我俩互诉衷肠的时候，我见异思迁，又瞅准了和她同一寝室的姐儿们（胆也忒大了），几下殷勤，那妞更加主动，畅写一番情书递交与我，正当花开两朵之时，我中学一位旧友寻上门来，她在社会大学里蹉跎了两年，倒有校园女孩没有的‘野性美’，她约我在外面的世界尽情遨游，在一次高校联欢会上，我认识了外校的一位女孩，她竟然要我当舞伴约我去他们学校跳了几次舞，我们数学系大一新来了一位‘开天辟地’的倩女，竟也对我暗递纸条、明送媚眼，一时搅得我心慌意乱。

于是，我每天约会忙得生怕记错了时间、地点、人物。

世上哪有不透风的墙，何况是在这风平浪静的校园，何况是引人注目的我“高佬”黄。

(哈哈,一寝室劝他的人都笑了。)

先是同寝室的两位姑娘发现苗头不对,开始是求情选择,后来竟一致对敌,各写上下联:‘有缘宁可无缘 相见真如不见’掷于我的面前,拂袖而去,而那外面世界的中学同窗,一日端坐在一辆‘日本铃木’摩托车上,搂着一位中年男子向我潇洒地挥一挥手,外校同学突然向我关闭了感情的闸门,那本系的学妹也用‘我还年轻,我们都还年轻’这句话断了我‘这山望着那山高的’的念头。”

花开花谢,只有一叶枯枝在寒风中摇曳。

游戏人生,人生当然游戏他;戏弄感情,感情当然戏弄他。

这件事,“高佬”黄忘了告诉思佳了。况且这也不只一件事吧。

陈晓春就从“高佬”黄的这次事件中吸取了一定的教训,于是他确定了自己的恋爱计划:一是绝不公布于众,二是不在本校找,三是女朋友对自己的将来帮助大,相貌次之,农民伯伯不是有句话吗,‘丑妻近地家中宝’。

大三的暑假,陈晓春以校学生会社团部部长的身份代表J大参加了在井冈山举行的“重上井冈山——全省大学生红色考察小分队”的这一暑期社会实践活动,在那里他认识了冰雪聪明的财经大学的雪儿。

五百里井冈,博大深沉、巍峨壮观,天空与群峰交相辉映,缕缕云烟从掩映在深谷绿竹的亭台楼阁间冉冉升起,这里千峰竞秀、万壑争流、苍茫林海、飞瀑流泉,这就是“历史红、竹林好”的井冈山。

陈晓春住的是井冈山某小学的教室,一天连吃带住只要三元钱,吃住虽然简单,但比当年红军的条件要好多了。在这里,他们这些全省各高校的学生干部白天参观、学习、游览，晚上组织听老红军讲过去革命斗争的故事，对灵魂彻底进行了一次革命洗礼。

很快，一个星期的暑期社会实践活动就要结束了，在井冈山的最后一个晚上，大家围坐在一间教室里，一起畅谈井冈山的斗争故事、秀丽风景、黄洋界的壮观、八角楼的灯光、大井、小井的思想、红军医院的故事、龙潭的瀑布，险峻的哨口……这些无不给都市成长的青年学生们带来无比的激动和感动，最后大家又围绕着要撰写的“暑期大学生社会实践活动”的主题论文讨论起来，不知是谁提议以“一”字为题，结合暑期社会实践、结合当代大学生的使命感和责任感、结合井冈山，做一次即兴演讲，以此来启发启发大家的思路。

“我和在座的大多数同学一样，是第一次参加社会实践活动，也是第一次走出家门来到中国第一个农村革命根据地——井冈山，我们财大和师大、农大是邻居关系，我们和城市北区的J大、工大是“一眼望不到头”的‘秋水’关系，今天，我们来到了井冈山却也一见如故。”

财大的叫雪儿的女同学先开了口，引起一片叫好声，这几个“一”字的贯联，把此情、此景、此时大家的心态刻画得多完美啊。

“‘秋水’、‘秋水关系’是啥关系？”有人问雪儿。

“这个我也说不好，反正为了扣这个主题‘一’字，又为了扣我前面说的‘一眼望不到头’，我就万般无奈用了‘秋水’这个词。看看，在座的才子们能不能帮忙给予一个合理的诠释。”雪儿很认真地说。

雪儿不是那种很漂亮的女生，但有着一般女生身上没有的沉稳和干练，还有一种居高临下又很让人亲近的气质。这一周，大家都领略到了她一点“巾帼不让须眉”的风采，整个的团队活动，雪儿都不像另外几位女生娇滴滴的要人照顾，但女性的柔美也并不缺乏，她带着一个特大的军用水壶，谁要喝水她都爽快地把水壶让给他，而且自己也对着壶嘴豪爽地来上几口，全团的伙食她料理得井井有条……更想不到她这一开口，把全场都算“青年才俊”的各校学生会干部给镇住了。

“陈部长，晓春同学，你正好处在我们雪儿同学说的‘一眼望不到头’的J大，你用‘晓春’的智慧来解释解释我们雪儿的‘秋水’关系。”一位同学对陈晓春说。

“我看雪儿同学的‘秋水’关系这个词用得不是万般无奈，而是灵机一动、恰到好处，它极好地呼应了前面的‘一眼望不到头’这几个字，大家知道，‘望穿秋水’是指眼睛都忘穿了，形容对远方亲友的殷切盼望，在这里，雪儿同学把它引申为对同学的款款深情、默默祝福。”

“哈哈……”全体各校的同学都笑起来了。

“三是春夏之际经常春水泛滥、泥沙俱下，而冬水寒气逼人，秋水水质俱佳、静谧清澈，所以‘秋水’又常常形容明亮的眼睛，‘秋水’关系是明亮的、纯洁的关系，很适合形容我们各个兄弟院校之间的同学关系。”陈晓春边说边在心底想感谢他们“4-402”的“文化型的寝室”，他们曾就“望穿秋水”这个词引经据典地讨论了一个晚上而得出了陈晓春以上的结论，起因当然是“高佬”黄和范伟在那久久地凝视着3栋。

“哇，雪儿的秋波正望着你呢。”有人又从秋水引出了秋波，并开起了玩笑。

“哈哈……”大伙都笑，雪儿有点不好意思了。

会上大家一致决定由雪儿、陈晓春执笔代表他们“红色考察小分队”撰写考察报告，题目就叫《我心中的母亲山》。

一座座的深宅大院，让自以为见多识广的陈晓春有点不寒而栗了，这是陈晓春第一次去女同学家，确切地说这不是女同学，称做“团友”或是“队友”比较贴切吧，他去雪儿家送稿子，他的初稿经王新雨、李志坚两位同学的润色已经成了。

雪儿是位省级干部的孩子。

穿过花木繁华的院子，雪儿在宽敞的客厅友好地接待了他，雪儿读着这篇近万字的《我心中的母亲山》，越读眼睛越亮，最后，扬着一脸的崇拜对陈晓春说：

“文学家的底蕴、哲学家的思想、诗人的情怀、书法家的字迹。哇，下山才四天时间，你就拿出了这样的一部洋洋万字的考察报告，J大真是藏龙卧虎，小女子佩服佩服。”

那个暑假，陈晓春过得有意义极了，接下来开学后的每个星期的周末，省城凡适合“花前月下”的地方，都有着雪儿和陈晓春的身影。

应该是一只小蚂蚁把陈晓春咬醒了，大学的最后一个下午，陈晓春竟然流着口水在草地上睡着了。

赵大宝八着脚，用脚后跟踩着自行车的脚踏板，在J大的校园内来回蹓了几圈。这是他独有的一种校园的骑车方式，在学校一墙之外的茫茫车流中，赵大宝的身影是如此渺小和平凡，而在这校园内稀疏的车流中，赵大宝的身影却是如此的高大和伟岸。这四年来，赵大宝一直用王朔笔下的“边缘青年”的形象来塑造自己，自己其实没多坏，但全校人民都认为他是个“坏小子”。人家都是隐藏自己的缺点，可他却喜欢用缺点来包装自己；人家碰到坏事躲都躲不赢，而他却把坏人坏事一个劲地往自己身上揽，他大学里也找了几个女朋友，可随着交往的深入，他刚刚找到点感觉，人家女孩子不知从哪打听到了他的“显赫”名声，就毅然而然地拒绝了下一步的纵深发展。

可赵大宝并不在乎这些，他依然到处热心助人，他依然每天忙得四脚朝天，向这个借东西给那个，帮女同学灌磁带、复印资料，帮老师忙买车船票，联系两个系之间的球赛，带最后一拨人去看大学的最后一场电影，帮校外补皮鞋的人买教工食堂的菜票……周而复始，乐此不疲。

就这么告别么？这是我大学校园的最后一个黄昏吗？明明是夏季的离别，我的心里怎么跟寒冷的冬天一样啊。那只我大二时，在实验室里放跑的小刺猬到现在还没找着，它到底在校园的哪个角落呢？秋水湖里倒映着校园的一角，看人、看物、看问题，角度不一样，得出的结果也不一样啊。

物换星移，这天天望着的熟悉的一切即将全部封存在自己的记忆里，赵大宝啊赵大宝，握别校园的青春，开始社会的征程。

“吱溜”一声，“的士”车在校门口停下了，这是刘康生平第一次“打的”，一个下午，他在家中昏昏欲睡，本来他是打算两点钟就出门的，可怕一个人到了空荡荡的寝室会更难受，就这样他睡着了一会儿又醒，醒了一会儿又睡，最后一次睁开眼已是五点多了，他飞快地出了门，选择了最便捷的交通工具。刘康再抬腕看了一下手表，离寝室里弟兄们约定的五点半在文科楼门前集中的时间还有一分钟，他就心痛地付了十块钱，跳下车来，拼命地往前赶。

“来了，刘康来了，人齐了，你就开始吧。”赵大宝对着一位新闻系拿过摄影大赛奖的同学说到。

“好，各位学兄再靠紧一点，笑，微笑，1、2、3，茄子——”文科楼和八位兄弟在暮色中一起合了个影。

接下来，凡是有点名气的建筑物都和这一群有点名气的学生一一合了影，最后，他们又在“4-402”的寝室门前、门中、门内全部留下了青春的影像。

“向前进，向前进，向着心中的方向。”他们唱着歌来到了“胖瓜酒店”。

“都来了几拨人了，我硬扛着才把雅间给你们留下来。”“胖瓜”老板这回可是实话实说。

酒菜陆续上齐了，夜色也正好降临了，大家却没了平日的洒脱、诙谐，是谁制造的欢聚、离别，人为什么要有感情呢？

这家酒店见证过王新雨的初恋、范伟和“高佬”黄的补考，“4-402”正义的血战，当然还见证过许许多多的悲欢离合。

“校长在毕业大会上说，我们是很有个性的一代，是承前启后的一代，是风华正茂的一代，也必将是大有作为的一代。当然也有人说我们是不负责任的一代，垮掉的一代，不管我们是怎样的一代吧，我想为了我们这一代，干杯。”赵大宝先起了头。

“干！”大家一饮而尽。

又是一段时间的沉默，少有的沉默。

“前段时间，我在无线电厂实习，我们这些科员见到科长，我们科长见到我们厂长，跟他妈的老鼠见到猫似的，我哥见到他们的车间主任，一边说话一边得赔他娘的多少笑脸，我在想，我在想，以后再也找不着这么随心所欲地说话的地方了。”刘康说完，是呜呜的哭声。紧接着，八位平时不知天高地厚的男儿都落泪了。

“哥几个、哥几个，少喝点，少喝点，唉，昨天有一拔女同学坐在地上哭，到凌晨三四点钟才走呢。”“胖瓜”老板给每个人敬了一根“红梅”烟，脸上也淌着几行泪，安慰道。

“哥几个，咱可说好了，大学四年，除了刘康，咱谈了四年女孩子，刘康也听了四年，今天晚上到明日离别之际，咱不再谈一句女子，只叙兄弟之情，如何？”“高佬”黄在那提议道，是女孩让他太伤心了吗？还是他伤透了女孩的心。

“OK，还是那句老话，女人的事再大也是小。”“托福”李立即响应。

“兄弟的事再小也是大。”众人呼应。

“‘长习气’(出风头)，都是在熟人面前，这一瞬间，熟悉的人都即将奔赴世界各地、祖国的四面八方，我赵大宝今后将来在何人面前露脸，外面的那么多‘农民’，他们懂我们这种‘黑色幽默’吗？总不能我逢人就说‘兄弟我在J大的时候’吧！”

“哈哈，”大家可能想起了钱钟书笔下《围城》里一位早期的“海归”派的一句话：“兄弟我在英国的时候。”

“宝兄，有句话是‘莫愁前路无知己，天下谁人不识君’，放心吧，凭宝哥这两把刷子，你到哪都得出彩。”“托福”李心情算是最好的了。

“你可以不说话，但你说的话必须成为出庭的证据，全体阿Sir，我们即将告别简单而清纯的校园，走向残酷而复杂的社会了，在这里，我有一句忠告奉献给众位：‘舌头是个很小的东西，但却能闯很大的祸。’慎言，慎之又慎啊。”

“对！”一句话引起了一桌人的共鸣。

“胡言乱语、假言假语在今晚全部结束吧，将来我们的每一句话都要经过大脑啊。”“高佬”黄感叹道。

“祸从口出，病从口入。从今以后，我们要管好自己的嘴巴。”赵大宝边说边打着自己的嘴巴。

“哈哈，管好还要用好，语言可是与人交往的桥梁。”王新雨保持着自己的客观公正。

“王新雨，我们寝室的骄傲，我们整个大学的骄傲，有一句话怎么说来着‘苟富贵，勿相忘’，我这只燕雀敬你这只鸿鹄了。”陈晓春举杯敬了王新雨一杯。

“同有鸿鹄之志，共创美好未来。”王新雨也举起了杯。

“我们今天是桃李芬芳，明天是社会的栋梁，祝愿大家过得比我好。今天我为J大骄傲，明天J大为我骄傲，今天我以J大为荣，明天J大以我为荣。王新雨，你在毕业大会上，代表我们全体毕业生的这段讲话，讲出了我们的心声、讲出了我们的志向抱负，讲出了‘母校和我血浓于水’的骨肉深情，讲得太好了。”李志坚红着脸说。

“志坚，来首诗；志坚，来首诗。”随着谈话的深入，一行人又恢复了欢快的表情，一起用筷子敲着碗，打着节奏。

“干干净净的日子结束，混混沌沌的生活开始；

清清白白的你我，糊糊涂涂的走人。”李志坚脱口而出。

“哦，哦，为干净的日子结束干杯，为混沌生活的开始干杯。”

“为不清不白的你我，干杯！”

“错了，错了，为清清白白的你我干杯！”

“为不干不净，吃了没病的日子干杯！”

“哥几个，又错了，为干干净净的日子干杯！”

“干杯！干杯！干杯！”

一行人又说了许多肝胆相照的话，相扶相依地走出了“胖瓜”酒店。

J大北路的灯光有些昏黄，“琳琳”发屋的招牌还在摇摆，一样的月光，一样的街景，一样的照着冰冷的我和你。

“长亭外 古道边，芳草碧连天，晚风拂柳笛声残，夕阳山外山。

天之涯 地之角，知交半零落，一壶浊酒尽余欢，今宵别梦寒。”

歌声回荡在他们曾经破万卷书的文理大楼，歌声响起在他们曾经挥洒汗水的足球场上，歌声穿越过他们曾经久久向往的3栋宿舍，歌声中，他们回到了他们的4栋。

一排自行车倒在了宿舍楼门前，王新雨倡议做大学里的最后一件好事吧，大家把自行车一一扶好，又对着4栋门前的梧桐发了一阵呆，上楼去了。

“还有十秒钟就是子夜十二点了，我们倒计时，3、2、1，扔。”随着赵大宝提议的做大学里最后一件坏事吧，他一挥手，一只只热水瓶、洗脸盆、搪瓷碗、茶缸全部一一飞出了窗口，发出“叮铃咣当”的声响。

八个人都上到了沉浸了自己四年汗水的铺位，又闷了一会儿，仿佛在等待子夜过后的又一次离别的、伤感的高潮。

"唉。"刘康叹了口气。

"天一亮，大家就要东西南北各自分别了，再也不可能像今晚一样同居一室了，本来分别的时候大家都提提高兴的事，伤心难过的事就把它扔到九霄云外去吧，况且，我们寝室的友谊是牢不可破的，大家都相处得非常愉快，我可以说，从各位兄弟那里学到了很多课本上我学不到的东西，而且我们寝室荟萃了J大的风云人物，我真是感谢上帝把我们安排在了一起，在这里，让我见证了什么是青春的潇洒、青春的风采，什么是真正的青春、真实的青春，老实说，打小我就不爱说话，害怕与人打交道，可正是有了你们的熏陶，我才可能在四年后的今晚，侃侃而谈上述一番高见呢，兄弟们，我说得对吗？"

刘康一改当了四年听众的角色，劈劈啪啪的说起了开场白。

"对，太他妈的对了。"众人发自内心的呼应。

"记得那一回我得了急性肝炎，出院回来，我们寝室的兄弟拿着我的把缸往里倒满水，先逼着我喝了一大口，然后大伙每个人对着我的把缸、对着我喝了一大口的水，一人一大口，当时，就把我感动得哭了。"刘康哽咽着说道。

"哈哈，这招是赵大宝出的，同饮一缸水，共把疾病扛。"李志坚说。

"我有一件事一直没弄明白，可我又不想说，怕伤了兄弟之间的感情。可我又想问，不想带着遗憾离开。"刘康欲言又止。

"啥事尽管问，谁知道都得如实招来，谁生气，我们就不让他毕业。"范伟鼓着劲。

“那我就问了，李永强、李志坚，你们那西装口袋里的钱到底咋回事。是不是谁马虎给掉了，哎，我真该问这个问题。”

“问得好，本来我们做了点好事就算了，刘康你小子这一问可真要搞得‘室人尽知’了。”李志坚在那哈哈大笑。

“事情的发生是这样的，那是几天前一个濛濛的早晨……”“托福”李绘声绘色地讲起了几天前的一幕。

“哦，哦，劳动人民万岁。”赵大宝听完故事后，带头欢呼起来。

“哎，刘康，我也有一事不明，你上次在3栋门口拿着个破碗，卖艺又卖身，到底赚了多少钱？咱们离任前，都得把经济账搞搞清楚。”

“总计两块三角钱，我收的款，当时就买了一包‘白红梅’让大伙愉快了一下。”赵大宝回忆道。

“我让你们愉快一下，这钱是大伙集资的，‘取之于民，用之于民’，本来这烟我是准备明早散给大伙的，可过了十二点，也算明天了。”

“托福”李起身，给每个人发了一包“红塔山”。

“李SIR，这可是你冒着生命危险换来的，唉，那时候，我们可真胆大，要是‘托福’李香沉秋水湖，我们恐怕会被集体开除了。”赵大宝还有点后怕的在那摸后脑勺。

“我们天天在秋水湖旁过，直到‘托福’李那天下水，我们才看到湖边立着块牌子那上面写着‘禁止游泳’。”“高佬”黄说道。

“凡是禁止的，都是人们向往的。”陈晓春又总结出了一条名言。

“宿舍禁止吸烟，我们每人吸一棵，谁不吸谁是小狗。”李志坚给每人发了一棵烟。

“我不会，我确实不会，四年了，你们什么时候看我抽过一颗烟，我就当小狗吧。”刘康连连摆手。

“大宝，那句话怎么说来着，谁不怎么样，就让他怎么样。”黑暗中，来到刘康床边的李志坚求助赵大宝。

“谁不抽，就不让他毕业。”

刘康破天荒地点了一棵烟。

“还记得大一时的歌手大赛吧，全场齐呼‘赵大宝、下去，赵大宝、下去’，就我们七兄弟在那死扛着，大叫‘赵大宝、顶住，赵大宝、顶住’。不过赵大宝还是有着百折不挠的精神，‘有心栽花’的歌唱的事业虽然没有了，可‘无心插柳’的舞蹈家的道路是越走越宽广，现在成了J大的‘霹雳舞’王子，每场霹雳舞的舞王了，谁说跳舞要讲究身材，大宝这圆圆的身材不照样把高难度的‘霹雳舞’耍得美妙绝伦吗？”“高佬”黄以一个资深艺术家的眼光回顾着赵大宝崎岖的艺术之路。

“正是有了兄弟们的支持，才有我赵大宝‘舞蹈家’的今天。”赵大宝说完，从床铺上半坐起来，摊开双手，把右手手指头一弯，上半身像过电一样，逐渐地过渡到左手的手指头，开始了“J大的最后一舞”。

“还记得每年一届的校田径运动会吧，‘高佬’黄可是全场最帅的旗手了，当雄赳赳的运动员进行曲奏响的时候，我们的黄楠南同学迎着朝阳、举着旗帜，面带着灿烂的微笑第一个走进场地的时候，吸引了多少人的目光，沸腾了整个赛场啊。为什么每次运动会，老是你们数学系第一个出场，难道各系的旗手是按长相排名出场的？"赵大宝在问。

"哪里，这是J大多少年的传统了，各系的出场次序是按上一届运动会各系所有田赛、径赛的得分总成绩排名的，我们数学系是大系，每一回田径运动会我们系都是全校总分第一名，所以，我们系总是第一个出场。要说，按长相排名，我在我们那堆旗手中也不能说是长得最帅的。""高佬"黄难得谦虚起来。

"美得你，看过世界环球小姐总决赛吗？上次，我看了部内参片，知道她们的出场顺序吗？""托福"李最后虚荣一把。

"李Sir，说好了只叙兄弟友情，不谈女人。""高佬"黄牢牢记得他的提议。

"我又没谈学校的女孩，我们要走出学校，放眼世界。""托福"李纠正道。

"环球小姐的出场顺序是：越南、阿富汗的姑娘先出来，最后一个出场的是选美冠军，她一定是个身材、长相、气质俱佳的金发女郎。"

"哈哈，你是说'高佬'黄长得最难看。"陈晓春老是总结。

"我也没这么说，我们还记得范伟跑一百米接力吧，其他系的选手犹如离弦之箭，他穿了一件黄色的运动服，奔跑起来好像鸭子划水一般。"

"哈哈……"大家脑海里浮现出一只黄色的毛茸茸的鸭子在水上漂的感觉。

"'托福'，你还说我，上次学校举行五公里越野折返跑，你坐了一段公共汽车回来，这也就算了，问题是你还逃了票。"范伟反唇相讥。

"哈哈，今晚咱们破破老规矩吧，虽然没有外人，但大家不必互相讥讽，还是改为互相吹捧吧。这毕竟是大学的最后一晚了。"陈晓春又一次给最后一晚"卧谈会"定了个调。

“大学里我做过一件坏事，陈晓春床上的那枚多出来的图钉是我放的。”刘康说。

“啊，我把凶手都想了个遍，就没想到是你。”陈晓春故意气得捶床。

“哎，你们发现没有，四年下来，大家都有不同程度的衰老，只有我们的刘康跟刚来时一样，还好像有不同程度的年轻。”李志坚突然像发现新大陆似的盯着黑暗中的刘康。

“好像头发长齐了不少，大学真是让衰老的人年轻，让年轻的人成熟啊。”李志坚又补充道。

“嘿嘿，我们班也有人这么说，哎，我渴了，想喝点水，大宝，就怪你，把热水瓶当毕业庆典的礼炮，全给摔了出去。”刘康说完，跑到外面的水房去灌自来水了。

“大宝，这也不能怪你，你让我喝了一口甜美的J大之水。妈的，爽死我了。”返回的刘康心满意足地说。

“同爽、同去。”一时间，大家纷纷从床铺上起身，蜂拥至水房，对着一排的水龙头，酣畅淋漓地痛饮起来。也是，喝酒、抽烟又聊了一晚上，大家早就口干舌燥了。

东方刚露出鱼肚白，王新雨在全体室友的一致要求下，开始了有关大学四年学习、生活、友谊的总结陈词和离别的祝福。

各位室友：黎明的早晨好！

今天，我们不一定是桃李芬芳，明天，我们未必就不是社会的栋梁。四年前我们怀揣着梦想而来，四年后，我们枕着理想离开。但我想，我们每个人心中都有一种现在放不下，过一段时间可能会放下的情谊。又过了五年、十年，我们都有了一份各自不同的人生，原先的单纯已经让时光嵌上一层沧桑，但岁月的流逝并没有带走彼此间的美好和纯洁。突然有一天我们当中的两个人同在一个小镇邂逅了,然后,我们其他的六个人的音容笑貌、往昔往事在这两位兄台真诚的回顾中又全部被拾起,“他们都还好吗?他们都到哪儿去了?”这是两位兄台最关注的话题。(断断续续的哭声)

大家都把风采都展现在了外面,把真实都留在了寝室中,大家几乎天天都是坦诚相见,赤膊上阵,像今晚一样半裸着身子。而真理又是“赤裸裸”的,钱钟书先生把这一现象称为“局部真理”,所以,我们把这间寝室也可称为“局部真理的大学”(笑声)。

还记得大一的那个冬天,我们正义的血战归来,我和“高佬”黄被留在了保卫处问情况,当我们风雪夜归地推门而入时,我看见了一房间关切的眼神,在这种眼神里我读出了那是情同手足的兄弟,那是“我在你的眼中,你在我的心中”的最无私的关切,正是有了兄弟们的这种情谊,所以,我们无论干什么,我们无论在哪里,哪怕是因为无聊,都觉得欢快。记得我们在大二的一天晚上吗,大家一块躺在草坪上一起数星星,都觉得那是极其有意义的一件事。天上一颗星,地上一个人,地上有关系的八个人,数着天上没关系的千颗星,这也不昭示着我们团结起来,干一番惊天动地的大事吗?不是吗?

“4-402”是一个特殊的群体,我想,大学寝室里少有我们这样的组合,我们都来自省城,就在家门口读大学,有人说在家门口读大学多没劲啊,连寒暑假往返的辛劳和欢快都不能体会。我倒认为每周都能骑着自行车往返于家和宿舍之间,这让我们既能体会到亲情、又能感悟到友谊。还有我们每个人又分属不同的系,这让我们充分领略了各系的风土人情,各系的知识信息也常常耳濡目染地留在我们的脑海中,这对将来全面提高我们的综合素质都是很有帮助的,至少我们再碰到学生物的不陌生、学物理的不窘迫、遇上学哲学的我们也可以和他聊聊,“隔系如隔山”这句话对我们来说不存在,因为我们这间小小寝室就像大海一样汇聚了各系奔流的河。

大三的时候,我们在这间寝室里,在屋外冰冷的雨点拍打着我们的“4-402”的“寒窗”时,我们争论过什么是“同窗”这个问题。J大现如今近万学子,往前寻觅,往后找寻,泱泱多少人,我们可统称为“校友”,但校友里面,同没同过学,同没同过窗,那感情可是完全不一样的。古时候不像现在,学校规模大学生多,那时只有一个先生,几个弟子而已,大家在同一扇窗内读书识字、吟诗作画,窗外照射进阳光,窗内焕发出梦想,那一轮太阳在窗前起起落落,同学们在窗内一起成长,数年的光阴,大家都共同拥有一扇窗户,一起分享春夏秋冬,就这点看,我们和古人有区别吗?虽然我们分属各系,但我们在“4-402”的唯一一扇窗户下学习、争讨、睡眼蒙胧。同室四年,今天,我们就要从同一扇窗户下各奔东西的时候,回首共同拥有的那一扇窗户,该有多少温暖涌上心头。(号啕大哭声)

在这四年,我们收获了知识,有的还有了爱情,虽然那有可能是青涩的初恋,但我认为最值得回味的还是你我的往事,最值得珍藏的还是你我的友谊。(掌声)

友人给我的同学录上写了一句话:“山上青松山下花/花笑青松不如它/一阵微风吹过后/ 只见青松不见花”,我想这句话是要大家把昨天、今天、明天,一时、一世都想想好,想想清楚,我们的大学只能代表昨天,昨天好,是不是今天好,今天好,是不是明天好,我希望诸位在将来的征程中都有花的灿烂、松的品格,一时的风采,一世的平安。

愿大家像一棵青松,花前不献媚,雪下不低头,永远有操守。(雷鸣掌声)

“我的钥匙”，“我的钥匙”，“My key(我的钥匙)”。

一把一把的钥匙交到了最后一任寝室长陈晓春手中，“咔哒”一声，最后离开的陈晓春把门沉重地锁上了，他是第一位开启这间寝室之门的人，而今又是他最后一个把寝室之门锁上，一开一锁，他们的大学生涯就这样结束了。陈晓春把自己的钥匙装进了一只白色信封中，信封上有一串漂亮的文字——

“4 栋 402 室”

他们就这样分手了。

两个月以后的一天，上了班的王新雨又在一次夜色朦胧中回到了学校，他来到了 4 栋，一口气上到了 4 楼，轻推了“4-402”的门，四五个新生正围坐在靠窗的一间铺上说笑，一位年轻人在低头拨弄着琴弦，一个抽烟的小伙慌忙把燃着烟的手放在背后，一位坐在王新雨曾经睡过的铺上的同学微笑着问：

“老师，请问你找谁？”

“我，我找王新雨。”王新雨笑着说。

“王新雨，王新雨，好像没这个人。”

“哦，好像是上届的毕业生，今天的迎新大会上，校长说他是上届的优秀毕业生，要我们以他为榜样，你找他，要我们带你去系办吗？”一群学弟热心地围了上来。

“哦，不用，不用，谢谢。”王新雨看了看与当年的自己有几分神似的小伙说。

水房里有人在唱歌，人是新人，歌也不是原来的歌，是刚刚走红的《涛声依旧》。

涛声依旧不见当初的夜晚。

心灵深处的回忆

奥运年、奥运月的时候，王新雨当年的大学女友贝妮从美国洛杉矶回国，她在北京真正感受到了伟大祖国欣欣向荣的朝气、日新月异的变化，亲眼目睹了中华儿女的风采，在亲身参与了一通现场的“呐喊”、“加油”后，她急切切地回到了故乡。

毕业十六年来，贝妮是第三次回国，回一次，感叹一次，当我的故乡也出现了“堵车”现象时，她在黄楠南（他们在首都机场邂逅，同一航班返乡）的车里有些惊诧：“怎么，我的故乡也会堵车，真是太好了，堵车是经济繁荣的标志之一啊。”

这一段时间以来，我谢绝一切应酬，并休了半个月的假，在奥运月里，伴着激烈的赛场风云开始了我的写作，我在当年的“故纸堆里”寻觅，那一张张单纯的脸，那一件件过往的事从心底跳出来拥抱我，用中年的眼光审视青年的行为，用现在所谓的智者心态去揣摩过去那些愚者的做法时，不时为当时的“儿戏”而发笑，又不时为当年的率真而感动，一次补考，就以为是世界的末日来临、我的人生充满着苦难；一次我喜欢的女孩对我笑了就认为全世界的人都是幸福的、全校我是最帅的；老师表扬了，常常沾沾自喜，老师批评了，时时就以己悲。想想现在不也一样吗？老板是肯定你还是否定你，家庭温馨还是寒冷，事业顺了或不顺，钱多赚了或亏了，时高兴，时悲伤，这时和那时，参照物不同罢了。要说成熟，不过由当年的喜形于色改为窃喜，青春时的把悲伤写在脸上让友人尽知，换成中年的“独自的流泪”。

写到这里，电话响了，一看是饭点的时候来的，我就边接着电话边想着推脱的理由，如果是私事相聚我就用公事做由头推卸，反之亦然，可别瞎“忽悠”一晚，带些酒精和高蛋白的东西回家，耽误我几千字的创作呢。打开电话，电话里是市工商局赵大宝科长风风火火的声音，这些年所有老少同学的情况，联络都通过他来周转。谁的媳妇（先生）换了，谁在单位混得如何，谁发财，谁苦闷大宝都清清楚楚。大宝和我互相吹捧了几句后，又让我稍等，多年不见的特区的范大律师的声音从电话里急切地传来，他还是一如以往的风格在电话里大叫：“新雨，我想死你了。”遂恢复平静，然后让我猜他周围人的声音，报社李大主编我们常联系，我也是看着他从风华正茂的青年成长为意气风发的中年，听着他悦耳的青春之音变成了公鸭嗓子；接着就有柔美的女声，我虽猜不出她是谁，但分析是大学时代近距离进入过我们生活圈子的某女，我正好在写与他们有关的书，恰好可以用畅谈往事的机会再好好丰富一下我的素材，当然迅速地见到他们是我的第一想法，问了一下饭局所在地，就在J大北路的一家家乡菜馆里，我冲动地出门了。

一桌都是我们大学里就走得很近的校友、同学，八男五女，毕业十六年，离开人校的日子二十年了，我们这拨人还从没这么齐整过，和那年的踏青远足比真是一个都没有换，一个都没有少。思佳和方芳这两位我毕业后还是第一次见面，岁月洗礼让多话的人少语，少语的人沉默；人世沧桑让当年的豪言壮语变成了一句“还好吗”

的无心问候，感情的缘分只让丽丽和李志坚这一对有情人成了眷属，其余的皆成了“心中已没有火花，让往事都随风去吧”的无奈。一切美好都是昨日沉醉，淡淡苦涩才是今天滋味，人为什么要相识呢?相识不如相望淡淡一笑，大家拘谨了几分钟，贝妮说：

“这次回来，我可能暂时不走了，我就要留在我的母校做访问学者了。”

“贝妮，这所学校曾经承载过你青春的风采，现在，你事业上的春天又要在这所学校展开了。”王新雨总经理真诚地说。

“你们猜，在洛杉矶我碰到谁了？”贝妮又问。

“汤姆·方，就是原来校门口那家你们老去的，叫啥‘胖瓜’酒店的老板的儿子，他在加州大学留学呢。”贝妮自答。

“看来我们不但扶持了一个酒店，还培养了一个人才，我的书，我的书看来是发挥作用了。”保险公司的经理李永强说。

李永强就把那段卖书交换的往事给真情回顾了一下，一瞬间，拘谨一扫而光，各种鲜活的回忆跳上了桌。

……

“有些回忆是可以在蓝天白云下、彩灯酒桌前拿出来和大家分享的，可心灵深处的回忆呢？”

电视台的台长助理方芳平静而又感慨地说。

“虽说时代在进步，我们每个人身上也穿着符合潮流的西装和裙装，可我就是奇怪，任何事情不管与我有关没关，我都用我们那个年代形成的思想和价值观去评判它，你们也这样吗？"

在法院工作的阿萍如是说，如是问。

"当然，一个人青少年的经历和成长决定他一生对周边事物的看法，我们的上辈，我们的晚辈都是如此。"在银行人事处当处长的黄楠南回答了这个问题。

"难怪我女儿一天到晚和我热吵冷战。"师大外语系的思佳教授若有所思。

"妈妈总说女儿的裙子太短，女儿总嫌妈妈的话太长。一位更年期，一位青春期，能不吵吗？"研究所的主任丽丽说。

"妈妈有多少痛苦的教训，女儿有多少甜蜜的梦想。"电子器材公司销售部的经理刘康总结到，他也是生了一个女儿，女儿和他夫人也没少抬扛。

"哈哈，为了我们的下一代茁壮成长，干杯。"一群人到中年的人举起了酒杯。

"谁要是有时间、有精力、有才华，一定能写出一部感动我们这一代人的作品，她将记载着我们成长中的快乐和忧伤，象牙塔内的希望与困惑，她将是一部伤感而又昂扬的、一气读完而又回味悠长的青春的怀旧故事。"市委秘书处的陈晓春处长说。

"我们会在不久的将来很快就读到这部作品的。"IT老总王新雨斩钉截铁地说。

饭后，他们从酒店出来，并没有一一握别，大家不约而同地往着一个方向前行，很快，他们就步行来到了离酒店不远的原JX大学。

新的J大已经搬到城市另一侧的"高校区"去了，规模是原来的几倍，老J大已改为成人学院，3栋已经拆除，但整个J大的格局和轮廓依稀而又清晰的存在，和过去的模样变化不大，梧桐和白杨在这早秋的夜晚仍然饱含着底蕴和诗意，他们走在月光下，迎着风，唱着歌，他们像年轻的时候一样呐喊着、欢呼着，快乐从来是不需要掩饰的，它从你心底喷涌出来，并感染着周边的每一棵树，经过的每一个人，走过的每一处地方。

1992年7月初稿于江西南昌

2008年9月完稿于江西南昌